류노스케
Ryunosuke

[일러스트] 게소킹
Illust:Gesoking

괴물인
너에게 고한다
I Tell You, Monster

CHARACTER

I Tell You, Monster.

클라레스
에어리스텝
Cklares Aerystep

시즈쿠
티어드롭
Shizuku Teardrop

론즈데
인핸스다이아
Lonsder EnhanceDiah

엘틸
시리우스플레임
Elteel SiriusFlame

시즈쿠의 방에서

프롤로그

"그럼 지금부터 노먼 헤이미쉬 군의 심문회를 시작하겠습니다아아아아아아!"

차가운 석실에 부자연스러우리만큼 밝은 목소리가 울렸다.

"이야~ 즐겁네! 최고야! 안 그래? 노먼 군!"

"아니, 안 즐거워. 최악이야. 안 그래, 짐."

두 소년이 긴 책상을 사이에 두고 마주 앉아 정반대의 말을 했다.

방의 가장자리에는 다른 책상이 있었고 통신기와 잡다한 물건이 진열품처럼 놓여 있었다.

검은색 펠트 모자, 오래 입은 듯한 롱코트, 지갑, 손수건, 라이터, 새 담배, 돋보기, 자, 락픽 도구, 지리서, 수첩, 서류가 든 바인더, 리볼버식 권총, 휴대용 접이식 지팡이 등등. 조금 떨어져 있는 벽에는 벽진화기도 설치되어 있었다.

구속된 회색 머리 소년의 뒤에는 커다란 창문이 네 개 있고, 새까만 밤의 어둠이 펼쳐져 있었다.

"지금 내 모습을 봐. 어떤 상태지?"

"양손, 양발이 확실하게 의자에 묶여 있어! 이걸 위해 절대 못 풀게 밧줄 묶는 법을 공부했지! 제법 흥미로웠어!"

"풀어 줬으면 좋겠는데."

"거절하지!"

"너무한 대응이야. 평소에는 짜증 날 만큼 차와 과자를 주면서."

"여긴 내 연구실이 아니니까! 그보다 너, 항상 다과에 거의 손도 안 대잖아. 마지막으로 날 찾아왔던 게 언제였는지 기억나?"

"……언제였더라. 한동안 도시에 없었잖아."

"37일 전이야! 너는 수도에 출장 간다는 말만 전하고서 2분 만에 돌아갔었다고! 참 나! 겸사겸사 잡담 같은 것도 하고 싶었는데!"

소년은 만신창이, 라고 말할 정도는 아니지만 상당히 초췌한 상태였다. 흰색 셔츠, 멜빵, 검은색 바지라는 심플한 차림은 진흙과 피로 지저분했고 자잘한 상처가 몸 곳곳에 있었다. 목에 닿는 살짝 긴 머리와 복장도 흐트러져 있고, 드러나 있는 쇄골에는 폭력의 여운이 남아 있었다.

나른하고 무뚝뚝한 얼굴로 한숨을 쉬는 모습은 길가에 널브러진 부랑자처럼 초라했다.

"너의 이런 모습은 처음 봤는걸. 좀 더 즐기게 해 줘, 노먼 군!"

금발 소년이 히죽히죽 웃었다.

진심으로 즐거운 듯 웃는 모습은 흰 가운만 무시한다면 무도회의 중심인물처럼 화려했다. 질 좋은 연미복 위에 안 어울리게 흰 가운을 걸치고 있었다.

"취향이 별로네, 짐 아담워스."

"너한테는 그런 말 듣고 싶지 않아, 노먼 헤이미쉬 군."

구속된 소년은 노먼 헤이미쉬.

구속한 것은 짐 아담워스.

어떻게 봐도 심문 중인데 마치 길가의 카페에서 환담을 나누는 것 같았다.

"애초에 그 옷은 뭐야? 왜 연미복 위에 가운을 입고 있어?"

"어이어이, 모르겠어? 노먼 군!"

그는 의자에서 일어나 과장되게 백의 자락을 펄럭였다.

"나는 사교계에서 멋쟁이로 이름을 날리고 있다고! 널 심문하는 건 업무니까 정장을 갖춰야지! 장소와 방식은 네가 친구니까 조금 정성을 들였지만! 그리고 나는 이래 봬도 연구원이니까! 연구자의 정장은 당연히 흰 가운이지……!"

"코디네이트라는 말이 뭔지 알아?"

"훗…… 이것 참. 어쩔 수 없지. 최첨단을 걷는 자는 언제나 이해받지 못하는 법이니까……."

"……."

음미하듯 중얼거리며 다시 의자에 앉는 짐을 노먼은 어이없다는 눈으로 보았다.

이에 아랑곳하지 않고 짐은 어깨를 으쓱였다.

"뭐, 솔직히, 묶여 있는 너를 보는 건 유쾌하면서 동시에 마음이 괴롭기도 해. 내 유일한 친구를 이런 꼴로 만들어 놨으니 말이야, 노먼 군!"

"부하들을 이용해서 두드려 패고, 자루에 넣어 납치하고, 구속하고 나서 그런 말을 한다고?"

"그래…… 참으로 마음이 아파, 노먼 군."

미소를 지우고서 깊이, 무겁게, 천천히 고개를 끄덕였다.

"하지만 어쩔 수 없지. 인생이란 원래 이런 거잖아? 노먼 군!"

"……하아."

순식간에 짐의 얼굴에 미소가 돌아왔고, 노먼은 여전히 무뚝뚝한 얼굴이었다.

구속된 소년은 천장을 올려다보았다.

"애초에 여기 어디야?"

"훗…… 이렇게 납치해 구속한 상대에게 자세한 장소를 말할 순 없지. 너와 내가 얘기하기에 적합한 장소라고만 말해 두겠어! 노먼 군!"

"……뭐, 어디든 상관없지만."

"으음~ 좀 더 궁금해했으면 좋겠는데, 노먼 군……!"

어째선지 짐은 분한 듯 주먹을 움켜쥐었고―.

"뭐, 좋아!"

금세 태도를 바꿨다.

"얘기를 들어야겠어! 이래 봬도 나는 『카르테시우스』에서 정식 임무를 받아 너를 취조하고 있으니까, 노먼 군!"

"……일단 일일이 말끝에 이름을 부르는 거 그만두면 안 될까?"

"이 성벽 도시 발디움을 둘러싼 《언로우》에 관해서 말이야!

노먼 군!"

쿵, 하고 선명한 소리를 내고서 짐은 한숨을 한 번 쉬었다.

다리를 꼬고 일부러 가운의 옷깃을 매만져 기합을 넣었다.

"이 도시 발디움이 성벽에 에워싸인 도시인 건 알고 있겠지!
노먼 군……!"

"그것부터 얘기해야 해?"

"훼방 놓지 마. 이런 건 분위기가 중요하잖아, 노먼 군!"

잘라 말하고서 고개를 갸웃했다.

"……말끝마다 네 이름을 외치는 거, 슬슬 지겹네."

"나도 그렇게 생각해."

노먼이 어깨를 으쓱이자 짐은 약간 톤을 낮추며 이야기를 되
돌렸다.

"노먼 군. 네가 이 도시에 온 지 1년 반이야. 당연히 성벽을 매
일 봤겠지. 100미터에 가까운 높은 벽이 도시 전체를 감싸고 있
어. 언제부터 있었는지 확실치 않고 당연하게 존재했기에, 저런
거대한 벽이 왜 있는지 이제 아무도 의문스러워하지 않을 정도
야. 아아…… 뭐였더라, 네가 자주 했던 말."

"─이 도시는 바람이 안 불어."

"그래그래, 그거! 꽤 시적이잖아! 내가 보기에는 모형 정원이
야. 그것도 《언로우》의 모형 정원이지."

귀족 같은 소년이 씩 웃으며 상체를 앞으로 내밀었고─

"《언로우》야!"

그 단어를 힘차게 반복했다.

《언로우》지."

노먼은 어찌 되든 좋다는 듯 중얼거렸다.

단어에 관심이 없어서가 아니라 짐의 기세에 넌더리가 나서였다.

"새삼 너에게 어디서부터 얘기할지 조금 고민했는데, 역시 처음부터 얘기해야 할 것 같아. 《언로우》란 무엇인가?"

짐은 극적으로 팔을 벌렸다.

"마법, 기적, 환상. 어릴 때 한 번쯤은 믿는 것들이지. 하지만 그런 건 존재하지 않아!"

그러나, 하고. 금발 소년은 더 짙게 웃었다.

"이 세상의 법칙으로부터 잠복하고, 변모시키고, 일탈하고, 왜곡시키는 괴물은 있어……!"

"……."

"알다시피 나는 《언로우》를 연구하고 있는데!"

"연구**도** 하고 있는 거겠지."

"하하하! 그건 나중에 따지자고! 《언로우》란 말하자면 마법사 같은 거지만, 동화처럼 마음 따뜻해지는 그런 종류는 아니야. ……오히려 정반대지!"

수업 같은 해설은 계속되었고—.

"그것들은 미쳤어!"

단언했다.

"원래부터 정신적인 병을 앓고 있거나, 아니면 망가졌거나. 물론 그런 인간은 얼마든지 있지. 하지만 이 발디움에서는 그런 불안정한 정신이 마법 같은 이능을 각성시켜서 괴물이 되어 버려. 그것들을 가리켜《언로우》라고 부르지!"

"표면적인 설명이네."

"그럼 본론으로 들어가자."

짐은 손가락을 딱 튕기고 노면을 가리켰다.

"너는 이 도시에서 그《언로우》를 키우고 있어. 정부 직속 『카르테시우스』의 에이전트로서! 그리고 너는 네가 경험한 사건에 관해 얘기할 거야. 그걸 내가 음미하고 『카르테시우스』의 상부에 보고하는 거지. 입장과 상황을 이해하도록!"

왜냐하면, 하고 말하며 짐은 양팔을 크게 벌렸다.

"네 용의는 치안 악화를 비롯해 공적 시설 파괴, 게다가 『카르테시우스』에 대한 배반이니까!"

"황당하네. 제대로 성실하게 일했는데. 『카르테시우스』에 들어오라고 누나한테 권유받았을 때 이런 일을 겪을 거라곤 생각도…… 아니, 조금 생각했나? 하지만 설마 정말로 이런 일을 겪을 거라고는 생각지 못했고, 상대가 너일 줄은 몰랐어."

"그럼 누구일 거라고 생각했는데?"

"누나."

"와하하하하하하하하하!"

『카르테시우스』.

짐이 말한 대로 그도 노먼도, 이야기에 등장한 노먼의 누나도 그것에 소속된 연구원, 혹은 에이전트였다.

"알다시피 우리는 《언로우》라는 초자연적인 존재를 연구, 조사 혹은 대처해. 나는 연구자로서, 너와 너희 누나는 실제 활동하는 에이전트로서 소속되어 있지."

그는 일어나 책상에 있던 바인더를 집어 들었다.

"《언로우》는 그 위험성 때문에 비밀에 부쳐야 한다고 여겨지고 있어. 뭐, 그야 그렇지. 기본적으로 외관은 인간과 별반 다르지 않으니까. 위험성은 말할 것도 없지만. 그렇기에 우리 『카르테시우스』의 일부 에이전트는 《언로우》를 관리하며 운용하고 있는 거야. 너처럼."

바인더에서 꺼낸 서류는 네 장.

짐은 사진이 첨부되어 있는 그 종이를 눈앞의 책상에 나란히 놓았다.

"……."

노먼은 연한 파란색 눈을 가늘게 뜨고서 그것들을 응시했고, 짐은 말을 꺼냈다.

"《루화(涙花)》."

후드를 쓴 은발 소녀. 노란색 눈은 카메라가 아닌 다른 곳을 보고 있었다.

마치 세상 전체를 포기한 듯한, 시시하게 여기는 듯한 시선이었다.

《마견(魔犬)》.^{시리우스플레임}

긴 금발을 가진 키 큰 여성. 고개를 기울이고서 작게 미소 짓고 있었다.

이런 자신이 세상에 사진을 남기다니 송구스럽다는 듯한 모습이었다.

《보석》.^{인핸스다이아}

갈색 피부에 검은 머리를 가진 여성. 앞머리의 일부분만 빨간색이었고 대담하게 웃고 있었다.

온 세상이 자신을 중심으로 돌고 있다는, 그런 분위기였다.

《요정》.^{에어리스텝}

아마색 머리의 소녀. 윙크하면서 손등이 보이게 브이자를 만들어 턱에 대고 있었다.

세상에 무슨 일이 벌어지든 그녀는 웃고 있을 듯한 그런 미소였다.

"합쳐서 네 개체, 너의 장난감인 괴물들에 관해 이야기를 듣고 싶이."

"─괴물이 아니야. 인간이야."

노먼의 어둡고 탁한 파란색과 짐의 빛나는 금색 시선이 맞부딪친 순간─.

찌릉찌릉찌릉! 하는 통신기 소리가 울려 퍼졌다.

"……이런, 흥이 깨졌어. 받아도 될까? 노먼 군."

"……마음대로 해."

"그럼."

어깨를 으쓱인 짐은 통신기와 연결된 수화기를 받으러 갔다.

그대로 몇 마디 말을 나누더니 고개를 갸웃하며 의자에 앉았다.

"……흠."

책상 위에 펼쳐진 네 장의 사진을 유심히 바라보고 말했다.

"노먼 군, 너는 이 괴물들이 인간이라고 했지."

"그래, 맞아. 덧붙여 말하자면 귀여운 여자아이들이지."

"그렇단 말이지."

짐은 고개를 한 번 끄덕이고서 진지한 얼굴로 입을 열었다.

"이 네 사람, 밖에서 죽어라 싸우고 있다는데?"

괴물인
너에게 고한다、

I Tell You, Monster.

●

인적 없는 밤길에 은빛이 춤췄다.

허리까지 오는 긴 머리카락이 소녀의 움직임을 쫓았고, 희미한 가로등 불빛을 받아 찬란하게 반짝였다.

특징적인 어두운 노란색 눈도……. 활동적인 소년 같은 차림새는 얼굴을 제외하고 일절 노출이 없었다.

양손에는 가죽 장갑을 꼈는데 가냘픈 소녀에게 어울리지 않는 것을 들고 있었다.

사람 키만 한 저격총이었다.

"아아, 진짜. 정말 짜증 나……!"

통상적으로 엎드려서 사용하는 화기지만 소녀는 단정한 얼굴을 짜증스레 찡그리고서 선 채로 방아쇠를 당겼다.

울려 퍼지는 것은 총성뿐만이 아니었다.

물리적인 공기의 진동이 아니라 다른 무언가에 전해지는 진동.

『오오오오오오오오오—!!』

그것을 짐승 같은 포효와 함께 또 다른 무언가가 어둠 속에서 부쉈다.

모습은 보이지 않았다.

다만 캄캄한 어둠 속에서 붉은 두 눈이 빛나고 있었다.

"인품이 부족해요, 시즈쿠 씨."

붉은 두 눈이 나무라듯이 말한 순간—.

"인품이 있다고 해서 좋은 것도 아니잖아!"

옆에서 난입한 자의 날아차기가 꽂혔다.

충격과 굉음.

붉은 눈을 가진 그림자는 가로등 불빛 아래로 나오는 일 없이 어둠 속으로 날아갔다.

"하! 발차기 느낌이 꽤 좋았어, 엘틸!"

높은 웃음소리와 함께 또 새로운 여자가 착지했다.

일부분만 빨갛게 염색한 흑발, 입에 문 담배, 남자처럼 입은 갈색 피부의 미녀.

검은색 재킷은 소매에 팔을 넣지 않고서 어깨에 걸쳤고, 바지의 오른쪽 다리 부분의 기장은 대담하게 잘려 있었다.

"감사 인사는 필요 없어, 시즈쿠!"

이름을 불린 은발 소녀는 대답하는 대신 방아쇠를 당겼다.

지근거리에서 발포된 탄환은 순식간에 흑발 여성의 가슴에 착탄했다.

"변함없이 외모와 안 어울리는 총이지만…… 나한테는 안 통해."

뭔가에 막혀서 풍만한 가슴에 굴러떨어진 탄환을 여자는 실소하며 손으로 튕겼다.

기묘하게도 총알은 찌그러졌고 피부는커녕 옷조차 흠 없이 멀쩡했다.

"칫!"

"어이, 그렇게 싫어하지 마!"

은발 소녀는 뒤로 뛰어 물러났다.

그것을 갈색 여자가 쫓았다.

원래부터 몇 걸음밖에 안 떨어져 있었던 거리가 줄어드는 것은 순식간이었다.

여자가 희희낙락 웃으며 주먹을 치켜들려고 했을 때.

—딱.

전에 없이 경쾌한 소리가 났고 이어서 새로운 목소리가 들렸다.

"그렇다면 내가 답례할게, 론즈데 씨."

"……!"

순간적으로 주먹을 뒤로 휘둘렀다.

울린 것은 둔탁한 파쇄음.

매우 단단한 물체를 억지로 때려 부순 듯한 소리였다.

하지만 그곳에는 아무것도 없었다. 있는 것은 어두운 거리의 불빛뿐이었다.

그래도 여자는 확실하게 뭔가를 때렸다.

총알에 찰과상조차 입지 않았던 피부에 피가 맺혀 있었다.

여자는 그걸 보고서도 입꼬리를 올리며 경쾌한 걸음으로 나타난 소녀에게 외쳤다.

"늦었네, 요정."

"주인공은 원래 마지막에 나타나, 보석 씨."

아마색 머리에 교복을 입은 소녀였다.

오른쪽 눈은 청록색이고 왼쪽 눈은 연분홍색인 이색 홍채가 어둠 속에서 빛나고 있었다.

"……클라레스 씨."

"안녕, 시즈쿠. 나한테 고마워해도 돼."

갈색 여자가 움직이지 못하는 틈을 타 거리를 벌린 은발 소녀가 난입자의 이름을 불렀다.

말 섞기도 싫다는 것처럼 목소리를 쥐어짠 듯한 어조였다.

말하기 싫지만 말하지 않을 수 없다는 느낌이었다.

"……내가 왜요? 론즈데 씨가 반격하지 않았다면 나한테도 맞혔을 거잖아요."

"후후. 글쎄, 어땠을까. 넌 어떻게 생각해? 엘틸."

"……변함없이 능구렁이 같은 사람이네요."

오드아이 소녀의 물음에 답한 것은 검은 안개 속에서 나타난 장신의 여자였다.

풍성한 금발을 가진 미녀.

특필할 점은 2미터쯤 되어 보이는 체구였다.

목 아래쪽의 전신을 기움질한 트렌치코트로 덮었는데 가슴 부분은 크게 부풀어 있었다.

"꽤 눈이 호강하는 차림이네, 엘틸."

트렌치코트 안쪽은 알몸이었다.

"내버려두세요."

여자는 탄식하고서 눈을 내리뜨며 작게 콧방귀를 뀌었다.

"다 모였네요."

저격총을 든 은발 소녀, 시즈쿠.

알몸 코트 차림의 금발 여성, 엘틸.

갈색 피부를 지닌 흑발 여성, 론즈데.

스틱을 손에 든 아마색 머리 소녀, 클라레스.

네 명의 소녀와 여성이 어두운 불빛 아래에서 대치했다.

먼저 입을 연 사람은 클라레스였다.

에메랄드색 스틱으로 한 번 딱 소리를 내고서 요정이라고도 불린 소녀는 화사하게 웃으며 세 명에게 물었다.

"자. 목적은 똑같은데, 이 상황 어떻게 할까? 일단 물어볼게. 우리 넷이 사이좋게 노면 선생님을 구하러 가는 건 어때?"

"……말도 안 되는 일이죠."

"됐습니다."

"농담조차 안 돼. 솔직히 말하지그래? 내가 메인 히로인이 될 테니 너희는 들러리 역할을 맡으라고 말이야."

"역시 긴말할 필요가 없네."

키득키득 웃은 클라레스는 스틱을 돌리며 시선을 보냈다.

"모처럼 네 명이 다 모였잖아. 나는 협력해 줬으면 하는데. 거의 1년 반 만에 만난 거 아닌가?"

"……협력해 달라니. 웃기네요, 클라레스 씨."

"뭐가? 시즈쿠."

미소를 받은 시즈쿠는 입꼬리만 비튼 웃음으로 대꾸했다.

"노먼 군이 말썽에 휘말린 건 **당신 차례** 직후였잖아요. 그리고 이 지경이 된 건가요?《요정》이란 이름이 울겠어요."

어두운 노란색 눈이 클라레스를 찔렀다.

비웃듯이, 따지듯이…….

"협력해 주세요, 라고 해야 하는 것 아닌가요? 제가 노먼 군을 지키지 못한 탓입니다, 라고요."

"역시 날카롭네, 시즈쿠."

화답하는 미소는 얼굴에 쓴 가면 같았다.

"확실히 내 잘못이라고 할 수 있을지도 몰라. 겸허히 받아들이겠어. 하지만 말이지, 루화. 너야말로 노먼 선생님의 위험을 눈치채고 있었을 텐데? 보나 마나, 자기 차례가 아니어도 **항상 선생님을 듣고 있었을 테지.**"

그리고, 하고 클라레스는 말을 이었다.

"너, 남을 공격할 때만 말이 빨라지더라."

"칫."

이번에는 시즈쿠가 두 가지 색의 눈빛을 받을 차례였다.

클라레스의 지적을 받고 그녀는 혀를 찼다.

"흠이 있다고 한다면…… 아니, 변명 같아지지만. 피차일반 아닌가? 우리는 그런 관계잖아? 안 그래? 탐정 씨, 마견 양도."

"어째서 저는 마견 양이죠?"

"넌 귀여운 쪽이니까."

"하긴, 나는 멋있는 초절정 미인이니 탐정 양은 안 어울리지."

담배를 손가락 사이에 낀 론즈데가 이야기에 끼어들었다.

"쟤네는 사이가 안 좋은 것 같아. 어때? 엘틸, 우리끼리라도 친하게 지낼까?"

"무슨 바보 같은 소리를 하시는 건가요."

"그치만 넌 노먼의 개잖아?"

그녀의 말에 엘틸은 눈썹을 찌푸렸다.

그 찌푸린 시선 끝에는 들이마신 연기를 내뿜는 미녀가 있었다.

"그 녀석의 개라면 **내 개라고 해도 되지 않나?** 항상 했던 생각이야."

"상스러운 사람이네요."

"하! 품위가 없는 건 너겠지,《마견》."

"그리고 성격도 나쁘네요. 뭐든 **자기 생각을 진실로 만들어야만** 대화가 가능한가요? 당신 장단을 맞춰 줘야 하는 노먼 님의 마음고생이 얼마나 심할지 가히 짐작이 가요."

"그게 내 일이야. 그리고 노먼은 즐겁게 지내고 있어. 안 그런 것 같아도 마조니까."

"예? 반대겠죠. 노먼 님은 적극적으로 주도해요."

"후후. 그 부분에 관해서는 각자 견해가 다를 것 같아. 안 그래? 시즈쿠."

"……시답잖네요. 그런 얘기를 할 때가 아니잖아요."

네 사람이 저마다 서로를 말로 견제하며 비언어적으로 적의를 맞부딪치고 있었다.

육식 동물이 서로 먹이를 차지하려고 노려보는 것처럼…….

결국 하고 싶은 말은 하나였다.

그녀들의 내면은 완전히 다르지만, 그것만큼은 다르지 않았다.

"노먼은 내 거야."

"노먼 선생님한테는 내가 있어."

"노먼 군은 내가 없으면 안 되니까요."

"노먼 님은 제가 구해 드리겠어요."

그러니까 너희는 방해하지 말라고.

태도로, 몸짓으로, 기운으로, 비언어적인 온갖 방법을 사용해 전방위로 그 뜻을 표명했다.

"나도 대화는 좋아하지만, 상대가 너희면 얘기가 다르지.《요정》은 그렇다 쳐도, 그쪽 두 사람은 말할 것도 없겠지."

"저에 대해 멋대로 말하지 않았으면 좋겠네요, 론즈데 씨."

"……엘틸 씨에게 동의하는 건 조금 석연치 않지만, 맞는 말이에요. 쓸데없는 참견이에요. 나는 노먼 군만 있으면 돼요."

"후후. 알고는 있었지만. 이건 얘기가 안 통하네."

다들 서로를 부모의 원수처럼 바라보고 있었다.

태도에 차이는 있지만 근본적인 부분은 똑같았다.

시즈쿠는 손끝 부분을 입으로 물어 가죽 장갑을 벗은 뒤 그 손가락을 들었고—.

엘틸은 등을 굽히고 자세를 낮춘 뒤 이를 드러냈고—.

론즈데는 참혹하게 입꼬리를 올리며 주먹에서 뚜둑 소리를 냈고—.

클라레스는 생글거리는 미소를 가면처럼 쓰고서 스틱으로 돌바닥을 찍었고—.

네 소녀— 네 명의《언로우》는 자기 자신을 해방했다.

이 세상의 섭리에 반하는 무언가를…….

●

"어떻게 생각해? 너는."

"으음…… 아."

질문을 받은 노먼은 팔을 움직이려고 했지만 구속된 상태임을 떠올리고 한숨을 쉰 후 싱긋 웃었다.

"네 명 모두 나를 구하러 와 준다니, 감동적이네."

"……내가 이런 말 하기도 뭐하지만, 네 웃음은 너무 거짓말 같아."

금색 눈이 어이없다는 듯 가늘어졌다.

서로를 죽이려 든다는 얘기를 듣고서 나온 말이 이거였다.

진심이라면 너무나도 비인간적이고 거짓말이라면 너무 뻔하다.

노먼이 무슨 생각을 하고 있는지 현시점에서 짐은 아무것도 알 수 없었다.

이제껏 줄곧 그랬다.

"……크흠. 아무튼 내가 할 일은 최근 한 달간 네가 관여한 사건에 관해 자세히 듣는 거야."

"보고서는 누나에게 제출했으니 너도 읽었을 테고, 중간중간 네 연구실에서 그와 관련된 잡담도 했잖아. 근데 굳이 또 말하라고?"

"물론 본론은 따로 있어. 하지만 그 전에 필요한 일이야. 확인 작업, 통과의례, 라고 생각해 줘."

"……참고로 묻겠는데. 너를 계속 무시하면 어떻게 돼?"

짐은 활짝 웃으며 오른손으로 자신의 목을 천천히 쓸어내렸다.

"……그렇구나."

"뭐, 내가 힘써서 목숨은 살려 줄 수도 있어! 하지만 그럴 경우, 네 신병은 내 거야! 응? 잠깐. 그것도 꽤 괜찮지 않나? 이야~ 뭘 해 달라고 할까!"

"좋아, 듣고 싶어 하는 얘기를 해 줄게. 그 대신 네가 만족하면 나도 너한테 묻고 싶은 게 있어."

"어이쿠! 뭐, 그것도 좋겠지!"

자, 그럼, 하고 짐은 들고 있던 바인더를 펼친 뒤 어떤 페이지에서 손을 멈췄다.

"먼저 이거야! 한 달간 너는 너의《언로우》와 함께 이 도시를 아주 떠들썩하게 만들었잖아? 네 가지 사건, 네 개의 괴물. 그 첫 번째. 어떤 저택에서 일어난 괴사 사건. 하지만《언로우》가 엮이면 그건 단순한 살인 사건이지. 해결하는 게《티어드롭》이라면 더더욱! 그것 앞에서는 온갖 트릭이 무의미해! 그것과 동반한 너는 그에 대해 어떻게 생각했는지 듣고 싶어!"

"아…… 굳이 말하자면…… 특별한 것의 중요성, 일까?"

"나쁘지 않은 시작이야!"

신나서 떠드는 짐은 흡사 어린아이 같았다.

납치, 감금하고서 심문하고 있어도 적의도 해의도 전혀 없었다.

친구와 이야기하는 듯한 털털함은 줄곧 변함없었고, 그렇기에 섬뜩했다.

"자, 얘기해 줘. 《언로우》 이야기는 미스터리가 되지 않아. 액션일까, 서스펜스일까, 호러일까. 몬스터 패닉이 될까."

"……글쎄, 미안하지만 기대하지 마. 분명 전부 아닐 거야."

그럼 뭐냐고 물어도 대답하기 곤란하지만…….

노먼은 그렇게 장르를 나눌 수 있다면 편했을 거라고 생각했다.

"다만 딱 하나 정정하자. 짐 아담워스."

"말해 봐, 노먼 헤이미쉬."

노먼은 말을 자아냈다.

조금 전에도 했던 말이지만 몇 번이든 그는 반복한다.

"이건 괴물의 이야기가 아니야. 인간의 이야기야."

I Tell You, Monster.

제1막

월우드의 추문
The Gossip in Wallwood

소녀는 어두운 방의 구석에서 떨고 있었다.

본래 있었을 터인 부모도 진즉에 도망쳐서 그녀는 줄곧 외톨이였다.

부모뿐만이 아니었다.

옆집 주민도, 그 옆집 주민도.

그녀 때문에 죽을 뻔했다.

그래서 소녀는 떨고 있었다.

왜 이렇게 되어 버린 걸까, 하고.

뭔가 나쁜 짓을 한 걸까.

답은 나오지 않았다.

실제로 소녀는 넓지 않은 방에서 나가지 못하고 그저 무서워하고 있을 뿐이었다.

그대로 있었다면 그녀는 굶어 죽었을 것이다.

"안녕, 반가워."

그런 그녀 앞에 소년이 나타났다.

검은 모자를 쓰고 오래 입은 듯한 코트를 걸치고 있었다.

"으…… 오지, 마세요!"

소녀는 쉰 목소리로 외쳤다.

소년이 무서운 건 아니었다.

자신이 가진 무언가가 청년을 상처 입힐 거라 생각했기 때문이다.

"응? ……아아, 갑자기 와서 미안. 수상한 사람으로 보이겠지만, 그래도 위험한 사람은 아니야."

요청받은 대로 발을 멈추고 소년은 느긋하게 미소 지었다.

소녀를 배려하듯이……

"아무렇지도, 않아요? 저한테, 가까이 와도……."

"응. 그런 것 같아. 그래서 내가 도와주러 온 거야."

소녀 주변에 있던 모두가 소녀 주변에 있을 수 없게 되었다.

어느 날 갑자기 그녀는 외톨이가 되어 버렸다.

빛이 들어오지 않는 어두운 동굴에 혼자 남아.

그 안에서 시든 꽃처럼.

하지만 소년은 산책하듯 가볍게 나타나 손을 내밀었다.

"네가 원할지는 모르겠지만. 최소한 이런 방 한편에서 떨지 않게 해 줄 수는 있을 거야."

시즈쿠 티어드롭.

항상 후드를 쓰고, 소년용 바지를 입고, 치마를 입더라도 스타킹이나 타이츠를 신고, 늘 장갑을 끼는, 노출을 절대 인정하지 않는 패션. 어깨에는 바이올린 케이스를 메고 있다.

후드 밑으로 흘러내리는 색소가 빠진 백발은 눈길을 끌었다.

어두운 노란색 눈은 늘 반쯤 감겨 있지만 그것이 오히려 그녀의 매력을 끌어냈다.

올해 마침내 열여섯이 되지만 키가 작고, 발육은 유감스러운 편이었으나 그것 또한 귀여웠다.

그런 그녀와 만나기로 한 곳은 발디움의 주택가 중심에 있는 분수 광장이었다.

날씨는 좋았지만 평일이라 그런지 아이와 함께 나온 가족이나 연인들이 노는 모습이 시야에 드문드문 잡혔고, 도로에는 마차가 일으키는 흙먼지와 최근 부자들이 모는 자동차에서 나오는 새까만 가스가 자욱했다.

시즈쿠는 도로를 지나간 마차 뒤에서 나타났다.

그녀는 도로를 가로질러 분수 앞에 우두커니 서 있는 노면에게로 걸어왔다.

노면은 평화로운 공원이 안 어울린다고 생각했다.

"좋은 날씨에는 어울릴지도 모르지만."

"그건 후드에 대한 비아냥인가요?"

아담한 몸을 살짝 굽히고서 걷는 모습은, 노출이 없는 점도 어우러져서 세상 어디에도 융화되지 못하고 겉도는 듯한 인상을 줬다.

어둠 속에서 줄곧 봉오리 상태로 빛을 받기를 거부하며 피지 않는 꽃처럼……

내버려두면 그대로 시들어 사라져 버릴 듯한 소녀였다.

"안녕, 시즈쿠. 늦었네. 하지만 안심해도 돼. 나도 방금 왔어."

"그 대응은 뭔가요. 노먼 군."

맑은 목소리였다.

하지만 그 목소리에 실린 것은 약간의 불만을 드러내는 나른함이었다.

생각했던 반응과 달라서 고개를 갸웃하자 목뒤에 묶인 머리카락이 흔들렸다.

"어라? 이상하네. 전에 만났을 때는 얼마나 기다렸든 방금 왔다고 말하는 거라고 하지 않았어?"

"그건 약속 시간보다 일찍 만났을 때죠. 상대가 늦었는데 그렇게 말하면 노먼 군도 늦은 게 되잖아요."

"오오, 그건 그렇네."

"정말……"

시즈쿠가 후드 아래에서 한숨을 쉬었다.

어이없음과 쓴웃음 속에 기쁨을 담은 한숨이었다.

"어쩔 수 없다니까. 늦어서 미안해요. 근데 왜 이런 데서 만나자고 한 거예요?"

"나쁘진 않은 것 같은데. 흔히 약속 장소로 쓰이는 곳이래."

"누구한테 들은 것처럼 말하네요? 약속 장소로 쓴 적이 있어요?"

"없으려나. 이 주변에 볼일이 있는 경우도 거의 없고."

"그렇겠죠. 저도 그래요. 그 탓에 헤맸어요."

"하지만 난 여기가 약속 장소로 유명하다는 것 정도는 알고 있었어."

"제가 알 리 없는 것을 노먼 군은 알고 있겠죠."

"……뭐, 그렇지."

시즈쿠 티어드롭.

놀라지 마시길. 그녀는 은둔형 외톨이다.

16세쯤 되면 상인이나 귀족의 딸은 신부 수업을 위해 학교에 다니고, 집안이 가난하다면 일하거나 결혼한다.

그런데 그녀는 학교에도 안 가고, 결혼도 안 하고, 일도 안 하고, 하숙집에 틀어박혀 취미인 바이올린을 연주하는 일이 태반인 괴짜라고 하기에는 참으로 유감스러운 소녀였다.

본인에게는 그런 분위기가 전혀 없지만…….

노먼은 어깨를 으쓱이고서 걷기 시작했다.

"아무튼 갈까."

시즈쿠는 대답하지 않았지만 확실하게 옆에서 따라왔다.

주먹이 하나쯤 들어갈 만한 거리를 두고…….

"용건은요?"

차가운 시선이 날카롭게 꽂혔다.

노먼은 답하지 않고 코트 안쪽에서 파일을 꺼내 건넸다.

"……"

시즈쿠는 말없이 그것을 받았다. 파일에는 서류 몇 장과 사진이 있었다.

먼저 그녀가 본 것은 귀부인으로 보이는 인물이 웃고 있는 얼굴 사진이었다.

"이 사람은 누구예요?"

"메리 월우드 씨. 운송 회사의 사장. 5년 전 죽은 남편의 회사를 인계하여 성공시킨 실력 있는 사장님이야."

"몇 살인데요?"

"서른다섯 살."

"향년 35세라고 해야겠네요."

시시하다는 듯 아무렇게나 사진을 넘겼다.

그곳에는 메리 월우드의 시체 사진이 있었다.

꽤 충격적인 방식으로 죽어 있었지만 시즈쿠는 낯빛을 바꾸지 않고 파일을 닫았다.

"그 나이에 운송 회사를 성공시켰다는 건 일을 잘하는 사람이었던 거겠지."

"저런 이상하게 큰 벽에 둘러싸여 있으니 당연하죠."

노먼이 하늘을 올려다보았고 시즈쿠도 그를 따랐다.

시선 끝에는 거대한 벽이 있었다.

성벽 도시 발디움은 그 이름대로 바깥둘레 전체가 커다란 벽에 감싸인 도시였다.

끝에서 끝까지 걸으면 서둘러도 꼬박 하루는 걸린다.

도시의 중심부에 한층 키가 큰 탑이 있는데 성벽은 그것보다도 높았다.

그만큼 큰 성벽을 만드는 데 얼마나 많은 시간과 노동력이 들었을지 알 수 없었다.

이 도시에 온 지 1년 반쯤 됐지만 도시의 역사에는 관심이 없어서 조사하지도 않았다.

다만—.

"이 도시에는 바람이 안 불어."

바람은 어딘가에서 불어와 어디로든 불 것 같은데 사소한 공기의 흐름이라면 모를까, 바람이라고 부를 수 있을 만한 것은 거의 없었다.

마치 이 도시가 세상에서 단절된 것처럼……

"이 도시에서 태어난 제게는 그게 당연하지만 말이죠."

시즈쿠가 어깨를 으쓱였다.

"벽지에 있는 도시라 가벼운 마음으로 밖에 나갈 수도 없고, 기본적으로 생활에 필요한 건 도시 안에서 해결되니 나갈 필요도 없어요."

"그래도 부족한 건 생겨. 그 부분은 바깥에 의지해야 하고, 그렇기에 이 도시에서 운송 회사는 중요해."

"하아. 저는 은둔형 외톨이라 상관없는데요."

"어떤 의미에서 은둔형 외톨이라 은혜를 입고 있다고 생각하는데……."

"그보다도."

쑥 내밀어 돌려준 파일이 닿아 툭 소리를 냈다.

"오랜만에 만나서 이걸 보여 준다는 건, 갑자기 일 얘기인가요?"

"일이니까."

"비합법적인 일이요."

"당치도 않아. ……아아, 아뇨. 미스터리 소설 이야기예요."

이어진 말은 지나가던 신사를 향해 말한 것이었다.

비싸 보이는 연미복을 입고 실크해트를 쓴 젊은 청년이었는데, 아마 귀족이나 뭐 그런 사람일 것이다.

아담한 소녀의 입에서 나온 「비합법」이라는 말을 듣고 발을 멈췄기에, 노먼은 미소 지으며 설명했다.

"아아…… 그렇군. 그렇다면 그쪽 아가씨는 조수인가?"

고상하게 웃은 신사는 작게 인사하고서 걸어갔다.

"……무슨 말이에요? 갑자기 조수라니."

어느새 한 발짝 떨어져 있었던 시즈쿠가 거리를 되돌리며 물었다.

"몰라? 몇 년 전에 유행한 추리 소설. 왕도에서 엄청나게 유행했고, 발디움에서도 작년쯤엔 다들 읽었었어."

"「다들」이란 게 누굴 말하는 건데요?"

"……너랑 나를 제외한 모두려나?"

"몰라요. 글자밖에 없는 책을 읽으면 머리가 아파서요."

뭐랄까.

무기력한 분위기의 쿨한 미소녀에게 듣고 싶지 않은 말 중 상위권이지 않을까.

"아무튼, 그래서요?"

"명탐정인 주인공이 있고, 그 조수가 휘둘리면서 사건을 해결한다는 이야기야."

"흐응…… 홋."

고개를 숙이며 시즈쿠는 작게 입꼬리를 비틀었다.

꽃다운 나이의 소녀에게는 어울리지 않는 웃음이었다.

"그런 이야기라면 조수는 노먼 군이겠죠."

"……뭐, 그렇지."

"푸웁…… 크크……."

묘하게 웃음 코드에 맞았는지 작게 어깨를 들썩이고 있었다.

"……그 책, 내가 인상적이었던 부분은 말이지. 비교적 나사가 빠져 있는 명탐정에게 휘둘리는 조수가, 투덜거리면서도 어쨌든 같이 어울려 주는 거였어."

"크크크…… 후후…… 역시 노먼 군이잖아요……!"

어깨의 들썩임이 더 커졌다. 뭐지, 아주 석연치 않았다.

"후우. 실례했어요. 노먼 군은 투덜거리지 않죠."

"그래……? 그런가……?"

"네. 투덜거리더라도 저는 안 들고요."

"이 녀석……."

"크크크."

웃으면서 흔들린 몸이 살짝 노먼과 닿았다.

"그럼 갈까요, 조수 군? 살인 사건 같은 건 별 재미도 없는데."

"명탐정은 그런 소리 안 해."

아마도…….

●

30분쯤 걸어서 도착한 월우드 저택은 그런대로 호화로운 2
층 건물이었다.

그 주인인 메리의 방. 즉, 살해 현장도 역시 그런대로 호화로
운 방이었다.

방 중앙에 책상, 벽 쪽에는 빼곡히 정돈된 책장과 서류 보관
함. 굳이 따지자면 파일과 바인더가 더 많았다.

창문은 두 개. 사람이 통과할 수 있을 듯한 크기라 햇볕도 잘
들 것 같았다.

천장 근처에는 작은 환기구 같은 것이 딱 하나.

카펫은 밟으면 그대로 푹 꺼질 것 같다는 생각이 들 만큼 푹
신푹신했다.

좋은 방인 것 같았다.

문제는 책상이 두 동강 나 있고 거기에 혈흔이 있다는 점이었다.

노먼은 파일을 꺼내 실내복 차림인 메리 씨의 살해 사진과 비교했다.

사진에는 둘로 쪼개진 책상 사이에 메리가 찌그러져 있었다.

정확히는 흉부가 푹 꺼져 있었다. 뼈가 살을 뚫어 내장은 파열되었을 것이다.

그녀를 책상에 앉히고, 거기에 거대한 강철 해머 같은 걸 힘껏 내리치더라도 이렇게는 안 될 터다.

튼튼한 책상이 쪼개져 있었다.

"그렇군."

"어때? 헤이미쉬."

말을 걸어온 사람은 시즈쿠가 아니었다.

후줄근한 모스 그린색 코트와 역시나 후줄근한 검은색 정장을 입은 장신의 마른 남자.

머리카락은 짧은 길이로 깔끔하게 쳤지만 외모를 신경 썼다기보다는 관리하기 편해서 그랬다는 느낌이었다.

얼굴은 그럭저럭 괜찮았다. 하지만 피곤한 표정과 다크서클 때문에 여성에게 인기는 없을 것 같았다.

해리슨 레너드.

발디움 경찰의 형사로 노먼과는 그런대로 오래 알고 지낸 사이였다.

만날 때마다 항상 극도로 피곤해 보여서 노먼은 혼자 멋대로 걱정하고 있었다.

"글쎄요."

말을 걸어온 목소리에 어깨를 으쓱였다.

"저는 뭐라고 말을 못 하겠네요."

"딱히 너의 추리를 기대하는 건 아니야."

내치는 듯한, 넌더리를 내고 있다는 것이 드러나는 목소리였다.

"상황을 이해하고 있는지 물은 거야."

"아아, 그거라면 일단 이해는 했습니다. 시체, 부서진 책상, 그리고……."

방의 귀퉁이에는 무뚝뚝하게 입을 다문 시즈쿠가 있었고, 그 옆쪽에 딱 하나뿐인 출입구가 있었다.

원래는 문이 있었겠지만— 부서져서 그냥 출입구가 되었다.

"부서진 문. 창문은 어땠나요?"

"사건 당시 잠겨 있었다는 게 확인됐어."

"그렇군요. 있는 건 생쥐 정도나 지날 수 있을 법한 통기구뿐인가요."

요컨대, 하고 노먼은 고개를 끄덕였다.

"밀실 살인이란 거네요. 그것도 시체가 명백하게 부자연스러워요. 당연히 범인은 못 찾았고, 범행 수법도 불명이고."

"그래서 불렀어."

"그렇겠죠."

퉁명스러운 표정으로 해리슨은 고개를 끄덕였다.

부탁하고 싶지는 않지만 다른 방법이 없다는 것처럼…….

딱히 그가 무능한 것은 아니고, 경찰의 권력 구조나 법률을 무시하고서 민간인에게 살인 사건의 자료를 넘겨 멋대로 조사시키고 있는 것도 아니었다.

이것이 노먼과 시즈쿠의 일이었다.

평범하게 생각하면 일어날 수 없는 사건.

조리에 반하는 범행 수법. 도리에 맞지 않는 피해와 시체.

마법이나 기적이 일어난 게 아닌 한 불가능한 일.

인간은 이런 일을 할 수 없을 텐데도 일어나 버린 사건.

"이런 건 너희의 일이잖아, 『탐정』."

"그 호칭은 별로 와닿지 않네요. 『카르테시우스』의 조사원은 현장에서 그렇게 불리지만."

"공표되지 않은 조직이잖아. 나 같은 중개 역이 아닌 경찰 입장에서는 멋대로 현장에 들어와 제멋대로 구는 족속이야. 그렇게 말하는 게 더 간편해."

"으음~ 부정할 수 없네요."

"그럼 일해. 나는 저택 관계자와 얘기하고 오겠어. 너희를 수상쩍게 여기고 있으니까."

"그럼 명탐정이라고 말해 주세요."

"웃기지도 않는군."

해리슨은 어깨를 으쓱이며 익숙한 모습으로 방을 나갔다.

"……혼신의 농담이었는데."

"혼신의 농담이 재미있지 않다는 현실을 받아들이세요, 노먼 군."

마침내 입을 연 시즈쿠가 신랄한 의견을 내놓았다.

그녀는 해리슨이 떠난 출입구를 보고 중얼거렸다.

"변함없이 의욕 없는 사람이네요. 노먼 군만큼 심하진 않지만."

"의욕 없는 게 아니야. 자신이 나설 부분을 알고 있는 거지. 우리를 불렀다는 건, 저 사람이 할 일은 경찰과 관계자에게 설명하고 영역을 조정하는 거니까."

"하아."

어찌 되든 좋다고 말하는 것 같은 애매한 맞장구였다.

기본적으로 세상에 관심이 없는 소녀였다.

"시작할까요."

"응, 잘 부탁해."

시즈쿠는 오른손의 장갑 끝을 물고 손을 내렸다.

장갑을 입에 문 채 왼쪽 장갑도 벗고 노먼에게 손을 내밀었다.

노먼은 시즈쿠의 손을 싱낭하게 잡았다.

가늘고 부드러운, 꽉 쥐면 부서질까 봐 걱정되는 작은 손.

그대로 두 동강이 난 책상으로 가서 오른손으로 만졌다.

심호흡하고 그녀는 작게 중얼거렸다.

"─《잔향루화(殘響淚花) · 환시》."

그 순간, 노먼과 시즈쿠의 세계는 전환되었다.

●

노먼과 시즈쿠는 소리를 듣고 있었다.

무언가가 무언가에 반사되어 그 소리가 영상을 만들어 냈다.

집무실. 닫힌 채 잠겨 있는 문과 창문.

책상은 부서지지 않았다.

책상 정면에 기댄 잠옷 차림의 메리 월우드.

두려워하고 있다.

몸이 떨리고 표정은 굳어 있다.

눈에 담긴 것은 공포, 의문, 경악— 거절.

그녀가 무언가를 외쳤다.

다음 순간, 메리가 찌그러졌다.

튼튼한 책상과 함께 그녀의 가슴이 뭉개졌고 책상은 두 동강이 났다.

농담 같은 광경이었다.

인간은 할 수 없는 일.

가능하다면 그건 괴물이다.

●

"헉—."

경련을 일으키듯 시즈쿠가 숨을 삼키는 소리와 함께 세계가 전환되었다.

"후우…… 후우……."

머리를 짚은 그녀가 진정되기를 잠시 기다렸다.

비틀거리는 그녀의 어깨를 안아 부축했다.

이 세상에는 마법도 기적도 없다.

있는 것은 현실과 이치와 평범한 인간과 《언로우》라고 불리는 『무언가』뿐이다.

숨어들고, 바뀌고, 벗어나, 일그러진 존재.

사람이 할 수 없는 일을 하는, 사람과 흡사한 괴물.

시즈쿠는 《에코하울링》이라고 부르고 있다.

《비전》은 그 능력을 응용한 것이다.

접촉한 것의 사념 비슷한 것을 읽고 그것을 비전으로 보는 힘.

잔류 사념을 보는 건가 싶었는데 이야기를 들어 보니 아무래도 다른 것 같았다.

극히 드물게 본인의 의사와 관계없이 발동하는데, 그녀의 《비전》은 이따금 미래의 비전을 볼 때도 있기 때문이다.

그러므로 그녀가 보는 것은 단순한 잔류 사념이 아니다.

임의로 비전을 읽기도 하지만 우연히 접촉한 것의 비전을 볼 때도 있었다.

그녀가 노출을 억제하는 것은 그래서였다.

특히나 불현듯 접촉한 것의 비전을 보지 않도록 장갑은 필수고 타인과 거리를 두거나 대화하지 않는 것도 괜한 것을 보지 않기 위한, 말하자면 그녀 나름의 처세술이었다.

접촉하면 보이는 비전. 과거 혹은 미래의 잔향.

이 세상의 법칙에서 벗어난 『무언가』.

그래서 그것은 《언로우》라고 불렸다.

《에코하울링》 시즈쿠 티어드롭.

그녀의 비전은 접촉만 한다면 타인과 공유할 수도 있다.

그녀 같은 《언로우》와 함께 인간에게는 불가능한 사건과 사고를 조사하는 것이 노먼의 일이었다. 그가 아닌 누군가와 그녀가 비전을 함께 보는 모습을 본 적은 없지만…….

"진정됐어? 시즈쿠."

"네, 뭐. 그나저나……."

은발을 흔들며 그녀는 숨을 내쉬었다.

그녀는 이 이능 때문에 불가해한 살인 사건에 동원되는 일이 많았다.

비전을 보면 범인을 단박에 알 수 있기 때문이다.

불가능한 살인 사건인 줄 알았는데, 비전을 봤더니 그저 범인이 매우 애썼을 뿐이었던 적도 있었다.

하지만 이번에는——.

"범인, 안 보였네요."

"그러게."

그랬다. 비전에 범인은 보이지 않았다.

그리고 《비전》에 《언로우》는 포착되지 않는다.

"그렇다는 건, 문제는 어떤《언로우》냐는 거네."

건넨 말에 시즈쿠는 바로 대답하지 않았다.

주머니에서 포장지를 꺼냈다.

가죽 장갑으로 조심스럽게 뜯은 것은 초콜릿 과자였다.

사건에 전혀 관심이 없다는 것을 드러내면서…….

"그걸 생각하는 건 당신 일이죠."

"……그 부분은 명탐정으로 있어 주면 좋겠는데."

문제는 전혀 의욕이 없는 이 명탐정을 어떻게 하느냐, 하는 거다.

그녀가 마음만 먹어 준다면 이 사건은 간단히 해결할 수 있으니까.

●

시즈쿠 티어드롭이 명탐정인지 그 조수인지는 일단 차치하고…….

실제 탐문은 노먼의 일이므로 그가 해야 했다.

범인이《언로우》라는 건 알았지만 그게 다다.

그래도《언로우》처리를 맡은 이상, 범인을 찾아야 했다.

"용의자……라기보다 살해 예상 시각에 저택에 있었던 사람은 다섯 명이야."

살해 현장에서 이동하여 저택 내 응접실.

아까 봤던 집무실과 비슷한 넓이의 방에 마주 놓인 소파와 낮은 테이블이 있었다.

노먼과 해리슨이 마주 앉고, 시즈쿠는 노먼 옆에, 역시 살짝 거리를 두고서 무릎을 끌어안고 있었다.

"다섯 명."

"그래. 사용인 네 명과 마침 숙박 중이던 한 명이야."

"이 저택은 꽤 큰데, 많은 건지 적은 건지 모르겠네요. 외부에 용의자는 없나요?"

"있고, 현재 조사 중이야. 다만 이 집은 비교적 방범이 확실하게 되어 있었어. 해가 지면 원칙적으로 문은 물론이고 저택의 모든 잠금장치가 잠겨."

"흐응~ 보안 의식이 높네요."

"남편이 강도에게 살해당해 메리 씨가 이 저택의 주인이 된 뒤로는 그러고 있는 모양이야. 사용인도 믿을 만한 사람만 남기고 전부 해고했다는군."

"그랬군요."

"……."

옆에서 시즈쿠가 후드를 쓴 채 입술을 비트는 게 느껴졌다.

방범은 했지만 결국 살해당했네요, 같은 생각을 하고 있을 것이다.

노먼도 살짝 생각하긴 했지만 그런 말을 하면 해리슨한테 혼난다.

"사건 당시 저택에 있었던 건 다섯 명."

피곤해 보이는 형사가 다시 말했다.

『집사』,『수습 집사』,『하인』,『시녀』,『의사』.

사망 시각인 23시 전후의 알리바이는 전원 없음.

"……없는 건가요."

"『시녀』와 『의사』는 각자 자기 방에서 취침 내지, 취침 준비. 『집사』는 자기 방에서 내일을 준비했고,『수습 집사』는 지하의 보일러실을 청소. 『하인』은 도서실에서 책을 정리하고 있었어. 하지만 각자의 방은 어느 정도 거리가 있어서 서로를 보지 못했다는군."

"하아. 현장은 어떻게 발견됐나요?"

"소리로."

"네? ……아아, 확실히 그렇겠네요. 그야 그렇겠죠."

"가장 먼저 달려간 사람은 『집사』, 잠시 후에 『하인』. 그러고 나서 다른 사람들도 모였어."

"그렇게 방에 갔더니 문이 잠겨 있고, 불러도 반응이 없었다. 억지로 열고 들어가자 메리 씨가 죽어 있었다, 라는 거군요."

"그래."

"깜짝 놀랐겠어요."

좀 더 제대로 생각해 주세요, 하는 목소리가 들린 것 같았다.

시선을 보내자 시즈쿠는 고개를 팽 돌렸다.

"……엉? 왜 날 봐?"

예를 들어 이 과로 기미 형사가 똑같은 행동을 하더라도, 미안하지만 역겹기만 할 것이다.

　아니, 좋은 사람이긴 하겠지만⋯⋯.

　"으음~ 그럼 형사님. 용의자⋯⋯도 아닌가. 용의자 후보와 얘기할 수 있을까요?"

　"그래. 얘기는 해 뒀어."

　"늘 신세 지네요."

　"일이니까."

　불만스러운 듯한 한숨을 쉬며 그렇게 중얼거리고서 그는 응접실을 나갔다.

　노먼은 해리슨의 그런 부분이 마음에 들었고 신용하고 있었다.

　이런 영문 모를 것에 정열을 쏟을 수 있는 인간이 있다면 그거야말로 어떻게 된 거다.

　"하아, 마침내."

　그리고 해리슨이 없어지자마자 시즈쿠가 입을 열었다.

　"노먼 군."

　"응?"

　"배고파요. 다우니 거리의 샤와르마 먹고 싶어요."

　"얘기 다 듣고 나서 먹으러 갈까."

　노먼이 대답하자 시즈쿠는 나른하게 어깨를 으쓱였다.

　"사정 청취가 그렇게 중요해요?"

　"물론 중요하지."

일이니까.

개인적으로는 어찌 되든 좋지만······.

●

"일은 싫지만, 부담 없이 가게에 들어갈 수 있다는 이점은 인정할 수밖에 없네요."

구운 고기와 채소를 얇은 빵에 싸서 롤 형태로 만든 이국풍 샌드위치, 샤와르마. 그 롤을 젓가락으로 집은 시즈쿠는 즐겁게 중얼거렸다.

"『카르테시우스』는 생활은 담보해 주지만, 외출 제한이 있잖아요."

"······아니, 외출을 제한하긴 하지만, 금지하는 건 아니야."

"정말, 노먼 군. 저한테 무슨 말을 시키고 싶은 거예요?"

"네가 듣고 싶어 하는 거겠지."

어깨를 으쓱이며 노먼은 시즈쿠와는 다른 형태의 샤와르마를 먹었다.

반월 형태의 빵에 고기와 채소를 넣은 것으로, 손에 들고 먹을 수 있는 패스트푸드였다. 매콤한 소스가 식욕을 돋워서 즐겨 먹었다.

월우드 저택에서 도보로 한 시간쯤 걸리는 곳, 다우니 거리의 식당.

노먼과 시즈쿠는 그곳을 방문해 있었다.

늦은 점심 식사였다. 두 사람 모두 살인 현장을 보고 식욕이 떨어질 만큼 정신이 섬세하진 않았다.

"흐응, 제가 무슨 말을 듣고 싶어 하는데요?"

본래 종이로 싸서 손에 들고 먹는 롤 샤와르마를 젓가락으로 들어 작은 입으로 조금씩 먹는 시즈쿠가 놀리듯이 물었다.

"너, 내가 없으면 밖에 안 나가잖아."

"으음~ 좀 아쉽네요."

"이런, 실례했어."

"어쩔 수 없죠."

그녀가 작게 웃었다.

가게에는 카운터석 몇 개와 테이블석 네 개가 있었는데, 두 사람이 있는 곳은 가장 안쪽이었다. 가게 밖은 보이지 않고 카운터에서도 사각지대가 되는 반쯤 별실 같은 자리.

보는 눈이 없으면 시즈쿠의 표정은 상당히 달라진다.

"뭐, 실제로 외출할 일은 식량이랑 생활용품 사러 나갈 때뿐이니까 문제없어요."

"진짜 그렇게 생각해?"

"네. 저는 이 이상은 별로 바라지 않아요."

식사할 때도 가죽 장갑을 벗지 않는 그녀는 대수롭지 않게 말했다.

이 도시에서 시즈쿠 말고 이국의 식사 도구를 사용하는 별종은 본 적이 없지만, 그녀에게는 그게 필요했다. 장갑을 벗지 않고 손으로 먹는 건 위생적으로 문제가 있으니 젓가락을 쓰는 것이다.

요리에 따라서 물론 나이프나 포크, 스푼도 사용한다.

함께 나온 감자칩도 손가락으로 집어 먹지 않았다.

"……먹을래?"

"음? 후후, 환심 사려는 거예요?"

노먼이 자신의 감자칩을 손으로 집어서 내밀자 시즈쿠는 기뻐하며 먹었다.

작은 입이 조금씩 감자칩을 베어 먹는 것을 보며 말했다.

"……사건 말인데. 들어 보니 용의자 다섯 명 모두 메리 씨와의 관계는 나쁘지 않았어. 오히려 좋았지. 평범하게 생각하면 죽일 이유가 없어."

"평범한 게 뭔데요?"

"글쎄."

적어도 범인은 평범하지 않다. 보통과는 거리가 멀다. 보통 같으면 비상식적인 것.

그게 바로 《언로우》니까.

"할짝."

"내 손가락까지 핥고 있는데, 그것도 맛있어?"

"감자는 감자 자체보다 묻어 있는 소금이 맛있지 않나요?"

"이해 못 하는 건 아니야."

"빛 좋은 개살구 같은 발언이네요."

"감자칩은 황금빛이지만 말이지."

"좀 아쉬운 수준이네요."

"엄격하네."

"하지만 사건에 미적지근한 수준으로 임하면 곤란하잖아요. 제가 아니라 노먼 군이."

"뭐, 그렇지. 사건은 어찌 되든 좋지만, 일은 해야 하니까. 명탐정님은 어떻게 생각해?"

"글쎄요."

썰려 있는 롤 샤와르마를 입에 넣은 시즈쿠는 잠시 생각한 뒤 삼켰다.

"꽤 섹시한 잠옷을 입고 죽어 있었죠, 그 사람."

"그걸 신경 쓴다고?"

"네. 그런 거 어때요?"

받은 질문을 생각했다. 진지하게.

"……나쁘지 않다고 생각은 하는데, 너한테는 좀 아니지 않아?"

"가슴에 콤플렉스가 있다고 생각해서 말을 가린 거라면 서운하네요."

"나는 네가 너다운 옷을 입어 주는 게 기뻐."

"음흠. ……방금 건 좋았어요."

"의욕이 좀 나?"

"음~ 조금 더 필요해요."

그녀는 어깨를 으쓱이고서 가죽 장갑을 낀 검지를 세웠다.

"굳이 따지자면 제가 신경 쓰이는 건, 그런 잠옷을 입고 맞이할 만한 관계였다는 거예요."

"아…… 그렇네?"

노먼은 고개를 기울이고 용의자 다섯 명의 입장을 떠올렸다.

"……아니, 근데 다섯 명 중 네 명이 사용인이니까, 실내복을 보이는 일 정도는 있겠지. 다른 한 명은 의사고, 그렇게 부자연스럽진 않은 것 같아."

"여심을 좀 더 생각해 주세요."

쓴웃음을 지으며 시즈쿠는 남은 감자칩을 입에 넣었다.

"특별한 상대에게만 보여 주는 모습은 중요하다고요."

"그래?"

"네. 적어도 저는 그래요."

흥미로운 이야기였다. 무엇이 그렇다는 걸까.

추리의 착안점이? 아니면 특별한 상대에게만 보여 주는 모습이 있다는 쪽인가?

항상 후드를 쓰고 이렇게 식사하는 동안에도 장갑을 끼며 노출을 허락하지 않는 시즈쿠라면 특히나…….

"밀실에 관해서는…… 뭐, 어찌 되든 좋은 얘기죠."

"뭐, 그 부분은 그렇지. 밀실 자체는 우리가 해결할 일이 아니야."

그럼 누가 해결할 일인가 하면, 대체로 해리슨 형사의 일이다.

불가해한 《언로우》 사건이 일어나서 소동이 벌어질 때마다 그걸 은폐하는 것이 그의 일이었다.

추리 소설에는 그가 훨씬 더 적합할지도 모르겠다.

"그렇지만 범인을 처리하는 건 우리 일이야."

"성실하네요."

시즈쿠도 성실하게 일해 줬으면 좋겠다.

"……그러고 보니 네가 만드는 곡, 슬슬 완성될 때가 되지 않았어?"

감자칩을 젓가락으로 집으려던 그녀의 움직임이 일순 멈췄다.

"……노먼 군이 먼저 그 얘기를 꺼내다니, 별일이네요."

"네가 독학으로 작곡을 시작한 지 꽤 됐잖아. 나는 전문가가 아니라서 옆에서 보기만 했지만. 뭐, 그래도 이제 완성될 것 같다고 최근 생각하고 있었어."

그게 시즈쿠에게 의미 있는 깃임을 노먼은 알고 있었다.

"역시 너의 곡이 완성되면 제일 먼저 들려줬으면 좋겠어."

"어쩔 수 없네요."

그리고 시즈쿠는 노란 눈으로 노먼을 똑바로 보았다.

그 눈에는 이전까지 없었던 빛이 있었다.

어두운 노란색.

"그럼 빨리 끝내고 친밀한 시간을 보낼까요."

무게 있는 말처럼 들렸지만 감자칩 하나 정도의 무게밖에 없었다.

●

그날 밤 범인이 저택에 남아 있었던 것은 경찰이 그러라고 했기 때문이었다.

이번 사건의 용의자 후보 다섯 명 중 네 명은 애초에 입주 근무자고, 한 명은 외부인이지만 경찰이 시키니 거부할 수 없었다.

메리 월우드가 죽고 혹은 살해당하고 며칠간, 실제로 다섯 명 모두 저택에서 나갈 수 없었다.

사람이 죽은 저택에서 지내라니…… 같은 말도 할 수 없었다.

말하자면 상을 치른 것이다.

다섯 명 모두 메리 월우드를 사랑했으니까.

범인이 야밤에 현관홀로 간 것은 누가 시켜서가 아니었다.

안 좋은 느낌이 들었다.

귀 안쪽을 뭔가가 소름 끼치게 긁어 대는 듯한…….

말로 표현할 수 없는 불안함과 불쾌함.

마치 누군가가 자신의 이름을 부르고 있는 듯한—.

자신이 죽인 여자가 부르고 있는 듯한— 그런 목소리.

가만있을 수가 없어서 부르는 목소리를 따라 어느새 메리의 방까지 와 있었다.

"……아아, 왔나요."

방 중앙에 후드를 쓴 소녀가 있었다.

양손에 장갑까지 낀, 노출을 철저히 인정하지 않는 모습과 어깨에 멘 바이올린 케이스.

후드 밑으로 흘러내리는 색소 빠진 은발은 눈길을 끌었다.

반쯤 감긴 어두운 노란색 눈. 세상 전체에 관심이 없다는 그런 눈.

빛이라고는 창문으로 들어오는 달빛뿐인 어두운 방에 선 그녀는 마치 꽃 같았다.

어두운 동굴 안쪽에 조용히 핀 꽃봉오리처럼 그녀는 둘로 쪼개진 책상의 한가운데에 서 있었다.

오늘 점심쯤에 갑자기 나타나, 범인을 포함한 다섯 명에게 진술을 받은 의문의 2인조 중 한 명이었다.

진술, 이라고 하는 것도 이상했다.

보통 진술을 받을 때는 범행 시각의 알리바이나 피해자와의 관계 같은 것을 묻는다.

하지만 그들— 이라고 할까, 또 다른 한 명인 소년은 메리와의 관계와 지금까지 어떤 인생을 살았는지만 물었다.

알리바이 같은 건 어찌 되든 좋다는 태도가 인상적이었고 엉성하기까지 했다.

그때 소녀는 소년 옆에서 줄곧 입을 다물고 있었다.

"……."

이 녀석이다.

귓속에서 들리는 불쾌한 소리.

본능, 감, 혹은 다른 무언가를 통해 직감했다.

이 소녀가 불러서 자신은 여기까지 와 버렸다.

그녀는 시시하다는 듯한 시선을 보냈다.

"……힉."

고작 그 시선이 참을 수 없이 무서웠다.

이유는 알 수 없었다.

평범한 소녀로만 보이고 맨 처음 봤을 때도 그랬다.

그런데, 지금은 달랐다.

소녀가 발산 중인 무언가가 자신의 무언가를 자극하고 있었다.

목이 콱 막히고 몸이 떨려서 무의식중에 한 발짝 물러났다.

"어이쿠, 도망치면 안 되지."

"……!!"

어느새 뒤에 소년이 있었다.

목뒤에 묶인 회색 머리와 두꺼운 코트, 검은색 펠트 모자가 묘하게 잘 어울리는 소년.

얼굴은 반듯하지만 처진 눈과, 멍한 표정과 분위기 때문에 미남이라는 인상은 아니었다.

또래보다도 연상의 부인에게 사랑받을 듯한 대단한 발톱이나 송곳니도 없는 작은 동물 같은 남자였다.

소리도 기척도 없이 나타난 그는 가벼운 발걸음으로 범인을 추월하여 소녀 옆에 섰다.

그리고—.

한쪽 손으로 모자를 누른 소년이 검지로 범인을 가리키며 말했다.

"네가 범인이야."

●

흠칫, 하고 『수습 집사』— 알프레드 커티스의 표정이 일그러졌다.

눈이 크게 뜨이고 연한 금발이 흔들린 뒤 얼굴이 새파래졌다.

"어떻, 게……?!"

흘러나온 목소리는 헐떡임 같았다.

"……."

그런 알프레드를 보고 노먼은 어째서지 얼떨떨한 표정을 지었다.

시즈쿠는 어깨를 으쓱이더니 한숨을 쉬고서 입을 열었다.

"첫 번째에 바로 걸렸네요, 노먼 군."

진술을 들을 때 그녀는 줄곧 입을 다문 채 노먼 옆에 있었을 뿐이었다.

어찌 되든 좋다는 듯 나른하지만 맑은 목소리였다.

"응. 수고를 덜게 돼서 다행이야. 솔직히 아까 그래 놓고서 범인은 용의자 후보 중에 없었습니다, 하는 전개면 어쩌나 싶었어."

"결과가 좋으면 장땡이에요. 누구였죠? 이 사람."

"알프레드 커티스."

"아, 맞다."

"무슨…… 무슨 소리를 하는 거야? 너희?!"

터져 나온 외침은 비명이었다. 두 사람의 대화는 긴장감이 없었다.

이래선 마치—.

"떠…… 떠본 건가?! 내가 범인이란 걸 모르면서!"

"범인이 누구인지 같은 건 어찌 되든 좋아, 알프레드 군."

노먼은 딱 잘라 말했다.

"무…… 무슨…… 너희는 탐정이잖아?!"

"탐정 아니야. 그렇게 불리기도 하지만. 아니지, 어찌 되든 좋다는 말은 과했나. 다만 우선도가 낮아."

"그럼 뭐가—."

"당신이 어떤 괴물인지, 가 중요하죠."

"……."

알프레드라는 청년의 표정에 균열이 생겼다.

범인이란 말을 듣고 과하게 반응해 버렸던 것과는 달랐다.

얼굴이 새파란 것을 넘어 새하얘졌다.

그때까지 그에게 있었던 것은 초조와 의문이었다.

하지만 지금의 그에게는 확실한 공포가 있었다.

"너 같은 괴물을 《언로우》라고 불러. 짚이는 게 있지?"

언노운? 아니다, 언로우다.

"이 발디움에는 《언로우》가 유독 많거든. 우리는 그 《언로우》를 전문으로 찾는 탐정……인 것도 아니지. 나는 《언로우》가 아니고."

"결국 같은 굴에 사는 오소리와 너구리죠. 한통속이에요."

시즈쿠 티어드롭은 웃었다.

어둠 속에서 줄곧 봉오리 상태로 빛을 거부하며 피지 않는 꽃 같은 소녀.

그러나 지금, 그녀는 말을 자아내며 웃고 있었다.

어두운 굴속에서 같은 오소리에게 웃었다.

"……너, 도."

그 순간, 알프레드는 기묘한 표정을 지었다.

동요는 사라지지 않았다. 여전히 놀랐고 안색도 안 좋았다.

다만 확실하게 그의 얼굴에는 기쁨이 떠올라 있었다.

같은 굴의 오소리.

같은, 괴물.

"말해 줄래? 알프레드 군. 어째서 넌 메리 씨를 죽였지?"

"그건…… 그건……!"

기쁨이 사라지며 얼굴이 일그러졌다.

기억이 되살아났다.

메리 월우드가 했던 말이…….

"그, 사람은…… 그 사람이 말해 줬어!"

외침이 되어 흘러넘쳤다.

"메리 님이 먼저 말해 줬다고! 숨기는 게 있지 않냐고! 자기는 그걸 받아들일 수 있다고! 그래서…… 그래서 나는!"

"자신의 이능을 메리 씨에게 보여 줬군."

"맞아! 그랬더니…… 그랬더니……!"

"부정당했고, 죽였어."

"으으으으으……!"

양손으로 머리를 부여잡고서 신음했다.

그럴 생각이 아니었었다.

"그래서? 너는 뭘 하고 싶어?"

"……어?"

"너에게는 너의 이능이 있잖아. 우리는 그걸 알고 싶은 거야."

"……."

"가르쳐 줘, 알프레드 군. 난 메리 씨와 달라. 《언로우》를 알고 있고, 친하게 지내는 다른 《언로우》도 있어. 옆에 있는 시즈쿠도 마찬가지야. 네가 평범하지 않다고 해서 부정하지 않아."

"……."

그의 표정은 웃는 것 같기도 했고 우는 것 같기도 했다.

깎아지른 절벽에 매달려 이제 다 틀렸다고 생각했을 때 누군가가 손을 내밀어 구해준 것처럼…….

"……하아."

흐릿하게 웃는 노먼 옆에서 시즈쿠가 한숨을 쉰 것을 알프레드는 알아차리지 못했다.

"나…… 나는…… 몸의 크기를 바꿀 수 있어."

"호오."

노먼이 고개를 끄덕였다.

"그건…… 어느 정도로?"

"생쥐만 한 크기가 되거나…… 팔로만 한정하면 세 배쯤 키울 수 있어."

"아아, 그렇구나. 그래서 밀실이 될 수 있었던 건가. 통기구로 나간 거야. 메리 씨는 크게 키운 팔로 죽였고."

"맞, 아."

"흠. 팔만 키운다고 해도 옷이 찢어지지 않나?"

"……셔, 셔츠는 벗고 있었어. 그때는 얘기가 끝나면 그대로…… 그……."

"아하, 거사를 치르기 전에 중요한 얘기를 했던 거군. 침대도 없는데 왕성도 하셔라."

내막은 간단했다.

문과 창문은 잠겨 있었다. 통기구는 있지만 사람은 지나갈 수 없는 크기다.

그러나 보통은 지날 수 없는 통기구도 몸을 작게 만들 수 있다면 번듯한 출입구가 된다.

보통 같으면…….

하지만 알프레드 커티스는 보통이 아니다.

괴물이다.

이 방은 보통 사람에게는 밀실이었지만 괴물에게는 밀실이 아니었다.

그의 능력이 뭔지 알면 수수께끼도 아니고 추리할 필요도 없다.

아무리 좋게 봐줘도 추리 소설 미만인 이야기다.

"커지거나 작아지거나, 인가."

"그래…… 맞아! 나는 이제 슬럼가의 애송이가 아니야. 공부했어. 노력했어. 많이 컸어! 메리 님도 그걸 알아주셨을 텐데, 그런데…… 받아들여 주시지 않아서—"

"다 들은 것 같은데요, 노먼 군."

시즈쿠는 실소하며 말을 막았다.

그녀는 웃고 있었다.

같은 굴의 오소리에게…….

"전형적인 《위계 I 》의 『변모태(變貌態)』한테 이것저것 들을 필요도 없어요."

"으음, 좀 더 여러모로 듣고 싶은데. 나중에 보고서를 써야 하고."

"즉, 슬럼가 출신으로 착취당했던 기억이 콤플렉스여서 열심히 공부했는데, 어린 시절의 콤플렉스는 트라우마가 되어서, 근본적으로는 자신을 여전히 슬럼가의 어린애라고 생각하기에 작아지는 이능이 각성했고, 겉모습을 꾸며 크게 보이고 싶기에 팔만 어중간하게 커지는…… 그런 것 아닌가요?"

"……"

"오, 놀라운데. 언제부터 사람의 마음을 이해하게 된 거야?"

"몰라요. 사람의 마음 따위."

소녀— 소녀 형태를 한 괴물.

"하지만 괴물의 마음은 알아요.《카테고리 I 》은 알기 쉬우니까요."

"……카테…… 1……?"

"《카테고리 I 》. 너처럼 막《언로우》가 된 단계를 그렇게 불러. 이능이 확립되지 않았고, 정신적으로도 불안정하지. 이런 돌발적인 사건을 일으키기 쉬워. 제대로 된 판단을 못 하게 되거든. 이능 타입에 관한 얘기는…… 뭐, 지금은 됐나."

제대로 된 판단, 이라는 말을 들이도 알프레드는 이해할 수 없었다.

방법은 있었을 터다.

사건이 일어난 지 며칠이 지났으니 도망쳤으면 됐다. 몸의 크기를 바꾸는 이능이 있으니 경찰을 따돌리는 것은 간단할 터다. 외부로 도망쳐 잠복했다면 노먼과 시즈쿠는 어떻게 할 방법도 없었다.

아니면 수사를 혼란에 빠뜨리기 위해 현장을 훼손하거나, 저택 밖에서 비슷한 사건을 일으킬 수도 있었을 터다.

보통은 할 수 없는 일을 할 수 있으니까.

생각해 보면 할 수 있는 일이 있었다.

예를 들어…… 정말로 후회하고 있다면 자수하면 됐다.

이능에 관해 제대로 취급해 줄지는 차치하고 그 선택지도 있었을 터다.

하지만 알프레드는 아무것도 안 했다.

사고를 멈췄을 뿐.

죽여 버렸다는 죄책감과 자신의 정체가 들킬 거라는 공포에 떨었을 뿐이다.

그리고 지금, 그가 생각한 것은 하나였다.

"……도, 도와줘."

"응?"

"도와주세요! 나, 나는 어떡해야 해?! 메리 님을 죽여 버렸어! 여기에는 있을 수 없어! 다, 당신은 그 《언로우》를 받아들여 준다며?! 저 아이처럼, 나도, 뭔가 할 수 있는 일이―."

"있을 리가 없잖아."

"……어?"

노먼의 눈은 싸늘했다.

멍한 작은 동물 같은 분위기는 사라져 있었다.

있는 것은 차안에서 피안을 바라보는 듯한 아득한 시선이었다.

"어, 어째서?! 당신은 《언로우》도 받아들인다고⋯⋯."

"받아들일 리가 없잖아. 자신을 받아들여 주지 않는다고 사람을 죽이는 녀석 따위. 너를 받아들이고, 그다음에는? 사소한 부정을 했다가 살해당하면 웃기지도 않는 일이야. 가령 내가 받아들이더라도, 다른 누군가를 비슷한 이유로 죽일지도 몰라. 자업자득이야."

"뭐, 뭐야⋯⋯. 가, 갑자기 평범한 말을—."

"네가 모두와 달라져 버렸어도⋯⋯."

일순 그의 시선이 옆에 있는 시즈쿠에게 향했다.

주먹 하나가 들어갈 만큼, 아주 살짝 몸을 움직이면 닿을 만한 거리.

시즈쿠가 몸을 움직였다.

"키득."

아니, 몸을 기댔다.

보듬듯이. 지지하듯이. 의존하듯이.

웃음의 의미를 그는 이해할 수 없었다.

"사람에서 변해 버렸어도⋯⋯ 우리가 사는 곳은 모두의 사회야. 《언로우》만의 도시가 아니야. 이 성벽이 에워싸고 있는 것은 《언로우》뿐만이 아니야."

《언로우》는 모두와 다르지만—.

성벽 도시 발디움에는 많은 괴물이 숨어 있지만—.

그래도 모두와 함께 살고 있다.

숨어들거나, 바뀌거나, 벗어나거나, 일그러지며.

법칙에 어긋나 있어도 법률과 윤리는 따라야 한다.

당연한 일이다.

"그런 당연함을 모른다면 너는 그냥 괴물이야."

맞는 말을 하는 것 같지만 노먼의 말투에는 설교하는 듯한 뉘앙스가 없었다.

그런 거다, 가 아니라 그래야 한다고 자기 자신에게 말하는 것 같은 말투였다.

그렇지 않으면 안 된다, 라는 느낌.

"나는 괴물을 도울 마음은 없어. 그리고 넌 이기적인 이유로 메리 씨를 죽였지. 《언로우》인 건 죄가 아니어도, 살인은 죄야. 공부했잖아?"

"그 공부를 시켜 준 사람을 죽였지만 말이죠."

"그런…… 그런 걸…… 이제 와서……!"

그렇다. 이미 늦었다.

알프레드 커티스는 메리 월우드를 죽였다.

자신을 받아들여 주지 않았으니까.

자신이 기대한 대로 되지 않았으니까.

"ㅇㅇㅇ…… ㅇㅇㅇㅇㅇㅇㅇ……!"

머리를 쥐어뜯고 몸을 떨며 침음을 흘렸다.

하지만 노먼과 시즈쿠는 그 모습에서 다른 소리를 들었다.

끼기긱, 끼기긱.

실을 한계까지 힘껏 당기는 소리.

"시즈쿠."

"응."

이름을 불렀을 때, 그녀는 웃고 있었다.

알프레드는 얼굴을 잔뜩 찡그리고 있었지만 시즈쿠는 활짝 웃고 있었다.

노먼이 시즈쿠의 손을 잡자 그녀는 가볍게 앞으로 한 발짝 나갔다.

어깨에 멘 바이올린 케이스를 일순 보았지만 바로 시선을 뗐다.

그렇게 움직이면서 후드가 벗겨져 하얀 머리카락이 흘러내렸다.

가늘고 찰랑거리는, 달빛을 받아 빛나는 백은색.

후드에 눌려 있던 머리카락은 허리까지 올 만큼 길었다.

그 순간―.

"으아아아아아아아아아!!"

실이 끊어졌다.

이성의 실. 본능의 실. 인내의 실. 혹은 그것들 전부를 묶었던 것이 뚝 하고…….

알프레드 커티스의 오른팔이 거대해졌다.

주먹만으로도 사람의 가슴을 충분히 뭉갤 수 있을 만큼. 옷을 찢고 세 배쯤 커진 안 어울리는 거대한 팔.

"아하하."

그걸 보고 역시 시즈쿠는 웃고 있었다.

줄곧 그녀는 웃고 있었다.

그 의미를 알프레드는 이해할 수 없었다.

거대한 팔을 치켜든 괴물을 향해 시즈쿠는 오른손을 들었다.

"……!"

알프레드는 반사적으로 양손을 움직여 귀를 막았다.

오른쪽 귀는 거대해진 손가락으로 누르고 있는 게 어딘가 약
삭빨랐다.

이 방에 불려 온 것을 통해 시즈쿠의 이능이 소리로 발현된다
고 판단한 것이다.

"하!"

하지만 시즈쿠는 상관하지 않았다.

왼손은 노먼의 손을 잡은 채, 바이올린의 현을 켜는 듯한 우
아한 움직임으로 손가락을 튕겼다.

딱.

"—《에코하울링》."

그리고 알프레드 커티스는 비전을 보았다.

●

—비전을 보고 있었다.

책상 정면에 기댄 잠옷 차림의 메리 월우드.

자신을 보고 무서워하고 있다. 자신 때문에 몸을 떨고 표정은 굳어 있다. 자신을 보는 그 눈에 담긴 것은 공포, 의문, 경악. 그리고 거절. 자신을 향해 그녀가 무언가를 외친다.

『괴물!』

너는 다르다고.

다음 순간, 자신은 메리를 으스러뜨렸다. 튼튼한 책상과 함께 그녀의 가슴이 뭉개졌고 책상은 두 동강이 났다. 공포와 절망에 물든 표정으로 그녀는 죽었다. 허무하게. 예전에 슬럼가에서 수없이 봤던 것과 같은 당연한 죽음. 그에 저항하며 살았는데 자신이 그걸 일으켰다.

빙글, 세계가 뒤집혔다.

『괴물!』

그녀가 외친다. 거절을. 확집을. 너는 다르다. 그러니 함께 있을 수 없다.

『괴물!』

그녀는 외친다. 오지 말라고. 가까이 오지 말라고. 상관하지 말라고.

누구보다도 특별했던 여자의 잔향들이 공명했다.

거절당하고 자신의 손으로 죽인 순간이 몇 번이고 계속해서 반복되었다.

"—아—아아—아아아아—."

알프레드 커티스의 무언가에 균열이 생겼다.

세계가 빙글 뒤집힐 때마다 그 균열은 커지고, 삐걱거리고, 떨리고, 부서져 갔다.

그것은, 마음이었다.

—《에코하울링》은 마음을 흔든다.

떠올리고 싶지 않은 과거, 상상하기 싫은 미래.

저마다 마음속 깊이 묻어 두고 있는 그런 노출된 신경 같은 곳을 건드려 아픈 기억을 되풀이해 증폭시킨다. 직접 접촉하지 않고 발동하면 이능은 그녀의 제어에서 벗어나 무작위로 계속 하울링한다. 보통 사람이라면 트라우마가 강제로 상기되어 공황 장애로 호흡 곤란이나 심장 마비가 일어난다.

부모는 그 탓에 죽기 직전까지 갔다.

이웃도 죽을 뻔했다.

잘 모르는 인근 주민도 마음의 상처가 벌어져 버렸다.

《언로우》가 되었어도 시즈쿠 자신은 아무것도 달라지지 않았는데…….

모두와 함께 있는 것만으로도 주위를 상처 입힌다.

●

"아…… 아아…… 메, 리…… 님…….."

"음? ……의외로 튼튼하네요. 아니면 염치를 모른다고 해야 할까요."

《에코하울링·비전》은 접촉한 것의 과거나 미래의 비전을 보는 이능이다.

이 경우에는 어느 정도 임의로 비전을 볼 수 있지만, 그래도 예상치 못한 순간에 의도치 않은 비전을 보는 일이 있기에 노출을 줄여야 했다.

노먼과 함께 조정하고 약체화하여 겨우 이 수준으로 만든 것이었다.

《에코하울링》은 더 성질이 나쁘다.

트라우마의 리프레인.

접촉하지 않고 사용함으로써 거의 무한한 하울링을 반복하는데 ── 지금의 그녀는 그 하울링에 지향성을 줘서 상대를 고를 수 있게 됐다 ── 거의 무한하다는 것은 완전히 무한하지는 않다는 뜻이다.

기억은 언젠가 마모된다.

잔향의 공명에도 끝이 온다.

그 끝에 알프레드는 폐인 일보 직전 상태가 되었지만 간신히 자신의 다리로 서 있었다.

"슬럼가 근성이란 건가. 어떡할래? 조금만 더 밀어붙이면 망가질 것 같은데."

"그러네요."

좀비처럼 그 자리에 우두커니 서 있는 알프레드를 보고 시즈쿠는 살짝 눈썹을 올렸다.

일순 생각하고서.

"노먼 군?"

"응? 왜 불─."

맞잡고 있던 손을 당겨, 반쯤 강제로 입술을 포갰다.

"응응……?! 잠깐─."

"츄릅."

역시 노먼도 깜짝 놀랐지만 상관하지 않고 혀를 넣어 입안을
유린했다.

"……아?"

갑자기 키스 신이 시작되자 거의 망가진 알프레드는 영문을
알 수 없어 혼란스러워했다.

전혀 이해할 수 없었지만 두 가지에 놀랐다.

첫째는 노먼이 시즈쿠의 키스를 받아들였다는 것.

기뻐하며 받아들였다기보다는 어쩔 수 없다는 느낌이었다.

어린아이의 투정을 쓴웃음과 함께 받아들이는 어른처럼 시
즈쿠의 기행을 부정하지 않고 받아 주고 있었다. 틀어져서 떨어
질 뻔한 모자의 위치를 조정할 여유조차 보이며 살며시 그녀의
허리를 받쳤다.

다른 하나는─.

키스를 나누며 시즈쿠가 곁눈으로 알프레드를 보고서 웃은
것이었다.

뺨을 붉히고, 삐뚤어진 뺨 근육을 치켜올리면서 어두운 노란 색 눈이 알프레드를 꿰뚫었다.

쩌적, 알프레드에게 균열이 생겼다.

그걸 깨달은 시즈쿠의 미소가 더욱 비틀렸다.

"……."

요컨대 과시였다.

너와 나는 비슷한 괴물이지만 너는 받아들여지지 못했다.

너는 거절당했다.

나에게는 받아들여 주는 사람이 있다.

나에게는 거절하지 않는 사람이 있다.

나와 너는 다르다.

비슷하지만 다르다.

너는 사랑받지 못하지만 나는 다르다.

그저 그것만을 보여 주기 위한 키스였다.

줄곧 머금고 있던 웃음도 마찬가지였다.

자신은 상대보다 낫다는 우월감.

단순히 키스하고 싶었던 것 아니냐고 묻는다면 부정하진 않겠지만…….

"……."

그것은 알프레드의 마음을 흔들었다.

똑 떨어지는 낙루의^{티어드롭} 물방울.

쩌적 균열이 생기고, 쨍그랑 마음이 깨진다.

"……어째, 서."

깨진 마음이 산산조각 나는 순간, 흘러나온 것은 의문이었다.

시즈쿠와 알프레드는 다른데 뭐가 달랐던 걸까?

"아하하."

입술을 떼고 이마를 맞댄 채 시즈쿠는 웃었다.

노먼과 자신 사이에 투명한 다리가 가늘게 걸려 있다는 사실에 가볍게 흥분하며 말했다.

"간단한 얘기예요, 동류.^Elementary Freaks"

곁눈으로 보며 무례하게, 건성으로, 부차적인 일인 것처럼—.

그러나 거들먹거리면서《에코하울링》시즈쿠 티어드롭은 고했다.

"제가 알 리 없잖아요."

"……."

그렇게 알프레드 커티스의 마음은 부서졌고 의식은 끊어졌다.

그 후 남은 것은 싸해진 분위기뿐이었다.

"간단한 얘기라니…… 안 읽었다면서 읽었네, 오전에 말했던 그 소설. 그 대사 다음에 나오는 말 그거 아니잖아."

"저는 의외성이 넘치는 여자라서요."

어깨를 으쓱이며 입가를 비트는 시즈쿠를 보고 노먼은 한숨을 쉬었다.

"실망했어."

딱히 정말로 실망한 건 아니지만······.

●

"메리 씨, 임신했었대."

월우드 가문 밀실 살인 사건을 해결한 다음 날, 노먼은 시즈쿠의 집에 있었다.

그다지 넓지는 않은 아파트의 방이었다. 침실 겸 거실 겸 간이 주방인 방 하나와 화장실 겸용인 샤워실이 있을 뿐. 주방은 거의 쓰이지 않는 것처럼 보였고 침실에는 서랍장과 옷장, 침대와 책상, 그리고 시즈쿠에게는 조금 큰 소파가 하나 있었다. 하지만 노먼에게는 딱 좋은 크기였다.

그 소파에 앉아 무릎 위에 시즈쿠를 올리고 있었다.

시즈쿠는 평소와는 다른 복장이었다. 민소매 블라우스와 짧은 반바지. 당연히 장갑도 끼지 않았다. 길고 아름다운 하얀 머리카락도 풀려 있었다.

노먼의 무릎 위에 앉아서 그녀는 악보를 적고 있었다.

등을 그에게 기대고 편히 앉은 그녀는 턱을 들어 노먼의 얼굴을 올려다보았다.

"임신?"

"그래. 의사 선생님이 저택에 있었잖아? 그렇게 된 거였나 봐."

"하아. 그렇다면 상대는······."

"당연히 알프레드 군이었지."

"그것참. 진부한 얘기네요."

품속 소녀의 입꼬리가 비틀렸다.

"뭐, 그런 거 아니겠어?"

밀실의 진상은 간단한 이야기였는데 거기에 이르기까지도 간단한 이야기였다.

메리 월우드는 임신했었다. 알프레드 커티스와는 그런 관계였고, 그래서 그녀도 그에게 그걸 전했다. 결혼할 거니까 비밀은 만들지 말자, 그런 느낌이었을 것이다.

알프레드의 모습이 최근 이상했다는 걸 그녀가 눈치챘었는지는 모르겠지만 깊은 관계라면 느껴지는 게 있었을지도 모른다.

그렇게 그는 자신의 정체를 드러냈고, 그녀는 그를 부정했고, 그는 그녀를 죽였다.

"월우드 가문의 가십인 거지."

"신문사에 밀고하면 용돈 좀 벌 수 있으려나요."

"안 돼. 아마 누나가 적절히 처리할 거야."

"아쉽네요."

말과는 달리 별로 아쉬워하지 않는 모습의 시즈쿠는 보면 쪽으로 시선을 내렸다.

《언로우》 관련 사건은 공개되지 않는다.

발디움의 성벽 안에는 《언로우》가 적잖이 숨어 있지만 그 존재를 아는 자는 극소수다.

사람들 속에 괴물이 있다는 사실을 알리는 건 껄끄러울 것이다.

누가 껄끄러울지는 모르겠다.

『카르테시우스』인가, 이 도시의 상층부인가, 혹은 국가인가.

공개할 수 없는 조직에 속한 탓에 노먼은 표면적으로 무직이었다. 에이전트로서 경찰이 『탐정』이라고 부르지만 딱히 진짜 탐정은 아니었다. 급료는 제대로 받고 있기에 생활이 곤란하진 않아도 사회적으로 확실한 입장이 없으면 살기 어렵다.

"이번에 좋았던 점이 두 개 있어요."

"흐응? 뭔가 있었나?"

"첫째는 상대가 《카테고리 I》이라 탄약비가 절약됐다는 거예요."

품속의 시즈쿠가 서랍장 위를 보았기에 노먼도 따라서 보았다.

뚜껑 열린 바이올린 케이스에는 분해 상태인 저격총이 들어 있었다.

『카르테시우스』에서 만든 특별한 무기로 《언로우》와 전투할 때는 이것을 사용했다.

단순히 총으로 쓴다기보다는 그 큰 총성에 이능을 실어 강타했다.

이번에는 필요 없었지만……

"뭐, 잘된 일이지. 저건 너에게 맞춰서 반동 같은 걸 조정했지만, 몸에 부하가 가해지는 건 변함없잖아."

"왜 사용했는지, 탄환은 몇 개나 썼는지 보고서를 써야 하고 말이죠."

"그 보고서를 쓰는 건 항상 나지만……. 다른 하나는?"

"노먼 군의 속옷 취향에 대한 이해도가 올라갔어요."

"……."

"……됐다. 이걸로 완성."

무릎에서 폴짝 내려간 시즈쿠가 일어섰다.

침대 위에 뒀던 바이올린을 들었다.

"자, 노먼 군. 들어 줄래요?"

"물론이지. 제목은?"

"으음."

그녀는 잠시 생각하고서 웃었다.

"『특별』, 은 어떤가요?"

평소의 비틀린 웃음이 아니라 소녀나운 부드러운 미소를 지었다.

어둠 속에만 있는 꽃이어도, 꽃은 꽃이니까.

보여 주고 싶은 사람 앞에서만 피어나는 제멋대로인 꽃.

●

시즈쿠는 음악을 연주하기 시작했다.

평소 시즈쿠의 모습을 아는 사람이 봤다면 깜짝 놀랐을 것이다.

세상 전체에 관심이 없는 듯한 눈으로 비아냥거리듯 입꼬리만 살짝 올려서 웃는 소녀.

그런 그녀가 만들어 낼 거라고는 생각도 못 할 소리였다.

듣는 이의 마음을 치유하는 듯한, 듣고 있기만 해도 마음이 차분해지는 듯한, 푸른 하늘 아래 펼쳐진 초원에서 따뜻한 햇빛을 받고 있는 듯한 선율. 어떤 사람이든 누구나 감싸 주는 그런 음악. 빛이 들 리 없는 어둠 속에 깃드는 온기.

그것이 시즈쿠 티어드롭이 노먼 헤이미쉬의 마음으로부터 들은 음악이었다.

노먼은 시즈쿠라는 괴물을 받아들여 주지만 시즈쿠도 노먼의 마음에 계속 닿고 싶었다. 그녀의 이능을 무서워하지 않고, 망가지지도 않고 옆에 계속 있어 주니까.

그는 처음 만났을 때부터 《에코하울링》을 신경 쓰지 않고 웃으며 손을 내밀어 줬다.

그것이 얼마나 큰 구원이 되었던가.

뭐, 그녀만의 것이 아니라는 게 조금 불만스럽지만 그건 말해 봤자 소용없다.

살짝 눈을 내리뜨고 바이올린을 켜는 손을 멈추지 않고서 방을 둘러보았다.

작은 방. 작은 시즈쿠의 세계. 창문은 완전히 닫혀 바깥세상을 거부하고 있다.

그런 세계의 곳곳에 몇백 장의 악보가 흩뿌려져 있었다.

전부 독학하여 적은 악보였고, 그것을 노먼에게 들려주는 것이 그녀의 라이프워크였다.

이전까지는 각각 독립적이었던 것을 하나로 합친 것이 이 『특별』이라는 악곡이었다.

하지만 그는 모를 것이다.

지금 들려주고 있는 음악도, 방 곳곳에 흩어져 있는 악보도 전부 노먼이 해 준 말을 음악으로 만든 것임을……

딱히 그녀가 절대 음감을 가지고 있다거나 언어를 정확히 음계화할 수 있는 것은 아니었다. 마음이 떨린 순간을 그대로 악보로 기록하고 있으니 그는 알 방도가 없다.

방 전체에 흩어져 있는 이유도 간단했다.

의도치 않게 《에코하울링》이 갑자기 발동하더라도 널려 있는 것은 노먼과의 추억이니 그와 관련된 비전만 보게 된다. 그거라면 얼마든지 보고 싶었다.

사실 그녀는 노먼과 일하지 않는 날은 집에 틀어박혀 하염없이 그의 비전을 보거나, 그 비전으로 곡을 만들거나 둘 중 하나였다.

음악을 공부하지 않는 이유도 단순했다. 제목은 좀 안이하게 지은 것 같아서 그 부분은 공부하는 편이 좋을지도 모르겠지만.

학문은 많은 사람이 쌓아 올린 것이고 시즈쿠는 누군가의 연구 따위 필요 없었다.

원하는 것은 그가 주는 마음뿐이다.

이능 때문에 가벼운 마음으로 외출도 불가능했다. 『카르테시 우스』의 일로 노먼이 함께 나가 주지 않으면 돌아다닐 수도 없다. 일용품이나 식량을 직접 사러 나갈 수 있게 되기까지도 그런대로 시간이 걸렸다.

어두운 움집에 틀어박히는 것은 그것 말고 선택지가 없으니까.

꽃잎을 닫은 채로 있는 것은 보여 주고 싶은 사람이 한 명뿐이니까.

그렇기에 이 방에서, 그의 마음에 감싸여, 그에게 받은 마음을, 그에게 연주하는 것이다.

시즈쿠 티어드롭은 괴물이지만…….

노먼 헤이미쉬는 마치 인간처럼 대해 준다.

그래서 좋아한다. 그래서 사랑한다.

"후우, 끝. 어땠어요?"

"응. 듣기만 해도 가슴이 떨렸어."

그 말에 그녀는 웃으며 그에게 몸을 가까이 가져갔다.

흔들리는 머리카락의 끝이 그녀의 두근거리는 마음을 나타내듯 푸르게 빛났다.

그대로 앉아 있는 노먼의 입술에 자신의 입술을 갖다 대고—.

늘 세상 전체를 포기하고서 비아냥거리듯 웃을 뿐인 그녀는—.

단 한 명에게만, 햇빛 속에서 피어나는 꽃 같은 미소에 사랑을 가득 담아 웃는 것이다.

"네, 이 음색이 저를 따뜻하게 해 줘요."

●

입술을 포갠 순간, 비전을 보았다.

밤하늘 속. 멀리 펼쳐진 도시의 불빛.

드문드문 노이즈가 있어서 영상은 선명하지 않았다.

바로 이해했다.

—이건 미래의 비전이다.

미래시는 난데없이 일어나고 영상의 정확도도 낮다.

언제 보일지도 알 수 없고, 얼마나 나중의 미래인지도 알 수 없으니 시즈쿠에게는 그저 민폐일 뿐이었다.

하지만 그래도 보았다.

캄캄한 어둠 속으로 떨어지는 노먼 헤이미쉬의 모습을…….

그 어둠은 마치 떨어지면 뭐든 끝장나 버리는 용소 같았다.

그리고 보인 것이 하나 더.

노먼이 떨어지는 어둠의 밑바닥에.

혼자서 그를 올려다보는— 아무것도 못 하는 시즈쿠 티어드롭의 모습이 있었다.

인터벌 1

"뭐랄까, 《티어드롭》 말이야. 예전부터 생각하긴 했는데."

이야기가 일단락되자 짐은 턱에 손을 올리고서 고개를 갸웃했다.

"그것은 내향적인 주제에 묘하게 공격적이지 않아? 과시하려고 키스 같은 걸 하나? 보통."

"자극적이지. 두근두근해."

"너 말이다. ……대관절 맨 마지막 필로우 토크는 뭐야? 거기까지 묻진 않았는데."

"시즈쿠가 만든 곡, 진짜 좋았으니까. 마음이란 게 가식이 아니라 실재한다는 걸 재확인할 수 있었어."

기분 나쁘게 실실 웃으며 고개를 끄덕이는 노먼을 보고 짐은 미묘하게 질색했다.

"하여간…… 메리가 죽은 건 나도 슬퍼. 센스가 있는 사람이었으니까."

"……면식이 있었어?"

"사교계에서는 유명인이야. 패션에 관해 이야기했었지."

짐은 고개를 젓고서 손에 든 서류를 훑어보고 어이없다는 어조로 입을 열었다.

"다만 범인인 정부는 참 엉성했어. 주인을 죽여 놓고서 도망치거나 숨지도 않고 계속 저택에 남아 있다니. 좀 더 괜찮은 방법이 있었을 텐데."

"할 수 없었다, 라고 해야겠지."

"그건 그렇네.《언로우》로서는 아주 티끌인—《카테고리 I》이지."

"딱히 그 설명은 필요 없어."

"그런 말을 들으니 하고 싶어졌어."

이번에는 노먼이 짐에게 못마땅한 시선을 보낼 차례였다.

"《언로우》에는 강함의 차이가 있어.《언로우》로서 각성한 후의 카테고리가."

짐은 노먼의 시선을 즐기면서 검지를 세웠다.

"내 전문 분야를 기억해? 노먼 군."

"뭐였더라?《언로우》의 타입?"

"카테고리야! 잊지 말아 줘."

투덜거리면서도 기분은 금세 다시 좋아졌다.

"나로서는《카테고리 I》은 재미가 없어. 괴물이 덜됐으니까. 다음 단계로 가자."

서류가 다음 장으로 넘어갔다.

그곳에는 엘틸과 함께 도시의 어떤 골목, 그리고 또 다른 종류의 사진이 몇 장 있었다.

시체였다.

길가에 나뒹구는 참살 시체가 다섯 장쯤.

"《카테고리Ⅱ》는 조금 더 재미있어."

"나랑 견해 차이가 있네."

"너와 견해가 일치한 적은 거의 없지만 말이야."

쓴웃음을 짓고 말을 이었다.

"《카테고리Ⅱ》가 되면 어느 정도 이능이 안정돼.《카테고리Ⅰ》과의 차이는 이능에 이름을 붙이는 거지. 어떤 존재고, 무엇이 가능한지."

시즈쿠 티어드롭을 예로 들면─.

어떤 존재고, 누군가의 마음에 눈물방울을 떨어뜨려 파문을 퍼뜨릴 수 있는 꽃으로서 무엇이 가능한지, 마음을 흔들어 그 잔향을 계속 공명시킬 수 있다.

─마음을 흔드는《잔향루화》.
에코하울링

"누구나 상상하는 초능력이나 마법 같아진다고 해야 할까. 여담이긴 한데,《루화》나《마견》처럼 이능의 이름은 그대로 코드 네임으로 쓰이게 돼. 한층 더 말하자면《잔향루화》에『에코하울링』이라고 말을 더함으로써 의미를 다중화하여 안정성을 키우지."

"《보석》과《요정》도 그래."

"세세하네!"

"중요한 거야."

"좋아! 그럼 다음은《마견》의 이야기야!"
시리우스플레임

서류에서 엘틸의 사진을 뽑아 노먼의 얼굴 앞에 들었다.

"헬카트 거리에서 발생한 연쇄 길거리 살인 사건. 피해자들은 일견 공통점이 없고, 굳이 꼽자면 다들 하나같이 참살 시체였다는 것. 자! 들려줘! 마견을 동반한 너는 이 사건을 어떻게 보았는지!"

"흠, 글쎄."

질문을 받은 노먼은 멍하니 천장을 올려다보았다.

가령 한마디로 정리하자면.

"정의의 이야기, 일까."

I Tell You, Monster.

제2막
헬카트 거리의 마견
The Hounds of Hellcate

제발 아무도 오지 말라고 여자는 빌었다.

여자는 자신의 모습을 누구에게도 보이고 싶지 않았다.

어딘지도 모를 뒷골목에 주저앉아 헐떡이고 있었다.

"헉…… 헉…… 헉……."

말조차 제대로 할 수 없었다.

만약 누군가가 다가온다면 다치게 할 것이다.

무엇보다도 그 사람과 만나고 싶지 않았다.

집에 있을 수 없어서 도망친 자신을 거둬 준 사람.

그렇기에 만날 수 없는데.

"……아아, 겨우 찾았다."

"……으으."

어째서 이렇게 됐나 싶어서 저도 모르게 침음을 흘렸다.

돌바닥이 깔린 뒷골목, 시선 끝에 그가 있었다.

살짝 숨을 몰아쉬고 있는 것은 달렸기 때문일까.

이런 자신을 찾으려고.

"뭔가 버거워 보이지만…… 뭐, 내가 어떻게든 할게. 자, 돌아
가자."

"……."

왜 그런 말을 해 주는 걸까. 지금의 자신에게 돌아갈 장소 따
위 없는데.

돌아가더라도, 어디에도 있을 수 없는데.

"……응, 마음은 이해해. 아주 약간."

쓴웃음을 지으며 그는 한 발짝 다가왔다.

"......!"

그래서 반사적으로 짖어 버렸다. 이런 소리가 자신의 목에서 나왔다는 게 믿기지 않을 정도의 포효였다.

목숨을, 본능을, 생명을 위협하는 외침. 전장에서 포탄이 터지면 이런 소리가 나지 않을까?

"엄청난 소리가 나오네."

그런데 그는 당연하게 다가와 여자의 머리를 쓰다듬었다.

"......."

여자가 조금만 손을 휘두르면 그는 죽어 버릴 텐데.

그는 웃고 있었다.

"원래 생활로 돌려보내 주겠다는 말은 못 하지만, 최소한 네가 모습을 숨기지 않아도 되는 장소 정도는 만들어 줄게."

●

엘틸 시리우스플레임.

붉은 눈, 풍성하고 긴 금발. 비가 오지도 않는데 늘 전신을 덮
는 기움질한 트렌치코트.

키가 2미터에 가까운, 어딜 만져도 부드러울 것 같은 매력적
인 몸.

노먼 헤이미쉬의 시선을 얼마나 사로잡았던가.

그런 그녀는—.

"안녕히 주무셨어요, 노먼 님."

깨어나 옆을 봤더니 조금 떨어진 곳에 그녀의 얼굴이 있었다.

"……안녕, 엘."

노먼의 침대 옆 바닥에 무릎을 꿇고 있었다.

"……언제부터 거기 있었어?"

"언제부터였을까요?"

갸웃, 엘틸은 고개를 기울였다.

얌전하고 온화한 분위기는 애완견 같았다.

"그렇구나. 문은…… 마스터가 열어 줬어?"

"네. 들여보내 주셨어요!"

노먼은 빌리어드 바의 2층에 하숙하고 있었다. 그 마스터에
게는 발디움에 처음 왔을 때 신세를 졌고 그걸 계기로 주거를
제공받고 있었다.

"뭐, 좋아. 제대로 다시 인사할게. 좋은 아침."

"네, 좋은 아침이에요!"

침실을 나가 세수하고 양치질한 뒤 거실로 가자 노도와 같은 접대가 기다리고 있었다.

"아침을 만들어 뒀어요. 그리고 거실과 주방도 청소했어요. 빨래도 꺼냈고, 샤워실 쪽은 비누가 작길래 새로운 걸로 바꿔 뒀어요."

노먼의 하숙집은 주방, 거실, 침실로 나뉘어 있어서 그런대로 넓었다.

1층에서 계단을 올라가 문을 지나면 거실이 있고 주방과 이어져 있다. 거실을 나가면 짧은 복도에 샤워실과 화장실이 따로 있고 창고 건너 안쪽에 침실이 두 개 있었다.

넓은 데다가 방 자체도 낡지 않았고 입지도 좋았다. 본래 두 사람이 룸 셰어로 쓰는 집이지만 마스터의 호의로 가격을 낮출 수 있었다.

발디움에 오기 진에는 군대에 있었기에 생존력은 높지만 도시에서는 별로 발휘되지 않았고, 이전의 엄숙하고 규칙적인 생활도 과거 이야기였다. 특별히 나태하거나 방을 어지르진 않으나 그렇다고 해서 생활력이 높지도 않았다. 지금의 노먼을 보고서 전직 군인임을 알아차리는 사람이 있다면 그건 똑같은 군인이거나 혹은 진짜 명탐정일 것이다.

"후후."

물론 노먼이 자는 동안 엘틸이 전부 해치워 줬을 것이다.

"늘 고마워, 엘."

"별말씀을요! 엘이 원해서 하고 있는 일인걸요!"

그녀가 노먼의 집에 올 때는 매번 이런 느낌이 되기에 익숙해져 버렸다.

주방의 식탁에 앉아 조금 기다리니 햄앤에그와 샐러드, 스콘이 차려졌다.

스콘을 한입 베어 무니 포슬포슬한 식감과 은은한 단맛이 느껴졌다.

"응, 맛있어."

"다행이에요. 홍차도 우릴게요."

우아함조차 느껴지는 손길로 홍차를 따랐다.

살짝 마셔서 코로 빠져나가는 찻잎의 풍미를 즐겼다.

직접 홍차를 끓이기도 하지만 같은 기구와 같은 찻잎을 사용하는데 이렇게나 차이가 나는 게 너무 신기했다.

눈앞에는 맛있는 아침 식사와 홍차. 옆에 있는 청초한 미녀는 마치 세련된 메이드 같았다.

"멋진 아침이야……."

"후후. 그렇게 말씀해 주시니 저도 기뻐요, 노먼 님."

가능하다면 매일 이런 아침을 맞이하고 싶지만 그럴 수도 없다.

그녀가 아침부터 노먼의 집에 왔다는 건 일할 때라는 신호니까.

책상 위에 파일 하나가 놓였다. 그녀가 앉은 뒤 펼쳐 보니―.

"오~ 이건 대단한걸."

시체 사진이 다섯 장 있었다.

네 번째 사진까지는 큰 열상 정도였는데 다섯 번째는 시체가 난장판으로 조각조각 흩어져 있었다.

우아한 아침 식사에 맞는 사진은 아니지만 그걸 신경 쓸 만큼 노먼의 신경은 섬세하지 않았다.

"헬카트 거리에서 일어난 사건이라고 해요."

"아아…… 거기인가."

"네. 뭔가 있나요?"

"음…… 아니, 아무것도 아니야. 그렇다면 발디움 남쪽인가. 대외적 취급은?"

"네 번째 사건까지는 길거리 살인 사건으로 공표된 것 같지만, 피해자의 사인은 공개되지 않았고 신문에도 작게 실렸을 뿐이에요."

"뭐, 그렇겠지. 누나라면 그럴 거야."

정보 통제는 상사인 누나의 일이다. 사진 밑에 있는 사건의 개요를 가볍게 넘기며 훑어보았다.

"흠. 다섯 번째에서 역시 이건 보통이 아니라는 느낌이 된 거네."

두 번째 스콘을 먹었다.

"아, 이거 초코구나."

"네! 어떠신가요?"

"아주 맛있어. 좋은 아내가 되겠어."

"과찬이세요……."

붉어진 뺨에 손을 올린 엘틸은 커다란 몸을 움츠리며 살짝 몸을 흔들었다.

사람을 좋아하는 커다란 소형견, 이라는 느낌이었다. 겸사겸사 가슴도 매우 출렁거렸기에 내심 경건히 영접해 뒀다.

물론 얼굴에는 드러내지 않았다.

"길거리 참살 사건이라. 아주 흉흉하네."

"네. 그러니 제가 동행하겠습니다!"

엘틸 시리우스플레임. 소박한 원피스도, 비 오는 날도 아닌데 현관에 걸려 있는 트렌치코트도 그녀가 인간 사회에 섞이기 위한 노력이다. 녹아들기 위해서는 아니다. 녹아들고 싶어도 녹아들 수 없다. 특징적인 그녀의 겉모습은 주위와의 알력을 나타내는 증거였다.

"응, 잘 부탁해."

"네!"

하지만 그 고개 끄덕임은 가벼우면서 경솔했고 엘틸은 생긋 웃고 있었다.

주인에게 애교 부리는 애완견처럼…….

나쁜 남자에게 속는 무구한 소녀처럼…….

바람이 불지 않는 발디움은 성벽에 에워싸인 도시다.

도시 밖 북쪽에 커다란 호수가 있고 거기서 흐르는 강이 도시를 남북으로 종단하는 형태였다. 중심부에는 행정 기관과 우체국, 은행, 경찰서 같은 도시의 기능을 담당하는 건물과 대형 상점, 극장, 박물관, 도서관이 있다. 북쪽은 귀족을 비롯한 부자를 위한 고급 주택가. 동쪽과 서쪽은 중산층의 주택가, 남쪽은 빈곤층으로 대략 나눌 수 있었다.

어디까지나 대략적인 구분이라 많은 가게와 많은 사람, 부자도 가난한 사람도, 사는 인간도 파는 인간도 혼재해 있었다.

노먼의 하숙집도 도시의 중심부에 가까운 서쪽에 있었다.

"여기지, 현장?"

노먼과 엘틸은 헬카트 거리에 도착해 있었다.

십자로였다.

경찰의 봉쇄로 인기척이 없다는 것을 제외하면 특필할 만한 게 없는 평범한 거리였다. 2층짜리 건물과 균등한 간격으로 서 있는 가로등뿐인 지나가도 기억에 남지 않을 길.

"그나저나…… 헬카트 거리에서 길거리 살인 사건이라니."

"그러고 보니 아까도 뭔가 마음에 걸리신 것 같았는데, 여기에 뭔가 있나요?"

"……몰라?"

"네."

"그런가. 꽤 오래전에 이 근방에서 소문이 돌았어. 낮게 으르렁거리는 소리가 밤마다 들리고, 묘한 생물의 그림자를 보고, 실제로 부상자가 나오기도 해서……."

노먼은 어깨를 으쓱였다.

"헬카트 거리에 마물이 있다는 소문이 있어."

"처음 들었어요."

"……뭐, 딱히 사건과는 관계없으니까 신경 쓰지 않아도 돼."

그는 코트에서 파일을 꺼냈다.

파일에서 빼낸 것은 사진 한 장.

다섯 번째 사건의 토막 시체였다.

"주위에 흔적은 전혀 남아 있지 않아. ……누나의 지시인가. 엘?"

이름을 부르자 그녀는 코로 공기를 몇 번 들이마셨다.

"……네. 이틀 전의 소독액 냄새가 남아 있는 정도네요."

"철저하게 하는구나. 누나라면 그러겠지만. 뭐, 좋아."

지금은 보이지 않지만 시체가 있었을 돌바닥을 가볍게 만지며 사건의 자세한 내용을 떠올렸다.

"첫 번째부터 네 번째 피해자까지는 크고 작은 긁힌 상처가 있었어. 짐승이라든가 뭐 그런 것에게 습격받은 것처럼. 들개라는 추측도 있었던 것 같지만……."

사진을 보았다.

난장판으로 어질러진— 토막 난 시체.

"엄청난 힘으로 몸을 강제로 뜯어냈다고 할까, 잡아 찢었다고 할까. 아무튼 평범한 동물은 물론이고 인간도 할 수 없어. 그래서 이 주변에서 마물 소문이 퍼져 있는 거겠지만, 실제로는—."

"《언로우》."

"그렇지."

그래서 노먼과 엘틸에게 일이 왔다.

물론 초반의 네 사건이 정말로 그저 들개에게 습격받았을 가능성도 없진 않지만.

그래도 다섯 번째 사건만 토막 시체인 것은 이상했다.

"어떤 이능일까요?"

"단순한 육체 강화거나, 뭔가 날붙이를 만들어 내거나, 혹은 검기 같은 걸 만들거나. 다만 전부 동일 인물의 짓이라면 추측 가능한 점이 있어."

"오오. 뭐죠?"

"도중에 《카테고리 II》가 됐어."

첫 번째 범죄는 우연이었을지도 모르지만, 네 번째에 이능이 안정되었을 것이다.

카테고리가 진화한 것이다.

《언로우》의 이능은 훈련하면 응용할 수 있고, 사용 방식의 폭도 넓어지게 된다.

단, 그러기 위해서는 이능 자체의 기본 골자를 확정해 안정시켜야 했다.

이를테면— 이름.

이름을 짓고 그렇게 다루면 이능은 안정된다. 《언로우》 연구자는 그렇게 말했고, 노먼 자신이 경험한 바로도 그랬다. 이 세계에서 벗어난 자신을 재정의하는 것이다.

잘 모르겠으니 최소한 이름을 짓는다.

잘 모르는 것은 무섭지만 아는 것이라면 무섭지 않다.

그건 노먼도 마찬가지고 범인도 마찬가지일 터다.

그렇게 된 것을 《카테고리Ⅱ》라고 『카르테시우스』는 규정하고 있었다.

"사건은 3주 동안 다섯 번. 첫 번째부터 세 번째까지는 일주일에 한 번씩 일어났지만, 그 이후로는 나흘 간격이 되어 합쳐서 3주. 알기 쉽게 간격이 짧아졌으니 역시 그런 거겠지."

"이능에 익숙해진 거네요."

"아니면 즐거워졌다거나. 참을 수 없었다, 라고 해도 좋고."

"……그렇군요."

엘틸이 조금 곤란한 듯 고개를 기울였다.

그런 기억이 있는 건지 없는 건지.

노먼은 그걸 건드릴 생각도 없었다.

"으음…… 범인이 동일 인물이라면 그렇다는 거죠? 만약 범인이 여러 명이면요?"

《언로우》가 아니라면 경찰한테 던져야지. 아무튼 다섯 번째 사건은 확정일 테고."

무심히 어깨를 으쓱여 대답했다.

"다섯 번째 사건이 일어난 게 그제야. 어쩌면 오늘 밤에도 일어날지 몰라."

"현행범 체포를 노리는 거군요."

"그게 손쉬워. 부탁할게, 엘."

"네! 그런 거라면 제게 맡겨 주세요!"

"응, 전면적으로 맡길게."

노먼도 자기 몸을 지킬 줄은 알지만 상대가 《언로우》면 불리할 때가 더 많다.

보디가드로서 엘틸 시리우스플레임은 가장 신뢰할 수 있다.

"……그건 그렇고, 노먼 님?"

"응?"

"이번에는 일이 빨리 왔다고 했는데, 경찰들도 비슷한 추리를 한 걸까요?"

"아아…… 아니, 그건 아닐걸? 그 부분은 누나한테 못 들었어?"

"특별히 들은 건 없어요."

"설명 생략했구나, 누나……. 뭐, 상관없지만."

피해자 다섯 명을 떠올렸다.

"첫 번째, 두 번째, 세 번째 피해자는 『노숙자』. 네 번째 피해자는 『노동자』 남성."

여기까지는 괜찮다, 라고 하는 것도 이상한 얘기긴 하지만.

문제는 다음이었다.

"다섯 번째 피해자가 『귀족님』이었던 것 같아. 그것도 비교적 대단한. 앤티크 수집가로 다른 귀족에게 매매하기도 했고, 고객도 많았던 모양이야."

"……그랬군요. 그렇게 된 건가요."

"그래. 아마 위쪽에서 압력이 있었겠지. 발디움에서는 도시의 높으신 분과 귀족의 의향을 무시하기 어려워."

"뭐랄까. 노숙자는 어찌 되든 좋다고 여기는 것 같네요."

"실제로 비슷해. 뭐, 귀족이니 노숙자니 하는 건 차치하고, 아까도 말했지만 헬카트 거리는 원래 마물이 나온다는 소문이 있는 곳이니까. 실제로 참살 시체가 나오면 시민들도 밤에 잠을 잘 수가 없어."

"……그렇군요. 근데 그 귀족은 왜 밤에 이곳에 온 걸까요? 북부의 고급 주택가와는 거리가 있고, 이 주변에는 특별히 방문할 곳도 없을 것 같은데요."

"그건 자료에 안 적혀 있어. 알 수 없었거나, 숨겼거나."

노먼은 무심히 어깨를 으쓱였다.

그리고 특별할 것 없는 십자로를 둘러보았다. 이 십자로에서 다섯 명이나 죽었다.

"어쨌든 오늘 밤 한 번 더 이곳에 오자. 경찰이 움직였다는 걸 범인도 알고 있을 거야."

"길거리 살인을 그만두는 일은 없을까요?"

"없어. 길거리 살인으로 이능을 안정시켰잖아. 반드시 한 번 더 해."

문제는 그「한 번」을 언제, 어디서 하느냐지만······.

"흠······ 좋아, 슬슬 여기서 나가자."

"다음은 어디로 가시나요?"

"원래는 노숙자와 노동자가 살해당한 사건이니까 그 사람들에게 이야기를 들으러 갈까. 노숙자는 봉쇄가 미치지 않는 뒷골목을 찾으면 있을 테고."

"그렇군요, 탐문. 수사의 기본이죠!"

"맞아. 뭐, 크게 기대할 수는 없겠지만, 할 만큼 해 보자."

●

"으음······ 생각보다 더 심했어······."

다우니 거리의 식당에서 노먼은 한숨을 쉬며 말했다.

가장 안쪽의 반쯤 별실 같은 박스석에 앉았는데 가게 밖은 이미 어두워졌다.

노먼은 치킨 샤와르마와 홍차를.

"노먼 님, 기운 내세요!"

엘틸은 치킨 케밥과 비프 케밥과 머튼 케밥을 2인분씩.

그것도 보통은 잘려서 나오는 것을 통째로. 함께 나온 감자튀

김은 두툼한 초승달 모양의 웨지 포테이토였다. 고기에는 소금
도 소스도 뿌리지 않았고 소고기는 거의 생고기에 가까운 레어
가 그녀의 취향이었다.

아무튼 그녀는 대식가였다.

"노먼 님, 노먼 님."

"응~?"

"아~ 하세요."

"아~."

엘틸이 내민 고기 한 조각을 순순히 받아먹었다.

간이 안 되어 있어서 좀 아쉽긴 했으나 그녀가 먹여 준다는
게 중요했다.

"……좋아. 순서대로 정리할까. 아, 먹으면서 들어도 돼."

"네! 감사합니다."

그녀는 나이프와 포크로 세심하게 고기를 썰어 입으로 가져
갔다.

노먼은 자신 앞에 놓인 샤와르마 두 개를 힐끗 보고서 말했다.

"거리 주변의 노숙자부터 시작한 탐문 조사, 별로 기대 안 했
었는데."

"바로 놀라운 사실이 나왔죠."

"그러니까 말이야. 불법 매춘소가 있었을 줄은 몰랐어."

어이없어서 한숨을 쉬며 홍차를 마셨다.

"경찰도 존재를 몰랐던 것 같고, 『귀족님』이 은폐한 모양이야."

"……귀족에게 불이익이 될 만한 건 은폐되는 법이니까요."

"응. 뭐, 그렇지. 특히나 나쁘다는 자각이 있기에 은폐한 거였어. 나이 성별 불문하고 뭐든 해도 되는 가게이니 당연하겠지만. 제대로 된 가게라면 이 도시에도 있는데, 그걸로는 만족할 수 없었던 모양이야."

"몹쓸 이야기예요."

"맞아. 여기서 중요한 건 『귀족님』이 그 불법 매춘소의 단골이었다는 거야."

"노숙자들은 잘 보고 있네요."

"흔히 노숙자를 보면 불쾌한 표정을 짓지만, 불쾌한 표정을 짓기만 한다는 게 중요한 부분이야. 없는 사람 취급하니까 정보 수집에는 도움이 돼."

일단 헬카트 거리에 귀족이 있었던 이유는 해결됐다.

"이어서 네 번째 피해자인 『노동자』의 일터에 가서 이야기를 들어 봤는데."

여기서 이야기가 여러모로 달라졌다.

"이 사람은— 여동생에게 매춘을 시키고 있었어."

도박 중독인데 계속 지기만 했고 그런 주제에 씀씀이는 좋았다.

알고보니 동생을 어떤 매춘소에 보내 몸을 팔게 했다고…….

"이 이야기의 문제는, 이 사실 또한 경찰은 파악하지 못하고 있다는 거야."

"경찰이 일을 못 하는 게 아니라……."

"이쪽도 은폐된 거겠지. 즉, 높으신 분에게 불이익이 되는 사실이었어. 의외로 경찰 중에도 다니는 사람이 있었던 걸지도 몰라. 그러면 동생이 일했던 곳은 헬카트 거리의 불법 매춘소일 가능성이 커. 그게 아니라면 자료에 정보가 실려 있었을 거야."

"그 결과, 네 번째 피해자와 다섯 번째 피해자가 연결된 거군요."

"그런 거지."

그러고 나서—.

"정의에 불타는 형사님에게 연락해 그 불법 매춘소를 조사하러 갔어."

은폐된 불법 매춘소의 존재를 안 해리슨 형사의 분노는 엄청났다. 『카르테시우스』와 협력 관계인 그는 정의로운 남자이기도 했다. 그런 부분이 마음에 들었다.

"그렇게 가 봤더니 아니나 다를까 피해자의 동생이 일하고 있었지."

『노동자』의 동생이자, 오빠 때문에 불법 매춘소에서 일하던 소녀.

그곳이 얼마나 가혹한 장소인지는 그녀를 보고 단박에 알았다.

몸 곳곳에 붕대가 감겨 있었고 감겨 있지 않은 곳에는 오래된 흉터가 아주 많았다.

좀 더 말하자면 다른 창부들의 상태도 상당했다. 나이도 얼마 안 먹은 아이, 몸이 결손된 아이, 성별 불문하고 열 명쯤. 다들 눈이 탁했다.

그녀는 아이들을 아우르는 역할이었다.

아이들을 감싸듯 노먼을 노려봤던 것이 인상적이었다.

"안타까워요."

"그러니까 말이야. 그렇다고 우리가 어떻게 해 줄 수도 없지만. 포인트는 동생의 단골손님이 『귀족님』이었다는 거야. 높으신 분은 참 곤란하다니까. 여자아이에게 상처를 내는 게 취미라니."

"연결 고리가 더 강해졌어요."

"맞아. 노숙자 세 명을 이능의 연습 대상으로 썼다고 생각하면 동생이 《언로우》려나. 자신을 팔아 도박하는 오빠와 자신의 손님을 죽인 거지. 심플한 이유야."

심플한 건 좋다.

동기가 원한인 것은 단순하고 그 이상으로 강렬하니까.

미우니 죽인다. 더할 나위 없이 알기 쉽다.

대부분의 인간은 증오해도 살인까지 이르기 어렵지만 《언로우》라면 간단하다.

그 증오를 구현화하면 그만이다.

"다만, 동생이 범인이라고 하면 잘 이해가 안 가는 부분이 있단 말이지."

"……? 어떤 부분이요?"

"원한을 품고 있던 단골손님을 죽이고, 자신을 팔아넘긴 오빠를 죽였어. 그런데 왜 동생은 그 가게에 남아 있는 걸까?"

"……아."

"그래. 오빠를 죽인 시점에 그딴 가게에 있을 이유는 없을 터."

오빠가 죽었다면 매춘소에서 일할 필요도 없을 텐데. 애초에 굳이 헬카트 거리에서 죽일 필요도 없었다. 매춘소는 거리의 남쪽, 엎어지면 코 닿을 거리였다.

"돈 때문에…… 그런 걸까요?"

"아니.《언로우》라면 강도질도 간단해. 계속할 수 있을지는 별개지만."

"으음. 잘 모르겠네요."

매춘소에는 『귀족님』이 샀던 다른 아이가 몇 명 있었지만, 직접적인 동기가 있는 건 동생뿐이다.

그렇다면 「누가 범인인가?」에 관해서는 현재 아는 범위에서 생각하면 동생밖에 없다.

「어떻게 죽였는가?」도《언로우》니까 어려운 문제는 아니다.

남은 문제는 하나.

어째서 매춘소에 남아 있었는가.

"뭐, 솔직히 상관없지만."

"상관없나요?"

"단순히 동생이 범인이면 편하고 좋으니까. 그에 관해 들으면 나중에 이 사건을 보고서로 작성할 때 편해진다는 것 정도지."

《언로우》사건을 처리하는 것이 일인데 그 보고서를 쓰는 것도 업무 중 하나였다.

『카르테시우스』의 발디움 지부에서는 노먼의 누나인 스피아 헤이미쉬가 지부장으로서 행정, 귀족과의 연계, 사건 은폐, 전체 지시를 담당하고—.

과학자인 짐 아담워스가《언로우》의 능력을 연구하고—.

정보 수집 담당이 한 명 더 있는데, 그 인물은 노먼을 싫어했다.

스피아와 짐도 엘틸과는 상성이 나쁘기에 대화에 오르내리는 일은 없었다.

홍차를 마시면서 자료 파일을 열었다.

그걸 다시금 훑어보고 있을 때였다.

"어머."

"응?"

먼저 엘틸이 고개를 놀려 가게의 입구를 보았고 노먼도 따라서 보았다.

들어온 것은 어린아이였다.

남루하고 너덜너덜한 옷을 입은, 성별도 잘 구별이 안 되는 아이. 그 아이는 똑바로 가게 안쪽, 두 사람의 자리까지 와서 입을 열지 않고 멈춰 섰다.

거리에서 생활하는 아이였다.

"수고했어."

노먼은 손대지 않고 접시 위에 뒀던 샤와르마 두 개를 아이에게 내밀었다.

사와르마를 받은 아이는 너덜너덜한 주머니에서 두 번 접은 메모를 테이블에 놓더니 아무 말 없이 떠났다.

가게에 있었던 시간은 1분도 채 되지 않았다.

"매춘소에 가기 전에 초반 피해자인 『노숙자』 세 명의 조사를 부탁했거든."

메모는 노트를 찢은 것으로 부랑아치고는 의외로 깔끔한 글씨가 빼곡히 적혀 있었다.

"역시 대단하네. 짧은 시간에 용케 이만큼이나 알아냈어. 잠자리, 식사, 일터, 물자 회수 루트…… 우와, 얼마나 자주 여자를 안았는지도……."

메모를 훑어보던 노먼의 움직임이 일순 멈췄다.

"노먼 님?"

그의 연한 파란색 눈이 가늘어졌다.

사고가 돌아갔다.

지금까지 모은 정보와 방금 받은 노숙자의 생활상. 오빠의 손에 팔려 봄을 팔고, 변태 『귀족님』에게 난도질당한 소녀. 회원제 비합법 매춘소와 그곳의 불쌍한 여자와 아이들. 세 명의 『노숙자』 피해자. 헬카트 거리. 왜 그녀는 매춘소에 머물렀는가.

얽힌 실이 풀리는 게 아니라.

흩어진 점을 억지로 연결하는 작업.

확증은 없다.

『그럴지도 모른다』를 쌓아 올려서 허울 좋은 이론을 만든다.

갑자기 입을 다문 노먼을 엘틸은 아무 말 없이 바라보고 있었다.

이내 우아하게 식사를 재개했지만 거기에 무관심이나 나태함은 없었다.

주인의 명령을 기다리는 충견처럼.

부른다면. 명령한다면. 바로 움직일 수 있도록.

팽팽한 긴장과, 무슨 일이 일어나도 놀라지 않을 여유가 균형을 유지하고 있었다.

"……엘. 일단 따로 행동해야 할 것 같아."

"세상에……!"

콰앙, 하는 효과음이 들렸다.

"그럴 수가…… 그러면 저는 무엇을 원동력 삼아 힘내면 좋을지……."

"미안. 적어도 그 거리에는 나 혼자 얼굴을 내비치는 게 좋을 것 같아."

"괜찮은 건가요?"

"연극 한판 벌이자. 물론 마지막에는 네가 도와줘야 해. 부탁해도 될까?"

"……정말, 그렇게 말씀하시는데 제가 거절할 리 없잖아요."

그녀는 기뻐하며 웃었다.

노먼도 자신이 부탁하면 엘틴이 거절하지 않을 것을 알면서 물은 것이었다.

"그나저나 추리에 집중하는 노먼 님 멋졌어요. 마치 명탐정 같아요."

"아니, 이름만 탐정인데. ……그럼 네가 조수일까?"

"아뇨, 저는 펫이 좋아요."

"……그걸로 네가 좋다면 괜찮지만."

"안심하세요, 노먼 님."

엘은 가슴에 손을 얹고 미소 지었다.

주인에게 충성을 맹세하는 종자처럼.

"노먼 님이 적이 누구든— 지옥 끝까지 함께하겠어요."

감동적인 말이지만 이후의 일을 생각하니 가슴이 아팠다.

뭐, 아주 조금.

●

쌀쌀한 밤거리를 소년이 걷고 있었다.

헬카트의 십자로. 주위를 둘러보듯 몇 번 왕복하고 있었는데 발걸음 자체는 가벼웠다.

거리에 균등한 간격으로 배치된 가로등이 발밑을 희미하게 비출 뿐, 거리 전체는 상당히 어두웠다.

그나마 달빛이 드는 곳은 간신히 시야가 확보되었다.

경박하다, 라고 해도 될 것 같았다.

뭔가를 유인하고 있는 것 같았지만 빈틈이 많아서 간단히 죽일 수 있을 것 같았다.

불법 매춘소에 나타났던 수상쩍은 회색 소년.

형사와 함께 거대한 여자를 몸종처럼 데리고 와 멍한 태도로 가게의 내정을 거침없이 캐내고서 돌아갔다.

자세히는 모른다.

—그러니 죽이자고 『그것』은 생각했다.

『그것』은 소년을 뒤따라갔다.

거리는 10미터 정도. 발소리를 죽이고 몰래 다가갔다.

손을 축 내리고 무릎을 굽혔다.

10미터라는 거리. 보통 같으면 힘껏 뛰어도 몇 초는 걸린다. 하지만 『그것』은 보통이 아니었다. 이 힘이 안정된 뒤로 신체 능력도 비약적으로 상승했다. 가슴속에 샘솟는 것은 살의, 그리고 지금까지 죽인 상대에 대한 증오. 그것으로 힘이 발현한다.

그렇기에 『그것』에게 이 거리는 한순간이면 좁힐 수 있었다.

흉기를 꽂는 데 또 한순간—.

그러면 끝이다.

피아의 거리를 한 걸음에 좁히고, 흉기를 치켜들어 무방비한 등에 박아 넣으려고 했을 때—.

"어이쿠, 위험해라."

"······?!"

소년은 몸을 휙 돌려 습격을 피했다.

●

노먼은 돌바닥을 드르륵 미끄러지며 움직임을 멈춘 소녀를 보았다.

저렴해 보이는 간소한 원피스와, 마찬가지로 저렴해 보이는 너덜너덜한 옷. 몸 곳곳에 감긴 붕대와 오래된 흉터. 옅은 금발을 난잡하게 자른 여성. 그리고 3센티미터쯤 되는 피에 젖은 손톱.

─이 녀석이다.

"······어떻게."

살해당한 『노동자』의 여동생, 재클린 할리는 물었다.

"별거 아냐. 살기를 너무 풍겼어."

그보다도─.

"재클린 할리. 네 이야기를 할까."

"······!"

상처투성이 소녀의 얼굴이 일그러지고 손가락에, 손톱에 힘이 들어갔다.

"그 매춘소라면 네가 바라는 대로 망할 거야."

"······."

하지만 노먼의 한마디에 긴장이 살짝 풀렸다.

그걸 보고 그는 자신의 추측이 아주 틀리진 않았음을 알았다.

"나와 함께 가게에 갔던 형사님은 생긴 건 그래도 꽤 힘이 있고 정의감이 강하거든. 그딴 가게를 내버려두는 자신을 용서하지 못한다고 해야 할까. 그래서 일으킨 거지? 연쇄 길거리 살인 사건."

"……놀랍네. 정체가 뭔가 싶었는데, 탐정이었어?"

"그렇게 불리기도 하지만, 실제로 탐정은 아니야."

"……날 어쩔 거야?"

"너 하기에 달렸으려나."

가능하면 원만하게 끝내고 싶었다.

그러면 나중에 엘틸을 달래 줘야겠지만.

"나는 너 같은《언로우》를 잡는 게 일이라서, 순순히 잡혀 줬으면 좋겠어."

"언, 로우……. 그래…… 역시 있는 거구나, 동류가."

달빛만이 비치는 어두운 거리에서 거의 네 발로 서 있는 것에 가까운 재클린의 눈이 가늘어졌다.

오른쪽 눈에는 한층 눈길을 끄는 세로 흉터가 있었다.

매춘소에서 만났을 때는 화장으로 잘 숨겼던 것 같지만…….

"너 같은 타입을《카테고리 II》의 『일탈태(逸脫態)』라고 불러."

"……? 타입? 카테고리? 단계와 종류가 있는 거야?"

"내가 소속되어 있는 『카르테시우스』라는 조직이 정한 거지."

딱히 그렇게 어려운 얘기는 아니다.

자기를 대상으로 한 이능과는 별개로 기초적인 신체 능력도 강화되는 경우가 있다.

괴력, 권총의 총알 정도는 맞아도 끄떡없는 내구력, 몇 시간을 달려도 멀쩡한 체력, 한숨 자면 웬만한 상처는 낫는 회복력 등.

일류 운동선수를 웃도는 능력에 더해 이능을 가진다.

체온을 조종하거나, 비정상적으로 몸이 부드럽거나, 전기를 발산하거나. 전제가 되는 운동 능력에 더해 한층 더 특화된 신체 능력을 발휘하거나— 비정상적으로 단단한 손톱을 자라게 하거나.

할 수 있는 일은 인간의 연장선상에 있다.

"하지만 무서운 건 능력이 아니야. 바꿔 말하자면 대단하게 움직일 수 있는 인간이라서 그런지 정신적인 고삐가 쉽게 풀리거든. 만능감, 전능감, 다른 인간보다 탁월한 성능 때문에."

인간에서 육체도 정신도 독보적으로 벗어난 존재.

"간단히 말하자면 살짝 제정신이 아닌 거지. 자신이 하고 싶은 일은 꼭 해야만 해. 자제심이라든가 윤리 같은 걸 내팽개쳐 버려."

"하! 그래서 《언로우》야? 대단한 비아냥이네. 이름 지은 사람한테 갈채를 보내고 싶어."

"별로 안 웃긴데."

"알 거 아니야? 탐정님. 나 같은 존재를 그렇게나 자세히 안

다면. 내가 멈출 리 없다는 걸. 내가 죽인 다섯 명 모두 구제할 길이 없는 쓰레기였어."

"그러니 죽여도 된다고?"

"죽여야 하는 거지."

상처투성이 소녀의 입술이 호를 그렸다.

그러고 싶다. 그래야 한다. 그러지 않으면 안 된다.

그렇게 굳게 믿어서, 멈출 수 없다.

"너도 같은 부류야? 탐정님."

"으음~ 어떻게 생각해?"

"어딜 어떻게 봐도 여자의 적이야."

알고 있잖아? 하고 희미한 달빛에 손톱을 반사시키며 그녀는 웃었다.

"어어, 일단 네 동기 같은 걸 이것저것 생각했는데. 다른 타입 얘기는 안 들어?"

"관심 없어."

새클린은 느릿하게 몸을 일으켰다.

"하아."

노먼은 한숨을 쉬었다.

"우훗."

재클린은 웃었다.

그리고 살의가 터졌다.

"―《올바른 오조(五爪)》!"

다섯 손톱이 번뜩였다. 외친 이름을 듣고 노먼은 눈을 가늘게 떴다.

"그게 네 이능의 이름인가."

그렇게 되도록 정해진 이능의 이름이자 위계가 진화했다는 증명.

인간을 손쉽게 토막 내어 그녀의 정의를 이루는 흉기.

범상치 않은 신체 능력이 그것을 휘둘렀다.

할 얘기는 없다며 남자를 죽이는 찢는 자 재클린.^{재클린 더 리퍼}

노먼에게 이르는 것은 한순간—.

죽음에 이르기까지의 찰나. 그는 그저 휘파람을 불었다.

—휘이이이.

주인이 개를 부르듯이.

엘틸 시리우스플레임은 달려왔다.

그것은 거대한 개였다.

기움질한 트렌치코트를 망토처럼 두르고, 코트의 빨간 벨트가 목에 걸려 목줄이 되어 있었다. 3미터에 가까운 몸길이. 어둠 속에 녹아드는 듯한 검은 체모. 도살칼 같은 날카로운 발톱, 톱니 같은 이빨. 눈동자만큼은 사람 모습이었을 때와 변함없는 색으로 한층 강하게 번쩍이고 있었다.

"무슨?!"

말할 것도 없이 재클린은 경악했다.

손톱은 이미 치켜들고 있었다.

노먼의 눈앞에 끼어든 검은 개는 돌바닥에 착지했고—.

"억?!"

몸을 부딪쳐 그녀를 날려 버렸다.

심상치 않은 충격이었다.

보통 사람이었다면 그것만으로도 온몸의 뼈가 부서져 죽었을 것이다.

"쿨럭…… 쿨럭…… 뭐가, 어떻게……?!"

입에서 피를 흘리며 그녀는 흔들리는 시야로 보았다.

노먼 앞에 선 거대한 검은 개.

"네가 헬카트의 살인마라면…….'

남자는 대수롭지 않게 말하면서도 웃으며 검은 개의 등을 쓰다듬었다.

크응, 하고 검은 개는 기분 좋은 듯 목을 울렸다.

"엘은…… 헬카트의 마견^{하운드}, 이라고 하면 되려나."

《흑요마견(黑妖魔犬)^{블랙독}》엘틸 시리우스플레임.

그녀의 이능은 자신의 몸을 거대한 검은 개로 바꾸는 것.

"웃…… 그때 그 여자……! 그래서 데리고 다닌 거였어……!"

"맞아, 내 보디가드야. 아~ 일어서지 않는 게 좋을 거야. 너는 튼튼해 보이지만, 엘만큼 튼튼하진 않을 테니까."

그리고—.

"엘은 《카테고리Ⅲ》야.'

안정된 이능을 더 다양한 응용으로 발동시키게 된 《언로우》.

『카르테시우스』에서는 최상위로 여겨지는 카테고리다.

"윽…… 넌 그걸로 좋아?!"

"……?"

외치는 여자의 얼굴이 일그러졌다.

상처투성이 얼굴.

상처 입은 몸을 떨면서 남자의 욕망에 유린당한 증거.

오빠의 손에 팔리고 손님에게 난도질당한 소녀는 외쳤다.

"그딴, 그딴 남자의 개가 되어서! 마음대로 쓰이면서! 나는 이런 남자를 알아! 손님으로 많이 봤어! 여자를 그저 도구로 생각하는 쓰레기! 무슨 일이 생기면 분명 너를 버릴 여자의 적이ㅡ!"

"여자, 여자, 시끄럽네요."

검은 개가 사람의 말을 했다.

애초에 성대가 인간과는 다를 테지만 그런 이치는 《언로우》에게 통하지 않는다.

말할 수 있으니 말한 뿐.

"일반화가 지나쳐요. 본인이 세계의 중심이라도 되나요? 저랑 당신은 달라요."

"……어째서."

"간단한 애기예요, 찢는 자."

당신이 남자를 싫어해도.

나는 이 남자를 사랑한다.

당신이 남자에게 버려졌어도.

나는 이 남자에게 거둬졌다.

당신이 남자를 지옥에 떨어뜨린다면.

나는 이 남자가 지옥에 떨어져도 함께할 뿐.

그저 그것뿐인 이야기.

"꼬리 흔들 상대를 틀렸군요. 펫이라면 펫답게 사랑해 줄 주인을 찾았으면 됐을 것을."

좀 더 말하자면, 하고 그녀는 목을 울렸다.

"노먼 님에게 받을 수 있다면 상처든 아픔이든 저는 대환영이에요."

"아니, 그런 일은 안 해. 불쌍한 건 내 취향이 아니야."

"역시 노먼 님, 다정하셔라⋯⋯!"

"웃기지 마⋯⋯!"

재클린은 격앙했다.

재클린 할리에게 선택지 따위 없었으니까.

그녀는 짐승처럼 몸을 숙였고 손톱이 더 길어졌다. 피가 손끝에서 흘렀지만 상관하지 않았다.

《언로우》에게 감정은 알기 쉬운 연료다.

하지만 그 손톱이 휘둘리는 일은 없었다.

"엘."

"컹!"

"가."

"—멍!"

짧은 명령에 환희하며 검은 개가 짖었다.

그녀는 돌바닥을 부수며 살인마를 향해 질주했다.

재클린은 보았다.

어두운 밤. 칠흑 같은 어둠. 질주하는 검은 개.

밤과 흑과 어둠.

그 속에서 형형히 빛나는 가장 밝은 눈.

시리우스플레임

—《블랙독》은 지옥에서 빛난다.

쿵 소리와 함께 마견이 살인마를 튕겨 냈다.

여자의 몸이 허공을 날았으나 거기서 끝나지 않았다.

"르오."

마견이 숨을 들이마셨다. 범상치 않은 폐활량으로 뽑아내는 것은 단순한 목소리가 아니었다.

재클린처럼 극도로 예리한 손톱을 기른다는 능력의 단독 발동이 아니었다.

거대한 개가 된다는 이능에서 파생한 이능.

아오오오오오오오—

『흑요마견— 포효!!』

밤거리에 마견의 절규가 울려 퍼졌다.

지향성을 지닌 대기의 진동이 살인마와 충돌하고 유린했다.

그것이 짧은 산책의 끝을 알리는 울음소리였다.

"—컹!"

커다란 목을 흔들면서 전신에서 피를 흘리며 쓰러진 재클린을 흘낏 보았다.

"아…… 으……."

몸을 경련하며 재클린을 흐릿한 시야로 올려다보았다.

밤 속에 선 검은 마견에게 주인이 천천히 다가갔다.

"수고했어, 엘."

그는 검은 털을 다정하게 쓰다듬으며 옆에 섰고—.

"크응~"

마견이 노면의 뺨을 할짝 핥았다.

"앗, 하하. 간지러워."

그것을 보고 목소리가 흘러나왔다.

"어째서."

재클린에게 그 광경은 거대한 괴물이 소년을 잡아먹으려 하
는 모습으로밖에 안 보였다.

조금이라도 마견이 이빨을 드러내면 그의 목은 물어뜯길
텐데.

하지만 노면은 당연하게 마견의 혀를 받아들이고 있었다.

"……아."

나와 당신은 다르다.

그렇게 말했었다.

그렇다면 무엇이 다른가.

마견의 곁에는 그가 있었다.

하지만 살인마의 곁에 있던 것은, 구제할 길이 없는 망나니

오빠였다.

피를 나눈 육친과는 관계라고 할 것도 없었다.

오빠를 죽였을 때 망설임이 없지는 않았으나 힘이 각성한 순간 망설임은 사라졌다.

오빠는 말했다.

그 힘이 있으면 또 다른 방법으로 돈을 벌 수 있다고…….

결국 오빠는 그녀를 도구로만 보았던 것이다.

돈을 벌기 위한, 욕망을 위한, 편리한 노비.

살인마는 도구로만 쓸 뿐인 오빠가 있었다.

하지만 마견에게는 주인이 있었다.

그래서 다르다. 그래서 나는 졌다.

"……뭐, 야. ……최악이야."

지옥에서 태어난 살인마는 지옥 속에서 만들어지는 유대를 발견하여.

자신의 정의가 틀렸음을 깨닫고 모두 내려놓았다.

●

"……확실히 마지막 대사는 좀 아쉽네."

힘이 다해 쓰러진 재클린의 마지막 말에 노먼은 어깨를 으쓱였다.

뭔가 최후의 힘으로 노먼과 엘틸을 바라보며 복잡한 표정을 짓고 있었지만…….

"뭐, 어찌 되든 좋은가."

관심 없다.

그보다도—.

"수고했어, 엘."

"네, 노먼 님!"

마견은 미녀로 돌아와 있었다.

원피스는 찢어져서 알몸이긴 하지만 커다란 트렌치코트가 전신을 가리고 있었다. 머리보다 큰 두 둔덕과 엉덩이가 트렌치코트 너머로 육감적인 곡선을 만들었다.

살짝 처진 자상해 보이는 눈매.

그 눈은 본래의 흰자위가 검게 반전된 채 눈동자가 빨갛게 빛나고 있었다.

빨강과 검정의 역안.

강도 높은 『변모태』이기에 변신 직후에 나타나는 이능의 잔재.

처음 만났을 때는 사람의 모습일 때도 역안인 채여서 눈을 가리고 생활하기도 했었다. 훈련을 거듭하여 눈가리개 없이 생활할 수 있게 된 것이다.

그래도 감정이 격해지거나 이능을 사용한 직후에는 이렇게 변화가 나타났다.

"항상 생각하는데, 변신할 때마다 옷이 찢어지는 건 아까워."

"뭐…… 그건 그렇지만요. 그냥 그러려니 하기로 했어요. 항상 노먼 님이 사 주시는데 죄송해요. 제게 맞는 사이즈의 옷도 찾기 힘들 텐데."

"괜찮아. 근데 그런 제한이 없다면 어떤 옷을 입고 싶어?"

"······으음."

그녀는 작게 고개를 기울였다.

"레이스나 프릴이 잔뜩 달린 귀여운 옷?"

"······그렇구나. 그건 꼭 보고 싶네."

노먼은 고개를 끄덕이며 머릿속에 그 정보를 새겨 넣었다.

"그나저나······ 역시 노먼 님이에요. 센스가 있으시네요!"

"응? 뭐가?"

"헬카트 거리의 하운드, 낮에 말씀하셨던 괴물이 나온다느니 어쩌니 하는 소문을 의식해서 지어 주신 거죠?"

"아······ 아니, 그 소문의 괴물······ 너야."

"······네?"

"이런저런 일이 있었기에 기억 못 할지도 모르지만, 너랑 내가 처음 만난 곳도 그 후에 니를 다시 거둔 곳도, 이 헬카트 거리야. 그 왜, 그때 내가 살짝 다치기도 했었잖아? 그 부분에 살이 붙어서 퍼진 거지."

"어머······."

엘틸은 노먼의 말에 눈을 크게 떴다가 미소 지었다.

"그건······ 아주 로맨틱하네요."

"의분이었던 거지, 재클린의 동기는."

빗질을 하며 노먼은 그런 말을 했다.

"크아?"

하품하며 대답한 엘틸은 인간이 아니라 검은 개의 모습이었다.

노먼의 하숙집 거실에 거대한 몸을 쭉 펴고서 편히 쉬고 있었다.

평소에 밖에서 입는 검은 트렌치코트는 벗었고 노먼이 그녀의 칠흑 같은 털을 빗겨 주고 있었다.

브러싱이었다.

일한 뒤에는 노먼이 직접 그녀의 털을 빗겨 주는 것이 두 사람의 관습이 되어 있었다.

그녀의 털은 독특한 광택이 있었고 감촉이 매끄러웠다.

정성스럽게 천천히 빗을 움직이며 노먼은 말했다.

"재클린 할리는 오빠의 손에 팔려 불법 매춘소에서 일해야 했어. 올해 열여덟 살로, 일하기 시작한 건 열두 살이었지. ······ 6년간. 어떤 청춘을 보냈을지는 상상하고 싶지 않아."

"컹."

"그러니까 말이야. 보나 마나 형편없었겠지. 중요한 건 6년간 재클린이 그 매춘소에서 지냈고 살아남았다는 거야. 6년 내내 오빠에 의해 팔려, 누군지도 모르는 부자의 먹이가 됐어."

욕망을 위해 강제로 노동하며 욕망에 노출되었다.

그녀는 6년간 그저 도구였다.

오로지 누군가의 추악한 욕망을 채우기 위한 노비.

"멍?"

"아니, 그뿐만이 아니야. 그 매춘소, 어린아이가 있었잖아? 물론 어린아이만 있었던 건 아니지만, 그중에서도 재클린은 연장자고 베테랑이었던 거지. 분명 보아 왔을 거야. 6년간, 이용당하고 버려진 아이들을."

불법 매춘소.

나이 불문인 곳인데, 이 경우에는 어린아이가 상품이 된다는 나이 불문이었다. 거기다 신체가 결손된 아이도 있었고 재클린 자신도 상처투성이였다. 일하다가 죽거나 정신적으로 망가지는 아이도 있었을 것이다.

"그 주변은 치안이 좋지 않아. 노숙자는 물론이고 고아도 있어. 그런 가게에서 일하는 긴 부랑아나 재클린처럼 팔린 아이야. 공감하는 부분도 있었을 거고, 그 아이들과 자신에게 고통을 주는 남자란 존재를 원망했을 거야."

"크웅?"

"노숙자도 마찬가지야."

빗을 움직여 귀 뒤쪽을 쓸었다.

쫑긋쫑긋 귀가 움직였다.

"매춘소에서 망가진 상품을 어떻게 할까? 간단해. 내다 버려. 어디에? 뒷골목에 던져 놓으면 노숙자가 알아서 주워 가. 첫 번째, 두 번째, 세 번째 피해자도 그렇게 자신들의 욕망을 채웠어."

그것 자체는 별로 드문 이야기가 아니다.

『노숙자』들의 생활 환경은 부랑아에게 받은 메모로 알았다.

그 세 명이 성생활은 만족스럽게 보내고 있었다는 것을…….

불법 매춘소에서 쓸모가 없어져 버린 상품을 회수했을 것이다.

"당연히 재클린은 그걸 알고 있었어. 무서웠겠지. 다음은 자기 차례일지도 모른다는 생각에. 하지만."

하지만 그녀는 《언로우》가 되었다.

"《언로우》가 된 재클린은 바로 자신의 이상을 알아차렸어. 그리고 비교적 머리가 좋았어. 아니면 손님인 귀족에게 배웠던 걸지도 몰라. 단순히 오빠를 죽이기만 해서는 아무것도 바뀌지 않아. 재클린은 자신이 있던 매춘소와 자신들을 농락한 남자들을 원망하고 있었어. 그리고 그 이상으로…… 용서할 수 없었어. 그래서 죽였고, 계속 죽였어."

어째서?

용서할 수 없으니까.

의분. 옳은 일을 해야 한다는 분노.

용서할 수 없으니 죽인다.

그것이 그녀가 남은 ^{와이더닛} 이유다.

"그다음은 단순한 얘기야. 노숙자와 노동자를 죽인 것만으로는 큰 문제가 되지 않아. 하지만 귀족이 죽으면 큰일이 되지. 실제로 그랬고, 매춘소도 드러났어. 형사님이 조사했으니 완전히 은폐하진 못할 거야. 결과적으로 재클린은 목적을 달성했어. 의분…… 그 매춘소를 없애고 싶다는 목적을."

"크응~?"

경찰에 의해 존재가 드러나면 상품은 피해자가 되어 보호받을 거라고 그녀는 예상했다.

만약 조명되지 않았다면 아마 연쇄 살인 사건의 수가 다섯 건에서 더 늘어났을 것이다.

내리꽂히는 올바름의 손톱.

옳다는 이유로 뭐든 해도 되는 건 아니라고 생각하지만…….

그녀는 멈출 수 없었던 것이다.

지옥이 낳고, 지옥을 만드는 살인마.

그런 괴물에게 이빨을 드러낸 것이 지옥의 하운드였으니 얄궂은 이야기다.

"해결편은 이걸로 끝이려나. 자잘한 실수나 착각은 있겠지만, 내가 탐정도 아니고."

"컹."

"하하하, 그렇지? 심심풀이는 됐어. 자, 브러싱은 이 정도면 된 것 같아."

"크응."

누워 있던 엘틸이 몸을 일으켰다.

탈탈 몸을 턴 후 바닥에 앉은 노먼 주위를 한 바퀴 돌고ㅡ.

"앗…… 하하하, 간지러워, 엘."

"컹!"

할짝, 할짝할짝.

까슬까슬한 커다란 붉은 혀가 노먼의 얼굴을 마구 핥았다.

간지러워서 그는 저도 모르게 웃어 버렸다.

검은 개 모습을 한 그녀의 입은 노먼의 머리를 한입에 삼킬 수 있을 만큼 컸고 조금이라도 이빨이 스친다면 목이 찢어져 버릴 것이다.

하지만 노먼은 신경 쓰지 않았다.

웃으며 그녀를 받아들였다.

"크응~."

"어이쿠."

●

마지막으로 한 번 더 핥은 후 얼굴을 들었을 때 그녀는 인간의 모습으로 돌아가 있었다.

검은색이 아닌 금색 머리털이 몸을 타고 흘러내렸다.

무방비하게 넘어진 노먼 헤이미쉬를 붉은 눈이 바라보고 있었다.

그는 멍한 인상을 주지만 가냘픈가 하면 전혀 그렇지 않았다.

늘 코트를 입고 있어서 알기 어렵지만 전직 군인으로 단련을 게을리하지 않았기에 근육질이고 운동 신경도 좋았다. 싸움을 좋아하진 않으나 약할 리가 없었다.

위험한 슬럼가를 걸어도 위태롭지는 않은 남자였다.

머리도 좋은 편이라는 것을 엘틸은 잘 알고 있었다.

《언로우》사건을 해결할 때 엘틸이 옆에 있으면 탐정 역할을 맡는 것은 노먼이다.

매력적인 수컷임을 그녀는 알고 있었다.

그런 남자가 지금 자신 밑에 깔려 있었다.

그녀는 생각했다.

—아주 조금만 힘을 주면 나는 그를 죽일 수 있겠지.

그는 인간이고, 자신은 괴물이고…….

괴물인 자신은 그를 죽일 수 있다.

이것은 단순한 사실이다.

그 사실을 알면서 그에게 복종하고 있는 것이 그녀였다.

그건 뭐랄까…… 흥분되었다.

"크응."

"응, 하하."

할짝, 얼굴을 핥았다.

무방비하게, 천진난만하게 그는 웃고 있었다.

위기감이 전혀 없었다.

그런 모습을 볼 때마다 몸의 중심이 뜨거워졌다.

그는 처음 만났을 때부터 그랬다.

1년 전.

어떤 귀족의 딸이었던 엘틸은 발디움을 방문했고 《언로우》가 되었다.

갑자기 검은 개가 된 그녀는 아무것도 모른 채 떨고 있었다.

세상이 뒤집혔다, 라는 말로는 부족했다. 모든 것이 다 변해 버렸다.

세상이 변한 게 아니라 자신이…….

떨고 두려워하며 지옥에 떨어졌다고 생각했다.

자신 혼자 지옥에 있다고 생각했다.

그런 그녀를 그가 거둬 줬다.

그때의 노먼은 그 개가 《언로우》라는 것도 몰랐다.

사소한 변덕.

그 변덕에 그녀는 구원받았다.

이능을 쓰는 법을 배우고 노먼의 파트너로서 사건을 해결하게 되었다.

다른 《언로우》는 딱히 어찌 되든 좋았다.

그렇게 넘어갈 수 없는 게 세 명쯤 있지만 그건 차치하고…….

"노먼 님."

"응?"

얼굴은 지척에―.

붉게 빛나는 눈이 연한 파란색 눈을 보았다.

풍만한 두 언덕이 그의 가슴에 눌려 부드럽게 뭉그러지며 호흡과 함께 희미하지만 확실한 감촉을 전했다. 변함없이 양쪽 어깨에 놓인 두 팔은 하얗고 육감적으로 뻗어 있었다. 긴 머리카락이 천연 드레스가 되어 깨끗한 등을 덮고 마시멜로 같은 큰 엉덩이로 흩어졌다.

그 손도 힘을 주면 그의 어깨를 부술 수 있었다.

거대한 몸과 반전된 눈, 대량의 고기를 좋아하는 취향도 그렇고, 후각은 사람 모습으로도 개와 같은 수준이고 신체 능력도 높다.

"후후."

"음? 즐거워 보이네."

"네. ……무척."

몸이 흔들리자 뭉그러진 가슴이 출렁거렸다.

"……눈이 호강하네."

"어머."

"말랑하고 매끈매끈해. 주로 이성 같은 것에 말이야."

"우후후."

이 사람은 엘틸을 무서워하지 않는다.

인간의 탈을 쓴 자신도. 괴물인 자신, 있는 그대로의 자신도…….

엘틸 시리우스플레임을 있는 그대로 받아들여 준다.

곁에 두고, 시중을 들게 해 준다.

자신이 조금만 변덕을 부리면 죽어 버릴 텐데.

그것도 나쁘지 않다는 것처럼 무방비하다.

"응."

할짝, 목을 핥았다.

그의 몸이 움찔거렸다.

혀에 느껴지는 땀과 피부의 맛.

그 아래에 흐르는 피는 어떤 맛이 날까.

궁금하지만, 알고 싶지 않다.

그는 자신을 인간으로 대해 주니까, 맛보는 건 피가 아니어도 된다.

"그럼 노먼 님. 브러싱 다음은 샤워를 부탁드릴게요."

목에서 귓가로 입술을 움직였다. 도톰한 입술에서 뜨거운 숨이 흘러나왔다.

눈 색이 반전되고 강한 감정의 고조가 눈에 노란빛을 일렁이게 하며.

지옥도 불태울 만한 열을 담아.

최대한의 충성과 야수성을 간직한 채 속삭였다.

"어느 쪽 모습이든 상관없지만, 부디 있는 그대로의 저를 봐주세요."

인터벌 2

"흠……《시리우스플레임》말인데…… 너 그거야? 육식 동물이 눈앞에서 입맛을 다셔도 신경 안 쓰는 사람?"

"남자는 무심코 위험에 매료되는 법이니까."

"물리적인 위험에는 적용되지 않는다고 생각한다만?!"

고개를 주억거리는 것이 어디까지 진심인지 알 수 없었다.

짐은 또 조금 질색했다.

질색하며 사건에 관한 보고서를 보았다.

"흐흥?《카테고리 II》의《언로우》가 일으킨 사건으로서는 그냥 그렇네. 피해자가 다섯 명으로 끝난 건 아주 훌륭해. 문제는 이 도시에서 돈을 많이 쓰던 앤티크 마니아 귀족들의 불만이야. 네가 말한 『귀족님』— 브론토 바이런은 제법 수완가였으니까. 나도 몇 번 가구를 구입한 적이 있어."

게다가, 하고 그는 말을 이었다.

"그《포효》때문에 선량한 일반 시민은 무서운 짐승의 존재에 겁을 먹게 됐어. 원래 있었던 괴물 소문에 더해진 살인마, 그리고 의문의 포효. 불필요한 도시 전설이 또 생겼어.《언로우》를 숨기는『카르테시우스』입장에선 이것도 문제야."

"그런 건 내가 알 바 아니지. 그 부분을 조정하는 건 누나의 일이야."

"안타깝게도! 언제나 일을 떠맡는 건 현장에서 일하는 인간이야, 노먼 군!"

"……."

한숨을 쉰 노먼을 보고 짐은 기분이 좋아졌다.

"어디 보자. 《캐노니컬 파이브》인가. 『카르테시우스』의 명명 법칙과는 다르지만, 뭐, 나쁘지 않아. 《더 리퍼》라고 부를까. 일탈한 정신에서 생기는 정의감과 의무감. 핍박받아 일그러진 발로. 흔한 케이스야. 손톱이 단단해지는 건 밋밋하지만 나쁘지 않지. 창부라면 여러 가지로 **쓸모** 있을 것 같고."

말하고서 짐은 노먼의 모습을 살폈다.

하지만 그는 미소를 지운 채 나른하게 의자에 몸을 기대고 있을 뿐이었다.

"흠?"

고개를 한 번 끄덕였다.

"알다시피 **쓸 만한** 최저 기준은 《카테고리 II》야. 잠정적이라고는 해도 이능과 정신이 안정돼. 이건 중요해! 어쨌든 지시를 내릴 수 있게 되니까! 제대로 말을 듣는지와는 별개로!"

"그건 문제지."

"그건 그래!"

외치고서 짐은 팔을 벌렸다.

"그렇기에 『카르테시우스』에서 기르는 《언로우》는 되도록 《카테고리 III》인 게 좋아!"

이야기는 다음으로 넘어간다.

"《카테고리Ⅱ》부터 쓸 만하다고 했지만, 솔직히 말해서 이 수준은 신통치가 않아! 그저 약간 유도할 수 있는 정도지! 하지만!《카테고리Ⅲ》는 안 그래!"

"신났네."

"그럼 안 신나겠어?!《카테고리Ⅲ》부터가 진짜야! 정신은 물론이고 이능이 안정되면서 그 능력을 응용할 수 있게 돼! 능력의 확장, 범위의 확장, 대상 지정 등등!《카테고리Ⅲ》가 일으키는 사건의 피해는 그 아래 수준들과 비교도 안 돼!"

노먼은 회상했다.

시즈쿠의《에코하울링》에서 나온 과거시와 미래시, 엘틸의《블랙독》에 의한 야수화 상태에서의 언어 대화, 진동 포효도《카테고리Ⅲ》이기에 가능한 응용이었다.

짐이 신나게 얘기하는 것은 더할 나위 없이 짜증나지만 내용은 핵심을 찌르고 있었다.

"실제로 네가 조우한 세 번째 사건,『괴도』소동은《카테고리Ⅲ》의《언로우》가 일으킨 거였지! 결과적으로 발디움 내에서 가치 있는 것들이 여럿 도난당했고, 덤으로 발디움 박물관이 파괴되어 폐관했어! 네가 지금 심문을 받고 있는 이유 중 하나야."

"흐응."

"근데 길거리 살인 사건의 소문에서 규모가 너무 커진 거 아니야? 가뜩이나 최근 우리 수사원이 알 수 없는 이유로 사망하고 실종돼서 일손 부족으로 곤란하다고. 이걸 어쩔 거야?"

"어쩔 수 없었어."

"와하하하! 그야말로 범인이 할 만한 말이네!"

그리고—.

"그럼 다음 심문이야, 노먼 군! 이 도시에 나타난《괴도》! 이에 어떻게 맞섰는지!《보석》을 동반한 네가 이 기인과 어떻게 야단법석을 떨었는지!"

질문받은 노먼은 구속당한 손을 몇 번 쥐었다 폈다 했다.

속박하는 밧줄은 당연히 계속 속박하고 있었다.

"야단법석이라. 절묘한 말이네."

왜냐하면······.

"이건······ 청춘의 이야기였으니까."

I Tell You, Monster.

제3막
춤추는 괴도
The Dancing Phantom

여자는 뭘 해야 할지 망설이고 있었다.

해야 할 일이 있고 그걸 위해 움직였었다.

그리고 지금—.

"……너 뭐라고 했어?"

"항복입니다. 항복. 졌다고요. 너무 강하잖아요. 그러니 거래
하지 않을래요?"

자신의 사명에 방해될 것 같은 남자를 때려눕혔더니 그런 말
을 꺼냈다.

여자는 짜증을 내며 남자에게 내섭듯 말했다.

뼈가 몇 개 부러졌을 텐데 남자는 실실 웃고 있었다.

"거래라고? 네놈과 거래해서 무슨 이득이 있지?"

"아니, 그 왜. 아무래도 같은 사건을 쫓다가 맞닥뜨린 것 같으
니까요. 그렇다면 협력할 수 있지 않을까요?"

"없어. 그럴 필요가 있나?"

여자는 자신의 능력에 절대적인 자신감을 가지고 있었다.

도움받을 필요도 없었다.

문제는 스스로 해결할 수 있다.

"이야~ 그 부분은 걱정하지 않지만요."

하지만, 하고 남자는 웃었다.

"과연 이대로 계속 나아가도 될까요?"

"……하고 싶은 말이 뭐야."

여자의 얼굴이 일그러지고 물고 있던 담배를 짓씹을 뻔했다.

이대로 나아가도 되냐고?

당연히 되지.

앞으로 나아가는 것이 그녀의 사명이니까.

그럴 터다.

"아뇨, 아무래도 신경이 곤두서 있는 듯한, 망설이고 있는 듯한 느낌이 들어서요. 저는 당신만큼 유능하진 않을지도 모르지만, 이런저런 정보가 있어요. 당신 같은 특별한 이능을 가진 사람에 관한 정보 같은 게."

"……너."

"네, 맞아요. 알고 있어요. 분명 당신보다도. 그러니 힘이 될 수 있어요."

무엇보다도, 하고 남자는 웃었다.

"당신이 해야 할 일을 망설이지 않도록 도울 수 있을 거예요."

론즈데 인핸스다이아.

앞머리에 빨간색이 한 다발 들어간 검은 머리와 갈색 피부를 가진 여성. 가슴 부근까지 오는 좌우 비대칭인 머리카락은 직접 대충 잘랐다는 모양인데, 훌륭한 외모와 대담한 미소 때문에 의도된 스타일이라고 착각하게 된다.

남성용 셔츠와 바지를 서스펜더로 연결하고 재킷은 소매에 팔을 넣지 않은 채 어깨에 걸쳤다.

바지는 오른쪽 다리 부분을 대담하게 잘랐다.

위풍당당과 천의무봉이 곱해져 옷을 입고 있는 듯한 존재였다. 다리는 모델처럼 길고, 허리는 잘록하며, 풍만한 가슴은 그 존재를 주장하고, 곧게 편 자세는 무대 배우 같기도 했다.

어디 있든 모든 것의 중심에 설 듯한──.

당연하게 주목받고, 때로는 갈채를 받으면서도, 다른 사람들의 목소리에는 전혀 귀를 기울이지 않는──.

무슨 일이 있어도 자신을 굽히지 않는 금강석.

노먼의 얼굴을 보자마자 그녀는 말했다.

"여, 노먼. 슬슬 올 것 같았어. 담배 줘."

세 사람쯤 앉을 수 있을 듯한 소파의 한가운데에 떡하니 앉아 눈앞의 테이블에 긴 다리를 올리고서.

낮은 테이블 위에는 대량의 담배꽁초가 쌓인 재떨이와 술병,

낯익은 다우니 거리 식당의 테이크아웃 빈 상자, 신문이 흩어져 있었다. 어질러져 있는 게 테이블만은 아니었지만……

"……하아."

그 참상을 보고 노먼은 펠트 모자에 손을 얹으며 한숨을 쉬었다.

론즈데의 집은 3층짜리 폐허의 최상층이었다.

원래는 밀조주 갱단의 창고 겸 별장 같은 곳이었기에 인테리어는 묘하게 공들여 꾸며져 있다.

석 달쯤 전에 혼자서 이곳에 쳐들어와 괴멸시키고 그대로 집으로 쓰고 있었다. 샤워기나 화장실 같은 것은 쓸 수 있게 만들었지만 당시 깨진 1층과 2층의 유리창은 노먼이 일부러 발주하지 않았다면 줄곧 그대로였을 것이다.

아무튼 게으름뱅이였다.

두꺼운 마대 자루를 한 손에 들고서 방의 쓰레기를 담는 노먼을 보며 변함없이 소파에서 담배를 피는 모습만 봐도 일목요연했디.

"론즈데 씨, 늘 말하지만 조금쯤은 스스로 치워 주세요. 저번에 제가 다녀간 뒤로 한 번도 안 치웠죠?"

"흐흥, 무슨 소리야, 노먼."

술병과 종잇조각을 쓰레기봉투에 넣는 노먼에게 론즈데는 손을 살랑살랑 흔들었다.

"그런 짓을 하면 노먼의 일을 내가 뺏게 되잖아. 사회적으로 무직인 게 얼마나 불편한지는 나도 알아."

"저는 가사도우미가 아닌데요."

"그래서 안 뺏는 거야. 너의 사랑을 거부할 만큼 내 가슴은 좁지 않아. 오히려 크지."

"……."

"내 가슴은 아주 커."

일부러 소파에 무릎을 딛고 서서 가슴을 쭉 펴는 그녀를 보고 노먼은 무심코 한숨을 쉬었다.

세 번째 단추까지 풀려 있는 셔츠 사이로 가슴 언저리가 얼핏 보였다.

시선이 갈 것 같았지만 귀찮게 놀림당하기만 할 게 뻔해서 노먼은 쓰레기 회수를 이어 갔다.

"역시 어떤 충견보다는 작지만. 그래도 뭐, 탱탱함과 탄력은 내가 낫지 않아?"

"적어도 제 피로도라는 점에 관해서는 비교가 안 되죠."

"훗……."

"그걸로 의기양양해하지 마세요."

투덜투덜 불평하며 눈에 보이는 쓰레기를 모으고, 1층까지 뚫려 있는 수직 구멍에 던졌다.

노먼의 하숙집 거실의 두 배쯤 되는 넓은 공간의 끄트머리에 있는 폭 2미터의 구멍이었다.

두꺼운 마대를 쓰레기봉투로 사용하는 것은 3층에서 떨어뜨리는 것이 전제이기 때문이었다.

이후 다시 회수하여 내용물을 버리고 위로 가져오는 것은 노먼의 작업이었다.

얼추 끝내고 론즈데의 맞은편에 있는 의자에 앉았다. 세월이 느껴지긴 하지만 그런대로 호화로운 의자였다. 갱단의 보스가 쓰던 의자인데 너무 호화로워서 앉아 있으면 미묘하게 불편했다.

론즈데가 이쪽에 앉는 게 맞을 것 같지만 그건 그녀 마음일 것이다.

"아무튼 요즘 어떤가요, 론즈데 씨?"

"두루뭉술한 질문이군. 하지만 대답해 주지. 지난주에 포커로 내기를 했다가 전 재산을 날렸어. 돌아오는 길에 양아치가 시비를 걸길래, 마침 기분도 더럽겠다, 그 녀석들의 팀을 박살 내서 돈을 뜯어냈지만 그래도 적자였어. 술과 담배는 입수했으니 본전……도 아닌가. 싸구려 술이라 싱거웠어."

"엄청난 요즘이네요."

양아치를 단속한 그녀는 거의 그들과 동류였다. 안정적인 일은 없고 대부분은 이 방에서 술 마시고 담배를 피우거나, 도박에 열을 올리거나, 양아치에게서 돈을 뜯었다. 나열하니 완전 글러 먹은 인간인데 노먼이 알기로는 실제로도 누구보다 방탕한 생활을 하고 있었다.

그런데 폐허의 소파에서 담배를 피우고 술을 마시는 론즈데는 묘하게 그럴싸했다.

비장감이 없기 때문일까. 퇴폐적인 아름다움이 있었다.

기본적으로 뭘 하든 그럴싸한 여자였다.

"애초에 의료용 알코올을 원액으로 마시는 사람에게는 어떤 술이든 싱겁겠죠."

"그 정도로 세지 않으면 취할 수가 없으니까. 아아, 하지만 담배는 좋았어. 자기들이 직접 만들고 있더라고. 마음에 들어서 일주일에 한 번씩 헌상하라고 했어. 조금 전에 다 피웠지."

"하아. 헤비 스모커인 론즈데 씨가 그걸 계산하지 않다니 별일이네요."

"아니, 계산해서 다 피운 거야. 오늘 네가 올 것 같았으니까."

흐흥, 하고 콧방귀를 뀐 그녀는 노먼이 사 온 담배를 깊이 들이마셨다.

그리고 노먼이 왔을 때부터 이미 테이블 위에 있었던 신문에 시선을 줬다.

날짜가 다른 신문이 다섯 부.

"이번 달에 들어 네 건. 게다가 미해결 사건. 경찰은 무능한 놈들밖에 없지만 일을 안 하는 건 아니야. 그런데 해결하지 못한다는 건 평범한 조사로는 해결할 수 없는 안건인 거지. 그리고 어제 다섯 번째 예고가 나왔어. 그렇다면 네가 동원되어 나한테 올 건 뻔한 일이지."

"……역시 대단하네요."

"초보적인 추리야, 조수."

"……."

말하기 좀 더 적절한 타이밍이 있지 않았을까? 그거 유행 중인가? 노먼은 생각했다.

"뭐, 그렇게 된 거예요. 론즈데 씨에게 적합한 일이죠. 어쨌든…… 괴도잖아요."

"흥, 농담 같은 칭호야."

"농담 같은 일을 하고 있는 사람이 할 말인가요?"

"아무튼 그래서?"

재촉받고 의자에 걸어 둔 코트에서 파일을 꺼내려 했다.

하지만 노먼이 말을 꺼내기도 전에 그녀는 입을 열었다.

"예고장과 함께 괴도는 발디움 시내의 골동품점, 미술관, 도서관, 시청에서 골동품과 예술품을 훔쳤어. 맨 처음 타깃이었던 골동품점은 장난이라고 생각해서 상대하지 않았다가 보기 좋게 도둑맞았고, 그 이후의 사건에서는 경찰과 연계하여 경비를 강화했으나 전혀 효과가 없었지. 괴도의 실루엣 정도는 봤지만, 전부 도둑맞았어. 이것들을 제외한 새로운 정보를 얻고 싶어."

시시하다는 듯 에메랄드그린색 눈을 가늘게 뜨고서 가느다란 손을 쑥 내밀었다.

"자, 얼른 내놔. 있잖아?"

예쁘게 생긴 입술이 호를 그렸다. 사냥감을 눈앞에 둔 사냥꾼 같은 미소였다.

알고 있었지만, 뭐든 내다보고 있는 모양이었다. 파일에 끼워 뒀던 봉투를 그녀에게 건넸다.

"호오, 이건 나도 처음 봤어. 좋네. 예고장인가."

새까만 봉투에 새빨간 봉랍. 밀봉은 이미 뜯겨 있었다.

"누나의 명령으로 형사님이 상당히 무리해서 확보한 거니까 소중히 여겨 주세요."

"그것은 무리하는 게 일이야. ……흠."

론즈데는 당장 봉투 안을 보지 않았다.

봉투 자체를 요리조리 뒤집어 보고 감촉을 확인한 뒤 냄새를 맡았다.

"품질이 좋아. 발디움에서는 안 파는 거야. 포트퀼리 물건이야."

포트퀼리는 발디움에서 열차로 몇 시간쯤 걸리는 도시의 이름이었다.

바다와 면한 항만 도시이자 많은 도시와 선로로 연결된 상업 도시이기도 했다.

국내외를 불문하고 많은 물건이 모이는 대도시라서 상품 종류는 발디움과 비교가 되지 않았다.

"포트퀼리의 편지지 전문점에서 살 수 있는 거라고 해요. 봉랍도 그렇고요."

"좋아. ……흠."

작게 고개를 끄덕이고서 안에 든 것을 꺼냈다. 반으로 접힌 하얀 편지지. 네 귀퉁이에 있는 특징적인 깃펜을 본뜬 마크는 그 가게의 상징인 것 같았다.

편지지를 펼치니 당연히 예고의 내용이 있었다.

다가오는 만월의 밤, 발디움 박물관에서 블러드 다이아를
받아 가겠다.

제군들의 건투를 기대한다.

—괴도 티슬

괴도 티슬.

그게 바로 지금 도시를, 정확히 말하자면 부자들과 호사가들
을 떠들썩하게 만들고 있는 괴도였다.

참고로 보름달이 뜨는 밤은 내일이었다.

"30만 스텔이나 하는 보석이라고 해요. 발디움의 박물관에서
는 특히나 가치가 높다던데요."

"수집가에게 팔면 최소 열 배는 더 받겠지. 경매에 부치면 더
뛸 거야. 그렇군, 이전의 네 건은 데모 시연이었고 진짜 노리는
건 이건가……."

고개를 끄덕이며 그녀는 봉투를 조사했을 때처럼 편지를 뒤
집고, 냄새를 맡고, 손가락으로 글자의 앞뒷면을 덧그려 감촉을
확인했다. 그 모습을 노먼은 바라보고 있었다.

비취색 눈은 가늘게 뜨여 있지만 입가의 미소는 변함이 없
었다.

"뭔가 알아내셨어요?"

"범인은 여자야. 의적은 아니고, 경찰도 박물관도 무시하고 있지만 똑똑해. 자의식 과잉에 오만해서 사람들을 깔보고 있어. 노력을 마다하지 않고 꼼꼼해. 20대에서 30대. 작년 봄에 포트 퀼리를 방문했지만 지금은 발디움에 거주 중. 《언로우》 능력은 『일탈태』거나 『왜곡태(歪曲態)』야."

단숨에 나온 말을 듣고 노먼은 어떻게든 놀라움을 삼켰다.

"⋯⋯참고로 어째서 그렇게 생각하셨죠?"

"어이어이, 조금은 생각을 해."

입꼬리를 비틀며 그녀는 담배를 재떨이에 비벼 끄고 일어났다.

소파에 걸쳐 있던 재킷을 입는 게 아니라 어깨에 걸치고서 손가락 두 개로 예고장을 집고 스냅을 줘 노먼에게 던졌다.

이건 역시 양 손바닥으로 잡아서 받았다.

"어쩔까요?"

"당연한 거 아니야? 박물관에 가야지. 좋은데? 재미있어졌어!"

성실한 말을 하는가 싶더니 가볍게 폴짝 뛰고서 주먹을 움켜쥐는 그녀를 보고 노먼은 어깨를 으쓱였다.

역시나 무심하게, 이렇게 될 것을 알고 있었으니까.

론즈데 인핸스다이아.

안정적인 수입은 없으나 임시 수입이라면 있다.

왜냐하면 그녀의 본업은— 탐정이니까.

"가자, 노먼. 탐정과 괴도. 과연 누가 이길지…… 혹은 괴물과 괴물의 지혜 대결이야. 최고로 재미있잖아."

●

발디움의 중심가를 론즈데는 긴 다리로 성큼성큼 활보했다. 옆에는 물론 노먼이 있었다.

"그 편지지는 포트퀼리의 프린스 프린세스라는 전문점이 우리 브리스튼국의 왕녀 빌리아 전하의 20세 생신과 가게의 창립 20주년이 딱 맞아떨어진 것을 기념하여 작년에 약 한 달간 판매한 한정품이야."

담배를 피우며 그녀는 말했다.

"포트퀼리의 젊은 귀족과 부유한 여성을 중심으로 그런대로 유행했지. 연서로서."

"그래서 20대부터 30대 여성인가요?"

"아니, 여자라고 생각한 이유는 또 있어. 아마 20대 초반일 것 같긴 한데, 30대 후반이나 되어서 아가씨처럼 구는 딱한 여자도 있어. 나이를 먹을수록 쌓인 세월을 고집하지. 30대 후반보다 높으면 좀 더 오래된 가게에서 한정품이 아닌 걸 쓸 거야."

너무한 말이었다.

"그러면 론즈데 씨는 어떻게 되는 거예요? 아가씨? 소녀? 여자?"

"나는 미녀야."

"부정은 안 하지만요. 그럼 심플하게 20대 초반이라고 하면 되지 않아요?"

"편지지만 본다면 그렇겠지. 그건 나중에 해설해 줄게. 뜸 들이려는 게 아니라, 순서의 문제야. 재료 출처에 관해 얘기하자면, 잉크는 발디움 물건이야. 글자의 윤기와 광채, 잉크의 번짐을 보면 알 수 있어. 편지지는 포트퀼리에서 샀는데 잉크는 평범하게 거리에서 샀다는 건, 일상적으로 잉크를 쓰고 있는 거겠지."

"그렇다면 직업을 좁힐 수……는 없겠네요. 잉크를 쓰는 직업은 얼마든지 있어요."

"그런 거야. 그래서 말 안 했어."

"하아. 그럼 성격은요? 욕망을 채우기 위해서라든가 자의식 과잉이라든가 이것저것 말했잖아요."

"욕망을 채우기 위해, 의적 종류는 아님, 경찰도 박물관도 무시하고 있음, 똑똑함, 자의식 과잉, 오만함, 남들을 깔보는 경향, 노력을 마다하지 않고 꼼꼼함."

론즈데는 발언을 짧고 정확하게 반복했다.

"단순한 얘기야. 괴도를 자칭하면서 『건투를 기대한다』라고 하는 건 경찰과 박물관에 대한 도발일 뿐이야. 평범한 의적이라면 다른 걸 노려. 귀족들의 비상금 같은 거."

"그건 그러네요. 어떻게 생각해도 위험성이 커요."

"꼼꼼하다는 건 1년 전에 샀을 편지지의 보존 상태가 좋았으니까. 최근까지 개봉하지 않고 엄중히 보관했을 거야. 어째서 최근 시작했는지는 모르겠지만, 확실하게 기다리며 준비한 거지. 잉크가 작위적이라고 말한 건 그래서야."

"으음…… 우연히 사서 잊어버리고 있다가, 괴도가 되자고 생각했을 때 떠올라서 사용했을 가능성은요?"

"시시해. ……그런 눈으로 보지 마. 이렇게 정성이 들어간 짓을 하는 녀석이라고. 확실하게 준비했고, 예고장 같은 위험성 높은 짓을 하는 건 이유가 있어서야. 남은 근거는 편지지의 내용이지."

"으음~ 글자요?"

"더 정확한 말이 있어. 참고로 이건 속일 수 있어서 말을 안 했는데, 범인은 양손잡이야."

"네에……? 필적인가?"

"아깝네. 필압과 잉크의 번짐이야."

그녀는 즐겁게 웃었다.

"깔끔한 글씨였지만, 자세히 보면 한 글자 간격으로 아주 약간씩 잉크가 번진 방식이 달랐어. 뒷면에 남은 글씨 자국도. 홀수 글자와 짝수 글자에 각각 펜을 긋고 떼는 패턴이 있었는데, 짝수 글자가 약간 필압이 세고 번짐도 컸어. 즉, 짝수 글자는 본래 자주 쓰는 손이 아닌 반대쪽 손으로 쓰고, 홀수 글자는 자주 쓰는 손으로 쓴 거야. 내가 응시하고 뒷면을 만져 봐야 알아차렸을 정도니까, 가령 범인이 눈앞에 있더라도 알아볼 수 없을 테고, 평소에는 한쪽 손만 쓰고 있을 수도 있어."

"⋯⋯왜 그렇게 귀찮은 짓을."

상황을 상상하니 머리가 아팠다.

괴도는 굳이 양손에 펜을 쥐고 한 글자씩 번갈아 글씨를 썼다?

"즐기고 있는 거겠지."

수수께끼 풀이를 즐기는 나처럼⋯⋯. 그렇게 말하며 반복된 웃음은 더 짙어졌다.

"그 봉투와 편지지에는 범인의 정보가 수두룩했어. 알아차려 달라고 말하는 것처럼. 이 정도로 넣을 수 있다면 아무 정보도 안 넣는 것도 간단했겠지. 그런데 예고장을 보냈어. 모든 정보를 통틀어 한마디로 표현하자면 말 그대로—『건투를 빈다』야."

이죽이죽⋯⋯ 히죽.

떠오른 참혹한 웃음을 보고 통행인이 흠칫하며 길을 비켰지만 그녀는 신경 쓰지 않았다.

이렇게나 즐거워하는 론즈데를 보는 것도 오랜만이었다.

말이 아주 많은데 지금 봉투 하나에 이러고 있는 거였다.

앞으로 어떻게 될지 상상해 봤지만 아마 상상 이상이 될 것이다.

딱히 싫지는 않았다.

"노먼. 목말라. 술 줘."

"예이예이."

코트 안쪽에서 의료용 알코올이 든 힙 플라스크를 꺼내 건넸다. 보통 사람이 먹는다면 졸도하겠지만 그녀는 보통이 아니다. 추리력이 보통이 아닌 게 아니라, 존재 그 자체가……

"하하하,《언로우》의 능력에 관해서는요?"

"그건 네가 더 자세히 알겠지. 뭐, 상관없지만. 내 미성을 듣고 싶다고 말해."

"론즈데 씨의 미성과 해설을 잔뜩 듣고 싶어요."

"좋아. 내가 괴도라면 똑같은 짓을 할 거야. 성격이 파탄 나 있으니까."

"……."

듣지 말걸.

"건방진 『요정』도 하겠지. 뭐, 그것은 좀 더 성질이 나쁘겠지만. 히키코모리인 『루화』와 착한 척하는 『마견』은 안 해. 그런 거야."

"……묵비권을 행사하겠습니다."

"변호인을 부를 거면 날 불러. 여자를 농락한 죄는 어때?"

"어떤 의미에서 영광스러운 죄네요. 그보다 변호인이 죄를 정하나요?"

"내가 법이야. 걱정하지 마. 유죄이자 무죄야."

론즈데는 웃었고 노먼은 어깨를 으쓱였다.

"하지만 론즈데 씨는 이전에도《언로우》에 관해 추리하셨잖아요?"

잘은 모르겠지만…….

어쨌든, 있었다.

존재한다면 관측할 수 있다. 관측한다면 추리할 수 있다. 예전에 그녀는 그렇게 말했고, 실제로 추리한 것을 여러 번 봤다. 기대를 담은 말이었으나 론즈데는 어깨를 으쓱였다.

노먼이 하면 의욕 없어 보일 뿐인데 론즈데가 하니 그럴싸했다.

"필요한 정보도 없이 그저 생각난 대로 말하는 건 싫어."

뚜벅 소리를 내며 론즈데가 발을 멈춰서 덩달아 노먼도 발을 멈췄다.

시선 끝에는 내일 밤 괴도가 도둑질하러 올 발디움 박물관이 있었다.

"범인은 경우에 따라서는 평범한 인간일지도 몰라. 아니, 정정하지. 극도로 똑똑하고 성격 나쁜 인간. 《언로우》라면…… 그래, 시간 정지 같은 건 어때? 그거라면 사건의 세부 사항에도 이유를 댈 수 있어."

"생각난 대로 말하는 건 싫어한다고 하지 않으셨어요?"

"크크크."

"……즐거워 보이시네요."

"그래 보여?"

"뭐, 비교적."

"흐흥. 소설이 아닌 현실의 『괴도』라고, 한 번 붙어 보고 싶었어."

조금 희한할 정도로 기분이 좋아 보였다.

추리할 때 말이 많아지는 거야 항상 그랬지만 그에 관해 농담을 하거나, 아까처럼 폴짝 뛰는 모습은 거의 본 적이 없었다.

뭐, 의욕이 있는 건 좋은 일이다.

무리하진 않을지 걱정되긴 하지만……

박물관 입구에는 해리슨이 있었고 못마땅한 얼굴로 이쪽을 보고 있었다.

"마지막으로 확인할게, 노먼. 괴도와 보물, 어느 쪽을 우선해야 해? 범인은 살릴까, 죽일까?"

"일단 론즈데 씨의 목숨을 우선하세요. 살려 두는 게 좋지만, 론즈데 씨가 죽을 바에야 죽여도 돼요."

그러자 그녀는 오늘 본 것 중에서 가장 멋진 웃음을 지었다.

"그럼 그 방침으로 조사를 시작하지."

●

"……인핸스인가."

론즈데의 얼굴을 보자마자 평소 무뚝뚝한 얼굴을 한층 더 찌푸리고 씁쓸하게 중얼거린 해리슨은 제대로 인사도 하지 않고서 박물관에 들어갔다. 한쪽 손에 조금 두꺼운 파일을 들고 있었다.

별로 대화하고 싶지 않은 것은 명백했다.

경비원과 경찰관 몇 명이 배치된 박물관은 긴장감에 차 있었다. 오늘과 내일은 예고 때문에 폐관해서 조용했다. 범행 예정 시각까지 얼마 안 남기도 해서 경비원들은 긴장한 얼굴로 벌써부터 눈을 빛내고 있었다.

솔직히 의미 있을 것 같진 않지만 경찰도 경찰대로 일을 내팽개칠 수는 없을 것이다.

"어쩔래?"

"으음…… 론즈데 씨?"

"예의 그 다이아가 있는 장소와 이전에 도난당했다는 목걸이가 있었던 장소를 보고 싶어. 그리고 해리슨, 이 박물관의 평면도는 있나?"

"있어."

"좋아."

건네받은 평면도에 의하면 이 박물관은 세 개의 층이 있었다. 지하 1층과 지상 1층, 2층. 지하는 보관고나 사무실 같은 직원용 층이고, 지상층은 대부분이 전시 공간이었다.

"제대로 반납해."

"외웠으니 이제 필요 없어. 가자, 노먼."

론즈데는 성의 없이 평면도를 돌려주고서 걷기 시작했다.

조용한 관내에 발소리를 울리며 당당히 걷는 미녀. 경비원과 경찰관이 놀란 표정으로 봤지만 막지는 않았다. 해리슨이 미리 얘기를 해 뒀을 것이다.

"……하아. 머리 아파. 사연 있는 다이아를 필사적으로 지키다니 바보 같잖아."

"사연을 빼놓고 보더라도 그 이상의 가치가 있지 않을까요?"

우선 향한 곳은 1층의 전시 공간이었다.

먼저 도난당한 목걸이가 있었던 곳.

이 박물관은 관람 경로를 따라 작은 방이 있는 타입인데, 목걸이가 있었던 곳은 솔직히 별로 중요시되는 장소도 아닌 것 같았다. 박물관의 대표 전시품이 있는 곳도 아닌, 별생각 없이 걷다 보면 대충 지나가 버릴 것 같은 장소. 작은 방의 중앙에 긴 의자가 있고 벽 쪽에 전시품이 있을 뿐, 특필할 만한 건 없어 보였다.

론즈데가 보기에는 다를까?

그녀는 몇 초 둘러보고서—

"다 봤어. 가자."

"하아."

성큼성큼 관람 경로를 따라 이동해 그대로 곧장 2층으로 갔다.

이번에 노먼과 론즈데가 동원된 원인인 『블러드 다이아 반지』가 전시되어 있는 곳은 목걸이가 있었던 조금 전의 장소와는 아주 달랐다. 관람 경로의 가장 안쪽, 박물관에서 가장 큰 방의 중앙에 유리 케이스에 든 반지가 있었다. 다이아몬드는 작은 동전만 한 크기로 컸다. 멀리서 봐도 조명 빛을 반사하고 있음을 알 수 있었다.

「블러드」라는 이름이 붙어 있지만 딱히 빨갛지도 않고 투명하게 빛나고 있었다.

그런 다이아몬드를 몇 명이 둘러싸고 있었다.

딱 봐도 경찰 같은 2인조, 비싸 보이는 정장을 입은 초로의 남자, 작업복을 입은 중년 남성, 온화해 보이는 노파, 치켜 올라간 눈이 인상적인 여성, 그리고 둥근 안경을 쓴 사랑스러운 소녀.

전시 케이스를 둘러싸고 있는 그들을 본 해리슨이 눈썹을 찌푸리고서 앞으로 나갔다.

"잠깐, 잠깐…… 올리버 씨. 뭐 하시는 겁니까. 이러시면 곤란합니다."

"레너드인가."

이름을 불린 중년 형사가 해리슨을 날카롭게 노려보았다.

조금 통통하고 험상궂게 생겼고 머리숱이 적은 그는 해리슨, 론즈데, 노먼을 순서대로 노려보았다.

론즈데는 조금 길게. 적의가 넘친다는 것을 정성 들여 표현해 줬다.

"곤란하다는 건 내가 할 말이야. 너희도 사정은 있겠지만, 우리 경찰도 우리의 사정이 있어. 멋대로 굴면 곤란해. ……특히나 여자 주제에 탐정 일 따위를 하는 너 말이야."

"변함없이 고지식한 것 같네요, 올리버 경감님."

이에 론즈데는 그녀치고는 정중한 어조로 대답했다.

그는 발디움 서의 경감으로, 그야말로 현장 제일주의라는 느낌을 주는 고집스러운 남자였다. 정장은 그럭저럭 질이 좋았고 평소에는 얼굴에 안 어울리게 청결감이 있는 남자였는데, 오늘은 묘하게 후줄근했다.

경감이라서 해리슨에게는 상사에 해당하지만 이 부분은 여러모로 복잡했다.

『카르테시우스』의 협력자인 해리슨의 권력과 권한은 통상적인 경찰과는 다른 영역에 있다.

그래서 《언로우》 사건에 관해 노먼에게 조사 자료를 주거나 현장에 데리고 가 줬다. 기본적으로 노먼은 경찰이 한 차례 조사를 끝내고서 두 손 든 일을 맡기에 현장과 부딪치는 일은 별로 없지만 가끔 이럴 때도 있었다.

조직 간에는 얘기가 되어 있더라도 현장에 간섭하는 것이 마음에 안 드는 거다.

"고지식한 탓에 아내가 집을 나갔겠죠. 외로워서 애견과 놀거나, 좋아하는 걸 마음껏 먹는 것도 좋지만, 자기 잘못은 인정하고 미리를 숙이지 않으면 돌아오지 않을 거예요."

"······쓸데없는 참견이야."

아무렇지도 않게 개인 정보를 알아맞혔으나 올리버 경감은 쓸쓸하게 대꾸할 뿐이었다.

"어?! 경감님의 아내와 따님이 집을 나갔다는 걸 어떻게?!"

"쓸데없는 소리—"

"어떻게 알았냐고요? 딱 보면 알 수 있죠. 올리버 경감님과 마지막으로 만난 건 2주 전인데, 그때보다 살이 쪘어요. 아마 최근 갑자기 찐 거겠죠. 벨트의 주름을 보면 평소보다 두 칸 늘렸음을 알 수 있어요. 경감님은 현장을 좋아하니 운동 부족은 아니죠. 그렇다면 정신적인 스트레스에 의한 일시적인 것. 요리 못하는 남성이 단기간에 대량으로 먹을 수 있으며 살찌는 음식이라면 피시 앤 칩스가 알기 쉽죠. 왼손에 낀 결혼반지, 상당히 깨끗하네요. 남자답지 못하게 여러 번 만지다 보니 손가락의 기름으로 반들반들해진 거겠죠. 그리고 이제껏 봤던 올리버 경감님은 항상 잘 관리된 질 좋은 정장을 입었었어요. 흔한 남존여비, 가부장적인 남자니까 지금까지는 아내한테 시켰을 터. 입을 옷도 아내가 골라 줬을 테고. 그런데 오늘은 상당히 후줄근하네요. 옷깃과 소매에 기름때랑 케첩이 묻어 있는데, 오래된 것도 있고 새로 묻은 것도 있어요. 보통 함께 묻는 거긴 하지만, 일단은요. 즉, 제대로 다림질도 안 했고 빨래도 못 하고 있는 거죠. 바짓단에 개털이 묻어 있는데, 위치를 보면 소형견일 거예요. 집에 돌아가서 빨래도 청소도 하기 귀찮지만 개한테 놀아 달라고는 하고 있는 거죠. 개랑 놀 여유는 있는데 청소나 빨래는 못 하고 있어요. 즉, 아내가 집을 나가서 옷차림을 정돈할 여유는 없지만, 스트레스로 피시 앤 칩스를 먹어 대서 살이 찐 거죠. 아내는 남편의 부조리함을 견디다 못해 집을 나갔어요. ……반론은?"

"……빨래를 안 하는 건 아니야."

"대충 세제를 쓰는 정도겠죠. 얼룩 지우는 법은 모르시는 것 같네요."

─싸늘한 침묵이 내려앉았다.

이 녀석은 뭐지? 하는 시선에 경외 같은 것이 섞여 있었다.

올리버 경감은 인간이 표현할 수 있는 씁쓸함의 상한을 보여 주고 있었다.

"자, 그럼, 여러분."

짝, 손뼉을 쳤다.

극적인 동작에 다들 그녀를 보았다.

블러드 다이아를 위한 방은 어느새 론즈데를 위한 방이 되었다.

"이미 눈치채셨겠지만, 저는 론즈데 인핸스다이아, 탐정입니다. 오늘은 괴도 사건의 어드바이저로서 이곳에 왔습니다. 그저 두세 가지 질문하고 싶을 뿐이니 안심하세요. 여러분을 괴도라고 의심하고 있는 건 아닙니다. ……현재로서는요."

●

"너무한 일을 하시네요, 올리버 경감님한테."

"그건 퍼포먼스야."

박물관 밖.

오른손을 주머니에 찔러 넣고 왼손 손가락에 끼운 담배의 재를 털어 내며 론즈데가 시시하다는 듯 중얼거렸다.

"결국 나는 외부인이고, 경찰한테 미움받고 있으니까. 그렇게 해서 장소를 지배하고 싶었어. 안 그러면 제대로 된 얘기를 못 들어."

"아아, 그렇군요. 하지만 그렇게 끝내도 되는 거예요?"

왜냐하면—.

"모두와 악수만 하고서 끝났잖아요."

그랬다. 그녀는 그 자리에 있던 올리버 경감을 제외한 모두와 인사차 악수했다.

그러고 나서 질문이 시작되려나 싶었는데 갑자기 볼일이 생각났다면서 곧장 박물관을 나온 것이 조금 전이었다. 올리버 경감도 해리슨도 쫓아오지 않았다.

노면도 의문이었다.

"아아…… 왜냐하면 괴도의 정체를 알았으니까."

"흐응, 그렇군요. ……음?! 방금 뭐라고 하셨어요?!"

"괴도는 알아냈어. 그래서 거기서 들을 얘기는 없었고, 도발까지 당했어."

"허……?! 아니…… 악수만 했잖아요."

"그래, 맞아. 정말 재미없어."

"봉투 추리와 악수만으로 알았다고요?"

"그 추리는 완전 헛짓이 됐어. 그것도 짜증 나."

"하아."

하지만, 그렇다면 묻고 싶은 것은 하나뿐이다.

"누군지 물어봐도 될까요?"

"누군지는 어찌 되든 좋잖아."

론즈데는 길게 연기를 내뿜었고—

"김샜어."

무성의하게 말했다.

"『요정』한테 넘겨. 개라면 저쪽의 속셈을 최악의 형태로 깨부수겠지."

"론즈데 씨와 저의 일인데요. 최소한 다른 현장 정도는 보러 가요."

"필요 없어. 이능 타입도 위계도 알았으니 추리할 것도 없어."

"……그렇게 갑자기 흥미를 잃는 게 가능해요?"

"바로 지금 그렇게 됐잖아."

"아니, 그 왜, 다른 현장을 보면 조금은 재미있을지도 모르잖아요?"

●

"재미없어! 탐정 일은 끝이야!"

폐허의 3층으로 돌아온 론즈데는 재킷을 소파에 던지고 와인레드색 셔츠도 과격하게 벗어 버린 뒤, 소파에 거칠게 앉으며 그렇게 외쳤다.

"정말이지…… 티슬이라고? 웃기고 있네. 완전히 실망이야. 추리 게임을 즐길 수 있을 줄 알았는데 평소 보던 《언로우》와 크게 다르지 않잖아. 노먼! 술! 담배! 밥!"

"내던진 재킷 안에 있잖아요. 밥은 가지고 있지만."

"네가 술병 기울여 줘. 담배 입에 물리고 불붙여 줘. 밥 먹여 줘. 여왕 폐하에게 무릎 꿇는 기사처럼 공손하게."

"기사는 그런 일 안 해요."

"내 나라에서는 그래."

"……여왕 폐하 만세."

거드름 피우는 그녀 옆에 앉아 일단은 술을 한 모금 마시게 하고, 담배를 물린 뒤 불을 붙이고, 한 번 빠는 것을 기다린 다음, 돌아오는 길에 다우니 거리의 식당에서 사 온 햄버거를 먹였다.

담배와 술, 그녀의 땀, 그것에 섞이는 론즈데의 달콤한 향.

비교적 과감한 검은색 란제리에 감싸인 갈색 언덕에 땀이 맺혀 요염했다.

"지금이라면 주물러도 안 들킬걸?"

"이미 들켰잖아요."

"냉정하게 생각하면 내일 밤까지 한가해. 스트레스 발산으로 육욕에 빠지는 것도 좋지 않아?"

"매력적인 제안이지만, 보고서 안 쓰고 론즈데 씨에게 빠지면 누나한테 죽어요."

"끄으응……."

끙 소리가 담배 연기와 함께 토해졌다.

"모든 면에서 짜증나는 여자야."

"어린애 같은 말 하지 마세요. 탐정이잖아요?"

"말했잖아. 탐정 일은 폐업 중이야."

"그게 아니더라도 제 누나예요."

"더더욱 죽이고 싶어졌어."

"그럼 제 파트너로서 보고서 쓰는 거 도와주세요."

"어엉?"

"론즈데 씨에게 얘기를 듣지 않으면 아무것도 못 하니까요."

"……흠."

그녀는 붕대가 감긴 오른손을 얼굴 앞에 들고서 쓴웃음을 지었다.

"방금 그 말은 마음에 들었어."

●

"먼저 전제로서, 너와 만난 뒤로 《언로우》 사건에 대응하고 있는데. 내 생각에 《언로우》는 발현하는 능력에 따라 어느 정도 성격을 프로파일링할 수 있어."

여전히 속옷 차림으로 론즈데는 나른하게 소파에 몸을 기대며 말했다.

"『카르테시우스』가 정한《언로우》능력의 타입은 네 개야. 정신과 오감에 영향을 미치는『잠복태(潛伏態)』. 자신의 육체를 동물 혹은 무언가로 변모시키는『변모태』. 신체 능력을 향상시켜 신체적 특성을 확장, 부여하는『일탈태』. 자신이 아닌 물체의 성질을 왜곡시켜 조종하는『왜곡태』. 이것들은 너한테 말할 필요도 없겠지."

"그렇죠."

이것은《언로우》에 관한 기초 지식이다.

강도를 나타내는『카테고리』와 달리, 순수한 이능의 종류 구분.

"먼저『잠복태』. 이 녀석들은 그냥 아웃사이더야, 아싸. 타인과 거리감을 가늠하는 데 서툴고, 성격은 대체로 내향적. 의사소통 능력이 어떤 방식으로 부족한지는 사람마다 달라. 남들 앞에서는 제대로 말을 못 하면서 막상 입을 열면 막말과 도발만 나온다든가."

"……."

코멘트하기 어려웠다.

"『변모태』는 이능의 발현이 가장 화려해. 겉모습이 완전히 다르게 바뀌니까. 일단 안정되면 겉모습이 바뀌어도 알맹이는 《언로우》가 되기 전과 크게 다르지 않아. 그러니 성벽이 비틀려 있다면 그건《언로우》라서 그런 게 아니라 본인이 원래 가지고 있던 성질이란 거지."

"……."

"『왜곡태』는 이능의 대상이 명확하게 타인이라 그런지, 이름대로 타인에게 간섭하는 경향이 있어. 이상하게 친한 척하거나 남에게 지시하기 좋아하는 사람 있잖아. 그것의 궁극형이지. 아무튼 세상이 자기 생각대로 되지 않으면 직성이 안 풀리고, 그래서 타인에게 참견해 대는지라 짜증 나."

"……."

"『일탈태』…… 즉, 나인데. 가치관이 극단적으로 기울기 쉬워서, 일단 어떤 생각에 꽂히면 거기서 벗어나지 못해. 육체적 힘이 향상돼서 그런지 혼자서 뭐든 할 수 있다고 생각해. 쉽게 자만하고 방심해서 남을 깔보는 경향이 있어. 즉, 성격이 나빠."

"자기 입으로 말하는 건가요?"

"나는 얼굴과 몸과 목소리가 좋으니까 결과적으로 플러스야."

"……."

결국 코멘트하기 어려웠다.

하지만 말하고자 하는 바는 이해할 수 있었다.

표현에 악의랄까, 편견이랄까, 과장이 섞여 있는 것 같다는 생각이 들기도 하지만 어떤 의미에서는 알기 쉬웠다.

"그런 데다가, 이거지."

세심하게 붕대가 감겨 있는 손을 살랑살랑 흔들며 그녀는 말했다.

"박물관에서 순서대로 악수했더니 그 녀석, 내 손을 으스러뜨리려고 했어. 왜? 도발이지. 내가 어떤 인간인지 고려해서, 그 자리에서 지적하거나 소리 지르지 않을 거라고 예상하고 그런 짓을 한 거야. 진짜 어이가 없는 오만함이야. 순식간에 끓어올라서 나도 상대의 손을 으스러뜨려 줬지만."

"그건 돌아오는 길에도 들었어요."

"아~ 그랬나? 뭐, 서로 괜찮은 척했지만, 신체 능력을 상시 발동할 수 있으면서 이런 도발을 하는 건 내 동류밖에 없어. 단순한 얘기야."

"전혀 눈치 못 챘어요."

"……알았어, 알았어. 미안해. 다음부터는 바로 말할게. 이 정도는 하룻밤 자면 나으니까 괜찮다고 생각했어."

"나쁜 버릇이에요, 론즈데 씨."

쓴웃음 짓는 그녀에게 노먼은 집요한 시선을 보냈다.

그녀가 손을 다쳤음을 노먼이 눈치챈 것은 박물관을 나온 후 범행 현장인 도서관에 도착했을 무렵이었다.

줄곧 오른손을 주머니에 넣고 있는 게 이상하다고 생각했다. 곧장 코트에 들어 있던 파스와 붕대를 꺼내 치료했다. 원래 의사 집안 출신이고 군의관이었기에 그 부분은 문제없었다.

문제는 그녀가 다친 것을 말하지 않았다는 점이었다.

범인의 정체보다도 훨씬 큰 문제다.

"흐흥."

그녀는 붕대가 감긴 오른손을 왼손으로 문지르며 살짝 웃었다.

보석을 감상하듯이······.

평소에 짓는 참혹한 웃음이 아닌, 부드러운 미소로······.

"그 마음만으로도 상당히 충족됐어."

"저렴하네요."

"아니, 나는 원래 비싼 여자야. 구매자를 가리고, 가격도 구매자에 달렸지만. 다른 궁금한 건?"

"이능, 뭐일 것 같아요?"

"물질 투과."

"론즈데 씨의 손을 으스러뜨릴 뻔했는데요?"

"그건 『일탈태』의 기초 능력이야. 아무튼 통과하는 능력이야. 아마 벽이나 바닥 같은 걸 마음대로 통과할 수 있는 거겠지."

"······그 근거는?"

"현장에 아무것도 없었어."

햄버거를 베어 물고 입술에 묻은 소스를 손가락으로 닦았다.

그 손가락을 핥는 모습이 묘하게 선정적이었다.

"걱정하지 마, 노먼. 이건 자신 있어."

"그 근거는?"

"상대가 괴도 티슬이니까."

"네?"

"크크크."

놀리듯이 그녀는 웃었다.

한 다발만 빨간색인 머리를 흔들며.

"아니, 넌 몰라도 돼. 보석만 예뻐하도록 해. 꽃도, 개도, 요정도 아닌."

"하아."

감질나게 뜸 들이고 있었다.

뭐, 그건 드문 일도 아니니 괜찮지만······.

"거기까지 알고 있다면 론즈데 씨가 어떻게든 해 주시면 안돼요?"

"얘기 안 들었어? 이 따위라서 나는 흥이 깨져 버렸다고."

일순 기분이 좋아졌던 것 같은데 금세 다시 돌아왔다.

"잘 들어, 노먼."

그녀는 그렇게 운을 뗐다.

"나는 그 예고장을 보고 기대했어. 뭣하면 진짜 평범한 인간이면 좋겠다고 말이야. 『괴도』를 자칭하는 괴짜와 추리 게임을 할 수 있을지도 모른다면서. 근데 뚜껑을 열어 보니 어떻지? 심리 싸움이고 뭐고 없는 투과 능력인 거야. 내 기대를 되돌려 줬으면 좋겠어."

하고 싶은 말만 하고서 드러누운 채 술병을 기울였다.

"으음~ 적반하장 아닌가요?"

"그러니 내가 아니어도 되잖아. 아아, 그래. 다음 주에 『요정』이랑 수도에 간다는 얘기를 들었어. 그걸 내가 가는 건 어때?"

"어떠냐고 물어보셔도 말이죠. 그보다 그거, 저도 그제 들었는데 어떻게 아시는 거예요."

대답하기 곤란한 물음에 어깨를 으쓱여 얼버무렸다. 생각보다 그녀의 의욕 저하가 현저했다.

어떻게 할까, 생각하며 말했다.

"이능에 관해서는 알았는데…… 하지만 그렇다면 왜 괴도였을까요?"

"엉?"

"아니, 그런 능력이라면 은행에 숨어드는 게 낫잖아요."

"『일탈태』라서 오만한 거겠지. 경찰을 도발했었고. 아니면 취미든 뭐든—."

대충 던지던 말이 도중에 멈췄다.

"론즈데 씨?"

벌떡 몸을 일으킨 그녀는 턱에 손을 얹고 작게 의문을 흘렸다.

"……어째서?"

《언로우》를 대할 때 가장 중요한 물음을…….

"왜 괴도가 됐지? 돈이 목적이라면 은행 강도여도 돼. 이능을 연습하려고? 하지만 그런 것치고는 첫 사건부터 흠잡을 데 없었어. 괴도 행위 자체가 목적이었나? 취미, 취향? 아니, 그렇다면 그 타이밍에 나를 도발하는 건 이상해. 괴도 짓을 하고 싶어하는 바보가 직접 정체를 드러낼까? 『일탈태』라서 오만한 것? 오히려 『일탈태』의 행동 이념이라면—."

말의 나열은 갑자기 멈췄다.

"노먼."

"예이예이."

"마음이 바뀌었어. 괴도는 내가 상대해 주겠어."

씩 웃었다.

조금 전까지 전혀 의욕이 없었던 모습과는 완전히 딴판이었
다.

"오? 탐정 부활인가요?"

"아니, 탐정은 여전히 휴업……인 것도 아닌가? 어떤 의미에
서는 탐정의 일인가. 흐흥, 조금은 재미있어졌어. 좋아, 칭찬해
줄게, 노먼. 너는 좋은 의문을 말했어."

"평범한 말만 했던 것 같은데요."

"그거면 돼. 내 파트너라면 말이야."

만족스럽게 그녀는 일어났다.

"할 일이 생겼어. 일단은 예의 그 다이아를 처리해야지. 레너
드가 일해 줘야겠어."

"또 싫다는 얼굴을 할 것 같네요. 다이아라고 하니 생각났는
데…… 뭔가 엄청난 사연이 있대요."

"응?"

"블러드 다이아, 그냥 평범하게 큰 다이아몬드였잖아요. 왜
블러드 다이아라고 불리는지 아세요?"

"피를 뒤집어쓴 다이아잖아?"

"네."

이건 완전히 여담이다.

흔하다면 흔한 이야기.

발디움 박물관에 있는 보석은 죽음을 뿌린다, 같은…….

원래 어떤 나라의 국경 근처에서 채굴되었다고 하는데, 그 국경을 접한 나라끼리 서로 가지려고 싸우면서 그럭저럭 많은 사람이 죽었다. 그 후로도 욕망의 대상이 되어 쟁탈전으로 사람이 계속 죽었다.

그렇기에 블러드 다이아.

피를 뒤집어쓴, 빨아들인 피로 빛나는 다이아몬드.

"깜짝 놀랐는데 정말로 발디움에서도 이 다이아의 관계자가 죽었어요. 이 도시로 수송하는 걸 직접 지휘했던 사람과 이 다이아가 박물관에 전시되도록 중개한 사람…… 이거, 괴도와 관련 있진 않을까요? 조사해 보면 더 많이 죽었을지도 몰라요. 저주받은 다이아예요."

"시답잖아. 가치 있고 역사적인 보석이야. 서로 갖겠다고 싸우느라 사람이 죽는 거겠지. 저주라는 건 사실의 연속에서 오는 인간의 맹신이야. 돈은 사람을 죽이는 충분한 이유가 되고, 사람은 간단히 죽어."

"그야, 뭐, 그렇지만요."

"서부에서 돌아온 너한테는 말할 필요도 없겠지."

"그렇죠."

대충 어깨를 으쓱여 뒀다. 떠올리고 싶지 않은 이야기였다. 다이아몬드에 관해 더 자세히 파고들고 싶었지만 서부 전선 이야기는 하고 싶지 않았기에 대충 화제를 돌렸다.

"다이아 자체는 어떤가요? 안 싫어하시죠?"

"예술품으로서 싫어하진 않아. 장식품으로서는 필요 없어."

"그 근거는?"

"어떤 보석이든 내가 착용하면 빛을 잃잖아."

그녀는 웃었다.

번쩍번쩍 빛나는 보석처럼.

"자, 그럼…… 해결편을 시작하자."

●

괴도 티슬은 조용히 **바닥으로 가라앉았다**.

그건 진흙 속으로 뛰어드는 듯한 감각이었다.

다만 티슬의 뜻대로 굳고 마음대로 걸을 수 있는 진흙.

박물관 옥상에서 가벼운 움직임으로 지붕을 통과했다. 신기
하게도 물질 속에서 숨을 쉴 수 있었고 압력은 느껴지지 않았
다. 시야는 확보되지 않지만 대충 인간의 기척을 느낄 수는 있
었다.

빠져나온 곳은 발디움 박물관 2층의 가장 큰 전시 공간이
었다.

넓은 홀의 중앙에 유리 케이스가 딱 하나.

연막은 쓰지 않았다. 누가 있을지 알았으니까.

막연하게 느껴졌다. 인간과, 동류의 기운이.

키 큰 갈색 여자.

한 다발만 빨간색이 섞인 흑발. 무대 배우처럼 위풍당당하게 담배를 피우는 나이스 보디의 미녀.

남성용 셔츠, 한쪽 다리 부분을 자른 바지, 재킷은 입지 않고 어깨에 걸쳤을 뿐.

불붙은 담배를 끼운 오른손에는 정성스레 붕대가 감겨 있었다.

그리고 여자와 키가 비슷한 소년. 회색 머리는 목뒤에서 묶여 있다.

펠트 모자와 코트, 멍한 표정은 작은 동물을 연상시켰다.

얼굴은 반듯하지만 또래보다 연상의 부인에게 인기가 있을 분위기였다.

론즈데 인핸스다이아와 노먼 헤이미쉬.

"평소 같으면."

천장에서 갑자기 나타난 티슬을 보고서도 론즈데는 놀라지 않았다.

"어떻게 정체에 다다랐는지 조리 있게 추리를 펼치지만……이번에는 필요 없을 테지. 애초에 여기서 괜찮겠어? 박물관이라고."

"히히히, 상관없지."

거리낌 없는 말에 괴도는 무심코 대답했다.

쉬어 빠진 노인의 목소리.

이에 노먼이 흠칫하며 눈을 크게 떴다.

자신의 정체를 이야기하지 않은 건가, 의외라고 생각하며 티슬은 가면을 벗었다.

드러난 얼굴을 보고 론즈데는 웃었다.

"어떤 성격 더러운 여자가 나오려나 싶었는데…… 대단한 할망구였어, 필지 퓰."

●

"히히히히, 피차일반이지, 아가씨. 나에 관해 알리지 않았나?"

경련을 일으키는 것 같은 독특한 방식으로 웃는 괴도의 민낯은 노파였다.

자그마한 체구에 사이즈를 맞췄지만, 나이를 알고 보면 미스매치인 연미복과 망토, 실크해트는 괴도라고 하면 떠올리는 바로 그 차림이있다.

이름과 얼굴은 일단 기억 한편에 있었다.

어제 이 박물관에 왔을 때, 올리버 형사와 함께 있었던 사람 중 한 명이었다.

"……놀라운데."

두 가지에 놀랐다. 먼저 괴도의 정체가 노파였다는 것.

그리고 이렇게 나이 많은 노파가《언로우》라는 것에.

1년 반 동안 다양한 《언로우》를 봤지만 이 정도 고령자는 처음이었다. 경험한 바에 의하면 이능이 각성하는 것은 대체로 10대 후반에서 20대가 많았다.

물론 모두가 그런 건 아니어서 알고 있기로 이전까지의 최고령은 쉰 살 정도였지만, 명백하게 그걸 경신했다.

필지 튤, 어떻게 봐도 일흔쯤이었다.

"누구인지 같은 건 어찌 되든 좋아, 우리는."

"흐음? 탐정이라고 해서 어제 같은 추리를 기대했는데 말이야."

"네가 할 소리인가?"

담배를 끼운 손가락에 힘이 들어갔다. 어제 괴도가 으스러뜨린 손이었다.

"흠. 나와 동류라면 벌써 나왔을 줄 알았는데."

"하! 당연히 다 나았지."

하지만, 하고 론즈데는 다정한 눈으로 웃었다.

"부적이야."

"저렴하네요."

조금 민망했던 노먼은 얼버무리듯 어깨를 으쓱였다.

"히히히, 젊은이들은 뜨겁구먼."

"너는 늙은이면서 너무 펑키해. 뭐야, 그 예고장은."

"아아…… 그거. 그것에는 실망했어."

그녀는 어깨를 떨구고서 실망과 어이없음이 섞인 탄식을 했다.

생각했던 것과 전혀 달랐다고 말하듯이…….

"노골적인 힌트를 몇 개나 줬는데도 전혀 눈치 못 채. 다섯 번이나 똑같은 걸 보냈는데. 자네가 처음이었어, 탐정 씨."

"경찰이 생각보다 무능했다는 건 동감이야. 영 실망스러워."

"저도 몰랐는데요."

"너는 그 정도가 딱 좋아. 탐정의 조수는 적당히 멍청해야 하니까."

"기쁘지 않네요."

"히히히."

노파는 웃고서 주위를, 론즈데와 노먼 너머의 전시 케이스를 보았다.

그곳에는 아무것도 없었다.

"다이아를 어딘가로 옮겼는가? 못 들었는데."

"그야 그렇겠지. 내가 시켰어. 이곳 관장은 발디움의 위신을 걸고 널 요격하겠다면서 가짜를 준비하고 쇼케이스에 공작을 하려고 했지만."

"우습지. 그 괴도가 눈앞에 있었는데. 뭐, 관장에게도 체면이 있었을 거야."

이야기가 잘 이해되지 않았다. 그도 그럴 것이 다이아몬드를 어딘가에 숨겼다는 얘기도 론즈데가 해리슨을 통해 처리했기에 노먼은 아무것도 듣지 못했다.

론즈데가 전개를 숨기는 거야 늘 있는 일이지만…….

"간단한 얘기야, 노먼. 어제 몇 명이 다이아를 둘러싸고 있었지? 형사와 관장은 알기 쉬웠어. 그리고 여자가 셋에 작업복 차림의 중년 남성. 이 할멈도 포함해서 여자들은 학자고, 중년 남성은 열쇠공이야."

"그 근거는?"

"앞으로 괴도가 도둑질하러 올 거고, 이미 경비원도 배치되어 있는 박물관에 외부인을 들일 리가 없어. 네 사람은 어떻게 봐도 경비원이 아니었어. 그렇다면 무엇을 하고 있었는가? 작업복을 입고 있었으니 작업을 하러 왔겠지. 타이밍을 고려하면 케이스에 함정이나 튼튼한 자물쇠를 설치하려고 준비하고 있었을 거야. 여자들은 전문가야. 괴도를 속일 수 있는 가짜를 준비하고, 그게 통할지 확인하려고 부른 거야."

그리고—.

"그것도 그저 여흥에 불과해."

"영리하구먼."

눈이 타오르는 것처럼 빛났다.

"자네가 나타났을 때, 웃음을 터뜨릴 뻔했어."

"대신 손을 으스러뜨렸지만 말이지."

"피차일반이지. 이 나이에 이렇게 돼서 아주 야단법석을 떨었어. 처음에는 이것저것 부숴서 일부러 휴가를 받아 조정했지. 자네도 그랬나?"

"글쎄, 어땠더라."

"그쪽 조수는, 평범한 인간인가."

"예, 뭐, 그렇죠."

"그런가. 그거 아쉽군."

"안심해. 이 도시에는 잔뜩 있어. 나나 너 같은 것이."

"아아…… 그건 좋군."

히죽히죽, 이죽이죽.

대화를 거듭할 때마다 입꼬리가 올라갔다.

잡아당겨지듯이. 팽팽하게. 파르르 공기가 떨리는 것을 노먼은 느꼈다.

느꼈을 뿐, 특별히 아무것도 안 했지만…….

"아무래도 그쪽이 괴물로서는 경험이 더 풍부한 것 같군. 좋겠어, 부러워. 얼마나 많은 동류와 놀았지?"

"글쎄. 기억하는 것도 있고, 기억할 가치가 없는 것도 있었어."

"좋군. 말해 보고 싶어."

괴도는 되풀이했다. 예고장을 보냈던 다이아몬드가 없는 것을 신경 쓰는 것 같지도 않았다.

"이 힘을 손에 넣었을 때는 그런대로 놀랐어. 자식은 진작 독립했고, 남편은 전쟁으로 죽었지. 갈 곳이 없어서 이 발디움에 왔더니 이렇게 됐어."

발디움. 성벽에 둘러싸인 바람이 불지 않는 도시.

—저마다의 이유를 실은 바람이 마지막에 다다르는 곳.

"힘이 안정되자 그다음엔 무슨 생각을 했을 것 같나?"

"무엇을, 어디까지 할 수 있는가."

"히히히."

즉답을 듣고 필지는 계속 웃었다.

웃음은 멈추지 않았다. 남들과 달라졌다. 보통에서 벗어났다. 인간을 뛰어넘어 버렸다.

그것을 즐기고, 행동력으로 바꾼다.

"하지만 소설 같은 괴도 놀이를 해도 너무 간단해서 전혀 재미가 없어. 힘을 숨기고 평범한 척하는 것도 스트레스만 쌓이고 말이야."

"그야 그렇지. 우리는 평범한 척하기 쉽지만. 근본적으로는 괴물이야."

『일탈태』는 《언로우》 중에서 일상생활을 보내기 가장 쉽다. 말하자면 과도한 신체 능력을 상시 발동하고 있을 뿐이므로, 그것만 제어하면 모두의 틀 안에 있지 못할 것도 없다. 물론 정말로 녹아들지는 못한다.

"아아, 마음은 이해해, 괴도. 그래서 나는 왔어."

사람에서 벗어나 모두와 달라진 보석은 웃고 있었다.

《언로우》인 여자는 줄곧 웃고 있었다.

나와 이 녀석은— 아주 닮았다면서.

"탐정은 사실을 해부하고, 해설하고, 해체하여 진실을 폭로하는 모독자야. 답을 확인해 보자. 너의 행동 이유. 네가 어째서 괴도 같은 걸 시작했는지."

그녀는 숨을 한 번 들이쉬었고—.

"너는 그저 자신의 이능을 전력으로 쓰고 싶었을 뿐이야."

단언했다.

"괴도 행위는 덤이고, 본질은 예고장이야. 노인에 걸맞지 않은 신체 능력과 투과 능력에 의한 범죄. 그것을 방해받고 싶었어. ……그래, 원했던 건 같이 놀 상대야."

론즈데의 얼굴에서 웃음은 사라지지 않았다. 필지도 웃고 있었다.

"그래서 나한테 싸움을 걸었지? 나타난 탐정의 반응을 보고 싶었던 유치한 어린애 같은 기대야. 정말 웃긴다니까. 하지만, 그래, 마음은 이해해. 나도 이 남자와 만나기 전에는 비슷한 기대가 있었어."

그러니까.

"놀아 줄게. 너의 너무 늦은 청춘에 장단을 맞춰 주겠어."

"히히히!"

공기가 일그러졌다. 그것은 살기라든가 살의라든가 전의라든가, 그런 게 아니었다.

분명 그것은 본능이다. 자신이 가진 능력을 전력으로 발휘하고 싶다는, 강렬하기 그지없는 생물로서의 근본 의지. 론즈데는 이렇게 될 것을 알고 있었다.

그녀의 동기를 깨달았을 때, 그래서 론즈데는 괴도 티슬의 정체를 말하지 않았다.

「누구인가」는 어찌 되든 좋다.「어떻게」도 사소한 얘기다.

동종의《언로우》. 같은 굴의 오소리. 오소리 간의 혈투.

똑같이 길을 벗어난 존재가 딱 한순간 교차한다.

그렇게 되면 더는 멈출 수 없다.

"노먼 헤이미쉬!"

론즈데가 눈을 형형히 빛내며 외쳤다.

"탐정인 내가 말하겠어! 괴물은 이 녀석이야! 탐정이 아닌 내가 묻겠어! 이 괴물을 나는 잡아먹어도 돼?! 어떻지? 그래도 돼? 대답해, 인간!"

외침에 공기가 진동했다. 노먼의 답을 기다리며 주먹을 움켜쥐었다.

꽉, 더할 나위 없이 단단하게.

그래서 노먼은 대답했다. 이것이 론즈데와 노먼의 통과 의례니까.

보통 사람이라면 그 자리에 있는 것만으로도 졸도해 버릴 농밀한 폭력의 전조 앞에서, 펠트 모자에 손을 얹고 어떻게 봐도 건성인 것 같은 움직임으로 폭발 직전의 짐승에게 고했다.

"네, 그러세요. 마음껏."

그 말이 신호였다.

"하하~! 끝장을 내 주마. 자기 나이를 생각하지 않는 망할 할망구!"

"히히히! 날 즐겁게 해 줘. 연장자를 공경할 줄도 모르는 아이야!"

두 명의 《언로우》.

두 명의 『일탈태』.

두 명의 괴물이, 그 비정상을 드러냈다.

즐기고 싶다…… 오직 그것뿐인 광기 아래에서.

●

노먼은 그 소리를 들었다.

쾅, 둔탁하고 낮지만 크게 울리는 소리를…….

론즈데의 미들 킥과 필지의 주먹이 격돌한 소리였다.

"하하하하!"

"히히히히!"

떠들썩한 웃음이 함께 울리며 미녀와 노파가 격투를 벌였다.

『일탈태』의 신체 능력에 의한 백병전은 빠르고 강력한 힘의 응수였다.

선제로 날리는 잽 하나하나가 사람의 머리를 부술 만한 위력을 간직하고, 진심으로 몸통을 차면 내장이 파열한다. 그것이 1초에 몇 번씩이나 오갔다.

일정 수준 이상의 『일탈태』끼리 싸우는 것은 좀처럼 볼 수 없는 일이었다.

노먼은 1년 반 동안 이 도시에서 다양한 《언로우》를 보았지만 그럼에도 손꼽을 수 있을 정도로 적었다.

"히~히히히히!"

연미복을 입은 노파가 경련하는 듯한 웃음과 함께 뛰어다녔다.

아크로바틱하게 움직이고 짧은 팔다리를 휘둘러 후려쳤다.

무술을 배운 움직임은 아니었다. 어린아이가 대충 팔을 휘두르는 것과 같았다.

다만 보통 사람은 눈으로 파악할 수 없을, 회피도 방어도 불가능한 치명적인 공격이었다.

"하! 마음이 어린애라 움직임까지 어린애인가!"

론즈데는 스텝을 밟으며 주먹을 가슴 앞에 올리고서 난잡한 공격을 세심하게 처리했다.

움직임은 복싱에 가깝지만 긴 다리를 살린 발차기를 섞은 자기류였다.

주먹으로 필지의 공격을 쳐 내서 방어하고 다리로 공격과 회피를 수행했다.

"그쪽은 의외로 깔끔하게 움직이는군! 괴물이어도 트레이닝은 하는가?!"

"슬럼가는 좋은 공부가 되지!"

씩 웃음의 종류를 바꾸며 론즈데는 괴도에게 발차기를 날렸다.

크게 뒤로 뛰어서 그것을 피한 괴도는 털이 긴 카펫에 착지했다.

그리고―.

"―《만질 수 없는 도화(徒花)·탈취(奪取)》."

카펫이 꿀렁거리더니 이전보다 몇 배는 더 빠른 속도로 노파의 몸이 사출되었다.

●

"으으……?!"

복부의 통증에 론즈데는 물고 있던 담배를 무심코 짓씹었다.

옷의 왼쪽 옆구리 부분이 찢어지고 그 아래의 살이 도려내져 있었다.

갑자기 가속한 필지가 론즈데의 방어를 뚫고 접촉한 것이다.

하지만 아무리 가속했더라도 살을 도려낼 수 있을 정도는 아니었다.

그런데 그렇게 된 것을 보고 노먼이 소리를 냈다.

"물질 투과의 응용……."

"바보야? 노먼! 그것보다도 잘 봐! 코스프레한 할망구가 폭소하면서 투석기로 사출된 양 날아온다고! 코스프레 캐터펄트 할망구야!"

"효효효효! 그런 거지!"

오른손을 피로 적신 코스프레 캐터펄트 할망구는 벽면에 착지했고 이번에는 벽이 꿀렁거렸다.

그 한순간을 보고 론즈데의 두뇌는 순식간에 현실을 처리했다.

알 수 있는 것은 두 가지.

공격은 물질을 통과하고 통과한 물질을 낚아챈다.

쇼케이스나 금고를 통과하여 안에 있는 보물을 훔치는 것과 같다.

각각의 현장이 어질러져 있지 않았던 것은 그래서다.

다른 하나는 가속 방법.

이능으로 바닥에 살짝 가라앉고, 가라앉힌 물질에 장력을 만들어 그 반발로 뛴 것이다.

이능의 응용이 능숙했다. 《카테고리Ⅲ》로서 이능 파생 두 가지를 동시에 쓰고 있었다.

이론적, 물리적으로 물질의 투과를 생각한다면 자신의 육체를 물질에 끼워 넣는 것이 된다.

『일탈태』의 이능은 자신의 육체에 작용하니, 논리적으로 생각하면 다른 물질에 영향을 줄 수 없으므로 휘게 만들고 있는 것은 자신의 다리겠지만 《언로우》에게는 이론도 도리도 통용되지 않는다.

그렇게 생각하면 그렇게 된다. 가장 좋은 예가 옷이다.

물질을 통과할 수 있다면 옷도 통과돼서 이능을 쓸 때마다 알몸이 될 수도 있다.

그런데 필지는 그렇게 되지 않았다.

의류도 자신으로 인식하고 물질 투과에 관해 뭔가 명확한 이미지가 있을 것이다.

"너무 신났잖아, 늙은이……!"

"히, 히, 히……!"

뛴다, 뛰어다닌다. 바닥을, 벽을, 천장을, 이능으로 장력을 발생시켜 계속 가속하면서.

전방위에서 웃음소리가 울려 퍼지는 그것은 마치 댄스 같았다.

"춤추고 있는 건가, 괴도!"

"그래, 자네와 내가 추는 죽음의 댄스야!"

쿵, 소리와 함께 대기가 진동했다. 『일탈태』인 필지의 신체 능력으로 버틸 수 있는 한계 가속. 그것을 실어 돌격해 오는 찰나 드러난 웃음을 론즈데는 보았다.

기뻐하고 있는 것이다. 가진 능력을 전력으로 드러내는 것, 그저 그것뿐.

마음껏 행동할 수 있는 것은 쾌감을 동반한다.

심지어 목숨을 걸고 있다면…….

그 마음을 이해한다. 그러고 싶다고 생각도 하지만—.

일순 시선을 보냈다. 변함없이 서 있는 노면 헤이미쉬에게…….

이 노파와 자신은 아주 닮았다. 근원적으로 비슷한 갈망을 품고 있다.

그래도 차이는 있다. 우두커니 서 있는 벽창호의 존재.

"나와 너는 달라."

마음대로 굴고 있는 것과.

충족되어 있는 것은— 다르다.

"《스루드티슬》—!"

필지의 손이 론즈데의 가슴에 닿은 순간—.

"《불예보석(不穢寶石)》."

불예보석(不穢寶石) 위에 작은 글씨로 앤빌셀메이든

●

콰직, 괴도의 손이 부서졌다.

"히히…… 히?"

"한 가지 가르쳐 주지."

그 손은 확실히 론즈데의 가슴에 접촉했으나 부서져 있었다.

뭔가 아주 단단한 것에 손가락을 정면으로 갖다 박으면 그렇게 되겠지만 필지가 만진 것은 론즈데의 왼쪽 가슴이었다. 그럼에도 불구하고 사실로서 손은 찌그러져 버렸다.

그 무엇도 건드릴 수 없을 터인 도화가…….

"이능과 이능이 간섭하고 충돌하면 더 강한 쪽이 이겨. 그게 다야."

물질 투과에 의한 심장 탈취를 웃도는 이능이란.

"모, 몸을 단단하게 만든 건가."

"아깝네."

갈색 미녀가 웃었다.

"실로 아까워. 현상으로서는 가깝지만, 진실은 달라."

입술이 찢어질 듯 웃었다.

"⋯⋯!"

노파는 뒤로 뛰었다. 아프긴 했지만 본능이 몸을 움직였다.

이능이 발동하여 몸이 밑으로 가라앉았다. 이 자리에 나타났을 때처럼 바닥을 통과하여 1층으로.

그리고 몇 번 더 벽을 투과하여 전시용 방이 늘어선 관람 경로로 이동했다.

"헉⋯⋯ 헉⋯⋯!"

어둡고 조용한 전시 공간에 거친 숨이 울렸다.

이성과 본능, 양쪽이 경종을 울리고 있었다.

"⋯⋯히."

그래도 목 안쪽에서 흘러나온 것은 어두운 기쁨이었다.

본능적으로 1층으로 도망쳐 버렸지만 작은 미로 같은 1층에서는 투과 능력을 가진 자신이 더 유리하다. 주위에는 전시물이 늘어서 있다. 직업상 그 가치는 숙지하고 있고, 그녀가 관리하는 것도 많았다. 론즈데도 역시 이것들이 주위에 있으면 움직이기 어려울 것이다.

"아직, 아직 더⋯⋯."

횡설수설 중얼거린 순간이었다.

"무슨……?!"

2층에서 큰 소리가 나서 반사적으로 고개를 들었고.

"……?!"

"하하~! 외로웠어?!"

론즈데가 등 뒤의 벽을 뚫고 나타났다.

조금 전까지 벽이었던 석재와 나뭇조각과 함께 전시물이 날아갔다.

"……?"

그 순간, 기묘한 것을 보았다.

그녀의 팔다리에 은은하게 발광하는 붉은 문신 같은 무늬가 떠올라 있었다.

하지만 그에 관해 생각할 여유는 없었다.

뺨이 찢어질 듯 웃는 여자는 경악하는 필지의 목을 뒤에서 움켜잡았고―.

"하하하하하! 박물관 투어를 하러 갈까!"

그대로 벽에 누른 채 튀어 나갔다.

필지를 잡은 론즈데는 관람 경로든 벽이든 상관없이 전부 뚫고 나가며 폭주했다.

"네, 네년……!"

통증은 문제없었다. 반사적으로 발동한 투과로 목 이외의 대미지는 무시할 수 있었다.

하지만 문제는…….

"억…… 너! 전시품을, 뭐라고 생각하는……!"

론즈데의 폭주는 모든 것을 파괴했다.

각각이 필지의 연봉을 족히 웃도는 가치를 가진 물건들인데.

그것들을, 론즈데는 필지를 휘두르며 파괴해 나갔다.

그녀도 그걸 모르지는 않을 것이다.

"하하하! 너 바보야?! 이런 데서 시작해 놓고 이제 와서 할 말은 아니잖아! 신경 쓸 거였으면 처음부터 장소를 가렸어야지!"

1000년 전의 전쟁에서 쓰인 도검. 2000년 전에 유통되었다고 여겨지는 동전. 국내에 몇 개밖에 없는 멸종한 동물의 박제. 역사에 이름을 남긴 예술가가 만든 석상. 고대 철학자가 기록한 서책의 원본.

박물관 자체도 수백 년 된 역사적 건축물이었다.

그 가치와 역사를 축적해 온 모든 것을 유린했다.

방약무인을 구현한 바람이 날뛴 것은 십여 초. 그 십여 초 동안 1층을 파괴하고 다닌 후—.

"어이구, 너무 멀어지면 또 혼나겠지."

"효……?!"

부유감.

위로 던져졌고 정신 차리고 보니 2층에 있었다.

"오, 돌아왔다."

여전히 우두커니 서 있는 노면과 일순 눈이 마주쳤다.

참 태평하다고 어이없어할 여유는 없었다.

"뭐야……?!"

천장에 격돌하기 직전, 왼손이 잡아당겨졌다.

어느새 왼손에 뭔가가 감겨 있었다.

뭔가, 가 아니었다.

―론즈데의 오른손에 감겨 있던 붕대였다.

주름진 눈이 크게 뜨였다.

『일탈태』의 이능은 자신의 옷에도 대응되도록 만들 수 있다.

몸에 걸친 의류를 자기 자신으로 정의함으로써 이능이 작용되는 것이다. 그러지 않으면 이능의 종류에 따라서는 쓸 때마다 알몸이 될 수도 있다. 이 부분은 『변모태』보다 융통성이 있었다.

단, 그게 바로 할 수 있는 일은 아니었다.

자신의 신체 일부라고 인식할 만한 필요성과 애착이 있어야 가능했다.

그런데…….

"그건, 평범한 붕대……."

"그렇게 보여?"

웃음이 변했다.

괴물의 홍소에서. 인간다운 상냥한 미소로…….

"그렇다면 그게 나와 너의 차이야."

나와 너는 닮았지만.

"공교롭게도 나는 무거운 여자라서."

―나와 너는 다르다.

"《앤빌셸메이든》."

붕대가 당겨지며.

"억?!"

론즈데의 주먹이 필지의 안면에 꽂혔다.

주먹이 박혀 들었다. 강철보다 단단한 주먹이.

그 본질을 괴도는 모른다.

《앤빌셸메이든》.

그것은 그녀 자신의 존재 밀도를 높이는 것이다.

몸을 단단하게 만드는 게 아니라 밀도를 높인 결과, 육체가 단단해지고 무거워지는 것이다.

강철보다 몇 배는 더 단단하고 무겁다.

밟고 있는 바닥, 카펫 밑에 이미 균열이 생겨나 있을 것이다.

몇 톤에 이르는 질량을 사람 형태에 눌러 담으면서도 무게와 물리 법칙에 의한 속도 둔화는 없었다.

그서 그녀가 비라는 대로 무겁고, 단단하고, 강하게.

"흉…… 익……!"

한 손이 붕대에 묶여 있고 얼굴을 얻어터지면서도 괴도는 반격했다.

감긴 붕대를 투과하고 오른손으로 론즈데의 몸을 낚아채려고 했다.

하지만―.

"……!"

"하하하, 뭐 해? 웃어, 괴도! 이제 와서 나이 핑계를 댈 순 없다고!"

고밀도화된 육체를 통과할 수는 없어서 표면을 깎아 내는 정도에 그쳤다.

론즈데도 통증이 없지는 않았다. 밀도가 상승할 뿐 통각은 그대로였다.

하지만 그녀는 웃고 있었다.

"체인 데스 매치로 가자."

이제 서로 가드는 불가능했다.

그렇기에 인간을 벗어난 자들 간의 공격은 서로에게 꽂힌다.

다만, 당연하게 우세한 것은 보석이었다.

"교…… 긱…… 억……!"

"하하하하!"

주먹이 몇 번이고 꽂혔다. 잽, 스트레이트, 어퍼, 블로. 왼쪽 주먹을 이용한 연타. 노파의 공격은 반격이라기보다는 발악이라고 해야 했다. 주먹에 맞아 필지의 몸이 날아가려다가도 붕대에 의해 되돌아와서 또 주먹이 꽂혔다.

노파의 몸이 팅기고, 돌아오고, 또 팅겼다.

"춤추는 거 좋아하잖아. 댄스는 손을 맞잡고 하는 거지!"

괴도는 춤추고, 탐정은 웃었다.

고통받고 상처 입으면서도 그녀의 웃음은 멈추지 않았다.

피에 젖으며 처참하게…….

얼룩져 웃고 강도를 더하는 탐식의 금강석.^{인핸스다이아}

허식을, 은폐를, 책략을, 책모를.

수많은 수수께끼에서 단 하나의 진실을 찾아내는 탐정.

―《앤빌셀메이든》은 진실을 가리킨다.

"윽……!"

보석의 주먹이 도화의 치아를 날렸다.

"그, 그만―."

"그만두라고?! 하! 이제 와서 무슨 소리야! 현행범 체포다!
불법 침입과 절도! 상해와 살인 미수는 피차일반이니 용서하기
로 하고! 나이 먹을 만큼 먹었잖아?!"

몰랐느냐고 물으며 미녀는 웃었다.

"남의 걸 훔치면 안 됩니다!"

안면에 한 방 더.

내리치는 쪽에 가까운 한층 큰 타격이 괴도의 머리를 치며 크
게 거리가 벌어졌다.

"으, 윽, 아……!"

그 순간, 도화는 최후의 힘을 쥐어짰다.

경찰을 네 번 비웃고 마지막으로 만난 것이 동류인 보석이
었다.

그 생명을 탈취하기 위해, 온갖 것을 통과하고 낚아채는 이능
을…….

그랬는데.

"소용없어."

"어, 째서……!"

손에 감긴 붕대에서 벗어날 수 없었다.

"간단한 얘기야, 괴도."
Elementary   The Phantom

필지가 보기엔 평범한 붕대여도 론즈데에게는 달랐다.

명탐정이 조수에게 받은 상냥함의 증거.

"괴도는 보물을 훔칠 수 있지만— 진실은 항상 탐정의 손안에 있어."

론즈데는 오른손으로 힘껏 필지를 끌어당기며 몸을 돌렸다.

붉은 무늬가 떠오른 오른발이 호를 그렸다.

이능으로 발끝만 무겁게 하고 그 외에는 질량을 극한으로 가볍게 한 오른발은 그녀 자신의 힘과 원심력에 의해 순식간에 음속에 도달했다. 공기가 파열되며 통쾌한 소리가 났다.

때려 박았다.

내리찍는 쪽에 가까운 돌려차기는 끌려온 필지의 옆얼굴에 작렬했다.

그 순간—

《불예보석 · 일극(一極)》."
앤빌 셸메이든   버스트

발끝에 집중된 엄청난 하중이. 몇십 톤의 질량이 담긴 돌려차기가 소리를 초월한 속도로 꽂혔다.

노파의 몸은 바닥재를 뚫고 사라졌다.

"……흠. 어이, 노먼. 말할 게 두 개 있어."

"예이예이. 뭔가요."

"방금 그 공격으로 붕대가 끊어졌어. 나중에 새로 감아 줘."

"물론 얼마든지요. 또 하나는?"

"당장 여기서 나가자."

"네?"

"아까 1층에서 날뛰었을 때 기둥을 몇 개 부쉈는데, 방금 그게 결정타가 됐어."

"……누나가 폭발하겠는데요."

"하! 걱정하지 마, 노먼."

발밑부터 벽, 천장까지, 모든 것이 흔들리며 붕괴되기 시작하는 가운데.

모든 것을 파괴한 그녀는 당당하게 말했다.

"이딴 박물관보다 내가 훨씬 더 가치 있잖아?"

●

"……아."

통증도 그 무엇도 필지는 느끼지 않았다.

론즈데에게 걷어차여 날아간 곳에서 건물 잔해에 파묻히며 숨을 내쉬었다.

있는 것은 기묘한 부유감뿐.

"어째, 서……."

자신과 그녀의 무엇이 달랐는가.

차이는 그 붕대라면서 그녀는 미소 지었다.

그것이 의미하는 것을 필지는 모른다.

뭐, 아마도 줄곧 서 있던 그 소년을 말한 것이리라.

그 탐정은 그를 줄곧 움켜쥐고서 놓지 않았다.

자신과는 달랐다.

남편은 전쟁으로 죽었지만 딸에게는 가정이 있었고 손녀도
있었다.

손녀는, 생각해 보면 그 소년과 비슷한 나이였다.

하지만 자신은 그녀들과 헤어져 이 도시에 왔다.

사랑하는 가족이었을 텐데.

"……하."

자연스럽게 웃어 버렸다.

무엇이 다른가, 그게 답이다.

소중했을 터인, 소중히 여겨야 하는 것을 그저 자신이 충족되
지 않는다는 이유로 버렸다.

그 결과, 그저 무궤도한 괴물이 되어 버렸다.

"……하, 하, 하."

모든 것을 버린 자신이 모든 것을 통과하는 힘을 갖다니.

이 얼마나 얄궂은가.

그렇기에 괴물이어도 소중한 것을 움켜쥔 그녀를 이길 수 없었다.

전부 부수고 아주 자기 멋대로 굴었지만.

그녀에게 가장 소중한 것은 틀리지 않은 것이다.

"아아…… 정말이지 부끄럽군."

그런 말을 마지막으로.

그저 충족되고 싶어 했던 노파에게서 생명이 빠져나갔다.

●

"답은 향수였어."

노먼은 론즈데가 시시하다는 듯 말하는 목소리를 들었다.

그녀는 중얼거렸다.

"……야, 노먼. 조금 아파."

"참으세요. 보통 같으면 죽었을 거예요."

"하! 제법 뼈 있는 농담이야."

농담으로 한 말은 아니었지만 그녀는 갑자기 즐겁게 웃었다.

크게 난투극을 벌인 후, 해리슨에게 사후 처리를 몽땅 떠넘긴 노먼과 론즈데는 폐허로 귀환했다.

파손된 현장을 보고서 형사는 전신전령을 다한 무언의 격노로 항의한다는 재주를 부렸지만, 그건 그의 일이니 맡겨 두자.

노먼은 속옷 차림인 론즈데를 치료하고 있었다.

보라색 란제리와 갈색 피부는 매력적이었으나 지금은 그렇게 느낄 때가 아니었다.

도려내진 옆구리는 물론이고 전신에 자잘한 타박상이 있었다. 처음에 공격을 막는 데 썼던 양팔에는 타박상에 더해 찰과상도 많았다. 소파에 거만하게 앉은 그녀의 상처를 노먼은 정성스레 치료했다.

소독하고, 연고를 바르고, 파스나 거즈를 붙인 뒤 붕대로 하나하나 감았다.

옆구리의 상처도 확실하게 봉합했다.

"변함없이 솜씨가 좋네."

"전장에서 이것저것 배웠지만, 이게 가장 실용성이 있어요. ……아무튼, 향수요?"

"단순한 얘기야."

그녀가 콧방귀를 뀌었다.

"예고장에 희미하지만 향이 남아 있었어. 그래서 악수했을 때 정체를 알았지. 손이 으스러지기도 했지만."

"……아."

가위로 붕대를 싹둑 자르고 그 소리를 머릿속에도 울리게 해 스위치를 전환했다.

"……괴도 티슬."

"맞아, 그거야. 티슬— 엉겅퀴 꽃, 그 향수야. 우리나라의 국화 중 하나. 어느 정도 나이가 있으면서 그런대로 애국심이 있다는 게 엿보이지. 편지지도 왕녀님의 생신 기념이었고. 엉겅퀴 향수를 쓰는 사람이 있기는 하겠지만, 보통 그런 입장의 인간이 괴도와 똑같은 이름의 꽃으로 만든 향수를 쓰진 않아. 그리고…….”

그녀는 코로 한숨을 한 번 쉬었다.

“엉겅퀴의 꽃말은『나를 건드리지 마세요』야.”

“……그것참.”

“박물관이 붕괴된 후, 지하의 종업원용 사무실에 가서 할망구의 책상을 뒤져 봤더니 포트쿨리의 사진도 있었고, 예의 그 편지지 가게의 봉투와 편지지도 보관되어 있었어. 덧붙여 말하자면 그것의 책상에는 친절하게도 좌우 양쪽에 펜꽂이가 놓여 있었어. ……찾아 주길 바랐던 거야.”

소파 앞에 무릎 꿇고 그녀의 허벅지에 파스를 붙였다.

“……결국 그 사람은 왜 괴도 짓을 한 걸까요.”

그녀의 발을 자신의 허벅지에 올리고 손으로 쓸어내려 상처의 정도를 확인했다.

“《언로우》가 되어 이능을 쓰고 싶어 하는 건 이해해요. 하지만 결국 왜 굳이 괴도가 됐는지는 알 수 없었어요.”

“글쎄.”

그녀의 발가락이 노면의 허벅지를 간질였다.

간지러웠다.

“거기까지는 역시 알 수 없어. 남편과 사별했고 자식은 독립했다고 했지.《언로우》가 되어 그렇게 날뛴 걸 보면 그전까지 울분을 품고 있었던 건 틀림없어. 박물관에서 일하는 학자, 괴도가 될 이유가 있다면…… 그래, 녀석의 집에 있는 책장을 뒤져 보면 알 수 있을지도 몰라."

"……그렇군요. 형사님에게 준비해 달라고 할게요."

만약.

만약 거기에 괴도 소설들이 꽂혀 있거나.

혹은 직접 썼다면…….

그건 뭐랄까.

필지 뮬은 진심으로 청춘을 보냈던 걸지도 모른다.

나이를 먹고, 쇠약해지고, 가족은 없고 각성한 이능으로 꾼 꿈을 이룬 걸지도 모른다.

그건 너무 엉뚱한 상상인 것 같기도 하지만…… 애초에 괴도가 엉뚱한 존재였다.

"야, 노먼. 내가 그 여자를 죽인 건 옳은 일이었어?"

●

론즈데는 자신 앞에 무릎 꿇고 있는 남자를 보았다.

전신의 상처는 『일탈태』로서의 회복력이라면 하루 내지 며칠이면 완치될 텐데도 정성스레 처치해 줬다.

성실한 남자였다.

그런 남자에게 물었다.

론즈데 인핸스다이아는 결국 필지 뮬을 죽였다.

거듭된 타격에 쐐기를 박는 초중량 돌려차기.

『일탈태』의 내구를 넘어선 대미지를 받아 필지는 죽었다.

《언로우》, 그것도 육체적으로 강도가 높은 『일탈태』나 『변모태』를 죽이려면 그 정도는 해야 한다는 것을 알고 있었다.

이 폐허에 있는 구멍도 필지 뮬을 죽인 압살과 비슷한 행위로 뚫린 거였다.

그녀가 죽인 남자는 《언로우》였고 이능을 악용하고 있었다.

그래서 죽였다.

론즈데 인핸스다이아는 탐정이었다.

추리로 범죄를 파헤치고 숨은 수수께끼로부터 진실을 찾아내, 범죄자를 사법의 손에 맡기는 정의의 사도였다.

그녀는 《언로우》가 되기 전부터 탐정이었고 확실한 정의감과 윤리하에 범죄자를 경찰에 인도했었다.

옳은 일을 하고 싶었다.

범상치 않은 두뇌를 타고나 남들이 눈치채지 못하는 것을 눈치챌 수 있었다.

아무도 알아차리지 못하는 것을 알아차려 간파하는 명탐정의 눈.

그녀가 탐정이 된 것은 필연이었고 천직이라고 생각했다.

하지만 1년 반 전, 론즈데는 《언로우》가 되며 모두로부터 일탈해 버렸다.

자신의 능력을 발휘하고 싶어서 게임 감각으로 괴도가 된 노파처럼…….

자신의 규칙 안에서만 살게, 살 수 있게 되어 버렸다.

옳은 일을 하고 싶었을 텐데 어느새 즐거운 일만을 추구하게 되었다.

죄 없는 사람들을 지키는 게 아니라, 자신의 이능을 마음대로 휘둘러 죄를 저지른 자를 몰아붙이는 것에서 쾌감을 느끼게 되었다.

자기모순이었다.

탐정은 탐정에서 먼 존재가 되어 버렸다.

하지만―.

"네, 옳았어요. 저는 그렇게 생각해요."

노먼 헤이미쉬는 론즈데 인핸스다이아를 긍정한다.

허벅지에 올렸던 발을 반대쪽으로 바꾸고.

"응……."

발바닥, 발등, 복사뼈, 허벅지로 손을 미끄러뜨렸다.

느릿한 동작에 론즈데의 입에서 한숨이 흘러나왔다.

정중하게, 집요하게.

보석에 흠집이 없는지 확인하는 것처럼…….

"그 사람, 자기 마음대로 굴었고, 론즈데 씨가 《언로우》라는 걸 알자마자 죽이려 했잖아요. 만약 론즈데 씨를 죽였다면 그대로 《언로우》 사냥 같은 걸 시작했을 거예요. 애초에 이제껏 인적 피해가 없었던 게 기적이에요."

"······."

"그리고 그 이능이라면 포획하기도 어려워요.《언로우》대처
는 생사 불문,『카테고리Ⅲ』를 죽이지 않고 끝내는 건 어렵다는
걸 알잖아요?"

그러니까.

"당신은 해야 할 일을 했어요."

"······."

"그리고."

그는 고개를 들어 그녀를 똑바로 바라보았다.

살짝 미소 지으며.

"하라고 말한 사람은 저예요."

"······그런가."

숨을 내쉬었다.

몸의 힘을 뺐다.

정말로 그의 말이 맞는지 론즈데는 이제 알 수 없었다.

알 수 없게 되어 버렸다.

망가진 윤리관. 사라진 죄악감. 무너진 상식. 없어진 판단
기준.

선악의 추리는 가능하다. 논리적인 사고는 가능하다.

하지만 그것에 론즈데는 확증을 가질 수 없었다.

스스로 자신의 추리에 확신을 가질 수 없었다.

《언로우》가 되어서, 그렇게 되어 버렸다.

추리는 할 수 있지만 정의를 모르는 탐정.

그것이 론즈데라는 여자다.

"고마워."

"천만에요."

그래서 노먼은 보여 준다.

무엇을 해야 하고 무엇을 이루어야 하는지.

올바름의 지침을 준다.

이제 탐정으로 있을 수 없는 그녀를 탐정으로 있게 해 준다.

그렇기에 그는 그녀의 파트너.

《언로우》인 론즈데를 부정하지 않고 《언로우》의 모습 그대로 론즈데로서.

"후…… 야, 노먼."

"네?"

"나는 탐정이야?"

"네. 당신보다 나은 탐정을 저는 몰라요."

그는 말한다.

그녀가 가장 기뻐하는 말을…….

1년 반 전, 어떤 사건으로 만나서 처음에는 적대하고, 도중에 협력하고, 그리고 자신을 잃어버린 론즈데에게 해 줬던 말.

"흐흥, 그런가."

탐정인 것을, 살아가는 것을 보여 준 여자는 생각한다.

분명 자신은 이제 탐정이라는 보석은 아니다.

하지만 그렇게 아껴 주는 자가 있으니까.

그가 만져 준 발끝에 떠오르는 붉은 무늬가 그 증거다.

그것만으로도 그녀는 무엇보다 단단한 금강이다.

"네가 그렇게 말해 주는 한, 나는 계속 탐정으로 있겠어."

인터벌 3

"그리하여 《인핸스다이아》는 발디움 박물관을 파괴하고 괴도 사건을 해결했다……."

짐은 곱씹으며 말하고서 한숨을 쉬었다.

눈을 내리뜬 그는 오른팔을 펼치고 왼손은 가슴 앞에 뒀다. 그렇게 극적인 동작을 천천히 이어 가며—

"……그게 아니지이이이!! 너! 뭘 했는지 알고 있는 거야?!"

벌떡 일어나 두 눈을 한계까지 부릅뜨고서 외쳤다.

"박물관 완파! 전시물도 80퍼센트가 파괴 내지 손상됐어! 대체 몇백, 몇천, 아니, 박물관 자체의 가치를 생각하면 몇억 스텔의 피해인지 알아?! 아니, 돈 문제가 아니야!"

"어느 쪽이야?"

"둘 다야! 예술을 사랑하는 자로서 이번 피해는 단순히 용서할 수 없어……!"

"부서진 건 미술관이 아니라 박물관이야."

"그런 자잘한 건 어찌 되든 좋아!"

팔을 휘두르며 그 자리에서 빙글빙글 몇 바퀴나 돌았다.

"……."

노먼은 그저 눈을 가늘게 뜨고 그것을 바라보았다.

"사건의 피해를 억제하는 것도 너의 일이잖아! 뭘 했던 거야?! 이건 제대로 조서로 기록할 거니까 잘 생각하고 변명하도록!"

"어쩔 수 없잖아."

격앙하는 짐에게 노먼은 짧게 고개를 끄덕였다.

"네가 말하는 예술보다 론즈데 씨가 더 가치가 있으니까."

"……."

노먼이 매우 진지하게 농담기 하나 없이 잘라 말하자, 난리 치던 짐도 입을 다물었다.

진심으로 어이없다는 얼굴로 십여 초간 노먼을 본 후—

"뭐, 좋아."

일변하여 조용히 의자에 앉았다.

"필지 뮬. 자의식이 확립되지 않은 유소년기에는《언로우》가 되지 않는다는 것이『카르테시우스』의 견해지만, 이 정도로 고령인 《언로우》는 나도 처음 봤어. 각성에 나이는 관계없는 모양이야."

언제 동요했냐는 듯 감상을 술술 말했다.

"나도 박물관에 갔을 때 필지한테 몇 번 전시품의 해설을 들었는데, 온화한 노파였다고 기억해. 그것이 설마 괴도 가장을 하고서 폴짝폴짝 뛰어다니는 재미있는 기인이 될 줄이야. 정말 곤란하다니까."

"그 부분이 조금 신경 쓰였는데, 너의 지인이라고 하니 납득이 가."

"하하하! 너한테는 그런 말 듣고 싶지 않아!"

짐은 세 번 웃고서 어깨를 으쓱였다.

"근데 어디에나 잠입할 수 있는 이능은 편리했겠어. 재야에서 『카테고리Ⅲ』에 이르는 것도 드문 일이야. 키울 수 있었다면 유용했을 텐데."

노먼은 꼼짝도 하지 않았다.

"……너, 뭔가 할 말 없어?"

"특별히 없어. 그보다 역시 몸이 아프고, 얘기하는 것도 귀찮아졌는데."

"그럼 마지막 이야기야! 여기까지 순서대로 위계가 높아졌지. 이 흐름대로 간다면 다음은……!"

"……아니, 그 위는 없잖아. 위계는 Ⅲ까지야."

"그럼 듣기로 하지!"

《루화》와의 밀실 살인.《마견》과의 연쇄 살인.《보석》과의 괴도 사건.

그리고─.

"네가 이렇게 심문받게 된 계기라고 할 수 있어! 지난주, 이 도시와 수도를 잇는 최신식 직통 특급이 첫 운행에 소식이 끊어졌어. 몇 시간 늦게 도착은 했으나, 거의 모든 승객이 사망했다는 무시무시한 열차 사건이 됐지!"

"지독한 일을 겪었어."

"생존자는 너와《요정》뿐! 그 진상을 가르쳐 줘!"

"……진상, 이라."

짧게 노먼은 실소했다.

"대단한 건 아니야— 단순한 이상(理想)의 이야기야."

I Tell You, Monster.

제4막
텅빈 특급
The Empty Express

소녀는 지루했다.

자신이 이상해져 버렸다는 것은 자각하고 있었다.

그리고 그녀 주위도 순식간에 이상해져 버렸다.

전부 생각대로 되었다.

그녀가 한 말은 그대로 현실이 되었다.

아무런 불편도 없는, 그녀를 위한 낙원.

"지루해 보이네, 아가씨."

"……."

하지만 소년은 꿰뚫어 본 것처럼 말했다.

최근 그녀의 세계에 나타난 자.

그런데 아직 그녀의 것이 되지 않았다.

"……맞아, 재미없어. 정말 지루해."

그러나 소녀는 웃었다.

재미있어서가 아니라, 그저 습관이었다.

미소 지으면 타인은 순식간에 그녀의 포로가 되니까.

하지만 소년은 달랐다.

"뭔가 꿍꿍이가 있진 않아?"

"딱히? 하고 싶은 일도 없고."

"그건 거짓말이야."

"……."

미소에 금이 갔다.

그의 말이 칼처럼 박혔다.

"하고 싶은 게 없는 건 아니야. 오히려 명확하잖아? 구체적인 방향성이 없을 뿐."

"……놀라운데."

그건 진실이었기 때문이다.

그의 말이 맞았다.

하고 싶은 것은 있다.

구체적인 방향성이 없을 뿐.

목적은 있으나 목표가 없다.

"있잖아. 지금 하는 이거, 그만두지 않을래?"

"그만두면 뭘 해 줄 건데?"

"으음~ 적어도 네가 심심하지 않을 장소를 준비할게."

●

클라레스 에어리스텝.

아마색 머리를 사이드 테일로 묶은 소녀.

연분홍색과 청록색의 오드 아이.

그녀는 늘 장난스럽게 웃고 있다.

클라레스에 관해 이야기하는 것은 어렵다.

한마디로 표현할 수가 없는, 그런 아이다.

변함없는 것은 항상 밝은 초록색 스틱을 들고 있다는 것.

그녀의 미소가 반드시 즐거움을 의미하지는 않는다. 즐겁지 않아도, 기쁘지 않아도, 화가 나도, 슬퍼도 웃고 있다.

무슨 생각을 하고 있는지 잘 알 수 없다. 종잡을 수가 없다.

그런 클라레스는 반대편 소파에서 다리를 꼬고 장난스럽게 미소 지으며 말했다.

"수도 기대되네, **선생님.**"

여태껏 책을 읽고 있던 그녀는 갑자기 고개를 들고서 한쪽 눈을 감고 미소 짓고 있었다.

"별로 내키지 않아. 솔직히 말이야."

"그래? 아쉽네. 난 일주일 전부터 기대돼서 잠도 못 잤는데."

"흐응. 참고로 어제는 얼마나 잤어?"

"넉넉하게 열두 시간."

"너무 잔다."

"키득키득."

"나 참."

놀림당하고 있음을 자각하고 창밖에 시선을 줬다.

고속으로 흘러가는 경치가 보였다.

지금 노먼과 클라레스는 열차에 탑승해 있었다.

트레비드 특급, 발디움발 노드놀행.

개인실의 좌석은 푹신하고 편했지만 낮은 진동과 소리가 있었다.

클라레스도 노먼의 시선을 따라 지평선까지 펼쳐진 황야를 보았다.

"수도행 열차인가. 나 이런 건 처음 타 봤어. 최첨단 열차라면서 푯값이 엄청 비싸잖아. 승차할 때 봤어? 탑승객이 다들 부자였어. 지난주에 선생님이 엉망으로 만든 박물관의 관장님도 그렇고."

"있었지. 절대 마주치지 말자. 살인 사건이 일어날 수도 있어."

"그런 의미에서 『카르테시우스』에서 경비가 나와 체험할 수 있으니 행운이지."

그녀는 차창 밑에 비치된 테이블에서 찻잔을 들었다.

룸서비스로 주문한 티세트였다.

"학교는 별로 유의미하다고 할 순 없으니까."

그녀는 발디움의 여학교에 다니고 있었다.

하얀색 더블 재킷과 녹색 치마. 보통 종아리까지 올 터인 치마는 무릎에도 미치지 않았다.

《언로우》인데 학교에 다니는 것은 정말로 보기 드물었다.

넓다고는 할 수 없는 컴파트먼트 좌석에서 그런 기장으로 마주 보고 있기에 허벅지 안쪽이 보일 것 같아 좋지 않다고 노먼은 생각했다. 생각했지만, 소리 내어 말하지는 않았다.

"수업은 제대로 받는 게 좋아."

"내 출석이 안정적이지 않은 건 선생님과의 일 때문일 때가 많은데? 나는 학교에서 인기인이야. 매일 누군가가 고민 상담을 해 올 정도로."

"잘 녹아들어 있는 것 같아서 다행이지만, 수업 얘기랑 관계 있나?"

"안타깝게도 여자 기숙 학교의 교육은 대부분 신부 수업이야. 재미없어."

"더더욱 공부하는 게 좋지 않아?"

"공부할 필요도 없잖아? 날 데려갈 사람은 한 명밖에 없으니까."

빙그레 짓는 미소는 봄바람처럼 산뜻했다.

하지만 눈이 절묘하게 웃고 있지 않았다.

"……너 말이다, 학비 내고 있는 게 누군데."

"글쎄, 누구였더라. 어떤 친절한 사람 아닐까?"

"……우리 누나야. 그건 잊어버리지 마."

"키득키득."

그녀는 홍차를 마셨다.

"뭐, 도시 밖, 그것도 수도에 갈 수 있는 기회는 귀중해. 나는 순수하게 기대하고 있어."

"클라레스. 말해 두는데, 일단 일하러 가는 거야."

"알고 있고말고. 하지만 나도 수도의 거리를 즐기는 것 정도는 허락되잖아?"

"볼일을 끝낸 뒤엔 가능해. 원래부터 1박 할 예정이었으니까."

"키득키득. 이야~ 기대된다, 선생님."

찻잔을 내려놓고 손으로 솜씨 좋게 스틱을 돌렸다.

빙글빙글.

노먼은 대충 어깨를 으쓱여 줬다.

1년 반 전에 발디움을 방문한 뒤로 약 반년마다 그는 수도에 가고 있었다.

수도에 있는 『카르테시우스』의 본부를 찾아가 다양한 보고를 하기 위해서였다.

원래는 누나인 스피아의 일이지만 그녀도 발디움 내에서 할 일이 많기에 노먼이 관광을 겸해 대리를 맡고 있었다.

클라레스는 그 수행원이었다.

이건 매우 드문 기회이기도 했다.

"이런 기회가 아니면 《언로우》인 내가 언제 도시를 나가겠어."

생글거리면서도 웃고 있지 않은 소녀는 괴물이라고 불리며 도시를 나갈 수 없다.

도시 내에서는 어느 정도 자유롭게 행동할 수 있지만 멋대로 도시를 나가면 구속당하거나 살해당한다.

적어도 위치와 존재가 파악된《언로우》는 그렇게 된다고 알려져 있다.

그러니 그녀가 들떠 있는 것은 정말이리라.

"그것도 선생님과 외박 데이트야. 다들 부러워할 거야."

"그 정도는 제안하면 언제든 갈 건데."

"흐응. 그럼 우리 네 명이 동시에 제안하면 어쩔 거야?"

"……분신술이라도 쓸게."

"거짓말로라도 날 선택하겠다고 말해 줬으면 했는데. 슬프잖아."

말과는 달리 클라레스는 기쁜 듯 미소 지으며 스틱을 돌렸다.

"열차는 나쁘지 않아."

클라레스는 바깥 풍경을 보고 중얼거렸다.

"레일이 있다면 어디까지든 나아가. 도보나 말, 차, 바이크보다 훨씬 빠른데 레일이 없으면 달릴 수 없어. 재미있지 않아? 자유로운 것 같은데 가장 자유가 없어. 정해진 길만 갈 수 있지만, 그 길을 가는 건 무엇보다도 빨라."

"제한이 있기에 빠르다는 거야?"

"아니, 틀렸어, 노먼 선생님. 제한은 있지만 그 안에 자유가 있어. 예를 들면 이 특급, 최첨단인데, 뭐가 최첨단이었더라?"

"이전 것들보다 훨씬 빠르고, 물건을 잔뜩 나를 수 있어."

"그렇구나. 검사검사 물어봐도 돼? 이 열차, 몇 량 편성이고 객실은 몇 량이더라?"

"10량 편성, 그중 객실은 2량이야. 1량은 바와 레스토랑이고 나머지는 화물 차량."

"응, 맞아, 맞아. 그런 차량 비율도 자유 중 하나지. 이게 이상한 건데, 발디움에서 밖으로 나가는 사람은 적어. 행상 때문에 이동하는 사람은 있지만, 굳이 특급 열차에 호화로운 객실을 준비할까? 전부 화물 열차로 만드는 게 낫지 않아?"

클라레스의 물음에 노먼은 잠시 생각하고 대답했다.

"딱히 어려운 얘기도 아니라고 생각해."

"흐응?"

"요컨대 행상 관계자용인 거겠지. 뒤에 있는 화물 열차로 수도에 많은 화물을 보내. 이건 수송과 운반에 필요해. 음식, 생활용품, 이런저런 고가품. 특급에 싣는다면 고가품이지. 그러면 운반 비용도 올라가잖아? 돈이 들면 책임도 늘어나. 책임이 늘어나면 책임자가 동행해."

"그렇구나, 그렇구나. 그런 사람이 이 객실을 이용하는 거네."

딱, 스틱이 바닥을 찍었다.

"훌륭한 추리야, 노먼 선생님."

"이런 걸로 추켜세워도 말이지."

노먼은 일어났다.

"어디 가게? 선생님."

"홍차 더 받아 올게. 수도까지는 한참 걸릴 테고. 출출하지 않아? 뭔가 먹을 것도 사 올까?"

"이런 고급 열차는 웨이터를 부르면 오지 않나? 하지만─."

"하지만?"

"아직 밖에 안 나가는 게 좋을 것 같아."

그렇게 말하고서─.

"후우."

그녀는 길게 숨을 내쉬었다. 그걸 보고 노먼이 의아해하고 있으니…….

"응~."

키스받았다. 뜬금없는 행위에 반응하기 전에 몸이 밀려서 소파에 다시 앉게 됐다.

"츄릅."

혀까지 들어와서 깜짝 놀라 눈을 크게 뜨자 코앞에서 그녀도 눈을 뜨고 있었다.

요요하게 빛나는 오드 아이. 입맞춤은 십여 초간 이어졌다.

"키득, 잘 먹었습니다."

"……어떻게 된 거야?"

물어본 순간이었다.

쿵, 하고 객실 밖에서 뭔가가 쓰러지는 둔탁한 소리가 연속적으로 울렸다.

"……클라레스?"

"내 **손**을 쓰고 있어."

대답을 조금 생각했다.

소파에 접어 뒀던 코트를 입고 그 무게를 확인한 뒤 펠트 모자를 썼다.

"밖에 나가도 괜찮을 것 같아?"

"추천하진 않아. 물론 내가 함께 있다면 객실 밖이든 처참하기 그지없는 전장이든 악역무도함이 판치는 뒷세계의 현장이든 선생님에게는 흠집 하나 없을 거고, 오히려 나랑 즐거운 데이트를 했다고 여길 만큼 멋진 시간을 보내게 하겠지만. 그렇다고 해서 위험을 무릅쓸 필요는 없지 않을까? 여기 쭉 있으면서 키스의 다음 단계로 가도 좋고. 어때?"

너무 작위적인 느낌으로 빠르게 제안했다. 그렇다는 건······.

"괜찮다는 거구나."

"······아, 이런, 아쉬워라."

별로 아쉬워하는 것 같지는 않았다.

●

객실을 나오니 엄청난 양의 시체가 줄지어 있었다.

"우리 학교에서 있지."

"응."

"연극 클럽의 창고에서 마네킹이 어질러져 있는 사건이 있었어. 나한테 해결해 달라고 부탁이 들어왔지. 도둑일지도 모른다면서 작은 소동이 벌어졌어."

"흐응."

"결과적으로, 그저 청소하던 아이가 사고로 쓰러뜨려서 어질러졌던 거였어. 혼날까 봐 무서웠다는 귀여운 이유였고, 애프터케어도 내가 했지만."

"호오, 정말로 남들이 널 의지하는 모양이야."

"그때 봤던 마네킹이 이런 느낌이었어."

"안타깝게도 이쪽은 진짜지만 말이지."

클라레스의 말에 탄식하고서 노먼은 열차 안을 둘러보았다.

컴파트먼트 좌석이 늘어서 있는 객실 2량은 달리는 강철관이 되어 있었다.

쓰러져 있었다. 그리고 죽어 있었다.

"……기관사가 무사하면 좋겠는데."

노먼은 옆에서 느슨하게 팔짱을 끼고 있는 클라레스에게 물었다.

노먼의 어깨에 머리를 얹고 느슨하게 팔짱을 낀 그녀는 스틱으로 몇 번 바닥을 두드렸다.

"일단 창문은 열어 두는 게 좋겠어. 아직 나한테서 떨어지지 마."

"응, 알았어. 하지만 우두커니 서 있어 봤자 별수 없고, 제대로 조사할까."

근처 객실에 들어가 시체를 검사했다.

비싸 보이는 정장을 입은 중년 남성은 앉은 채 입에서 침을 흘리고 있었다.

하지만 버둥거리거나 저항한 것 같지는 않았다.

"습격받은 것 같지도 않고, 외상도 없어. 클라레스, 어떤 느낌이었어?"

"뭔가 싫은 느낌."

그녀는 잠시 생각하듯 고개를 기울였다.

"선생님의 품으로 기분을 바꿀 수 있을지 시도해 보자."

망설이지 않고 노먼의 품에 안겼다.

"공기에 뭔가 섞여 있는 느낌은 들었지만, 그게 뭔지는 알 수 없었어. 일단 동향을 살피려고 나랑 선생님의 객실을 지킨 거야."

"그 덕분에 나도 목숨을 건진 거네. ……아니, 키스는 왜 했어? 능력으로 지켜 줬다면 키스한 의미가 없지 않아?"

"키스하고 싶었을 뿐이야."

"……그렇구나."

뭐, 그런 거라면 넘어가자.

"조금…… 아니, 상당히 상황이 안 좋네."

"그 근거는? 선생님."

"누구를, 무엇을 노렸는지는 차치하고, 이대로 수도에 도착하면 위험해."

말을 마치자마자 팔짱을 낀 클라레스를 데리고서 빠른 걸음으로 걷기 시작했다.

"으음? 노먼 선생님치고는 움직임이 기민하네. 뭐가 위험한데?"

"시체 천지인 열차가 도착하고, 생존자는 두 명. 먼저 드는 생각은?"

"사랑의 힘으로 생환한 기적과 운명의 커플."

"그 두 사람이 범인이란 거지."

"키득키득, 부정하지 않은 건 기뻐."

클라레스가 웃은 순간, 차량이 크게 흔들렸다.

"어이쿠."

중심이 무너지고 몸이 붕 뜰 정도였다. 그건 겨우 몇 초뿐이었지만.

"음? 선생님. 고마워."

클라레스가 노먼의 품속에 쏙 들어와 있었다.

가냘픈 소녀의 몸과 산뜻한 냄새.

"괜찮아?"

"물론이지. 그나저나 큰 진동이었어."

"……좋지 않은데. 이건 기관부의 운전사도 죽었을지도. 혹시 탈선하면 부탁할게."

"의지해 주는 건 기쁘지만. 내가 아무리 대단해도 뼈 두세 개는 부러질 거야."

"뭐, 그때는 그때지."

그렇게 다음 차량인 식당차로 가 보니 아니나 다를까, 시체가 여기저기 굴러다니고 있었다.

하지만 기다리고 있던 것은 그게 다가 아니었다.

"응?"

왕뱀이었다.

난생처음 보는 거대한, 몸길이가 3미터는 될 것 같은 뱀이 달려들었다.

―탁.

이에 클라레스는, 요정이라고 불리는 소녀는 그저 지팡이를 찍었다.

《어수요정(御手妖精)스프리건핸드》."

왕뱀은 세로로 반듯하게 절단되었다.

솟구친 피는 식당차를 더럽혔고―.

"이야~ 깜짝 놀랐어."

미소 짓는 클라레스와 노먼에게는 한 방울도 튀지 않았다.

"뱀은 본 적 있지만, 역시 이만한 건 처음이야. 노먼 선생님은?"

"이런 크기는 보통 없어. 하물며 이런 열차 안에는 더더욱."

보통이 아니다. 비정상이다.

즉.

"《언로우》에 의한 열차 납치야."

●

"문제는 이 사건의 범인이 이 열차에 아직 있냐는 거지."

식당 차량에서 시체를 뒤지며 노먼은 말했다.

"아까도 말했지만, 이대로 상황을 파악하지 못한 채 종점에
도착하면 우리가 용의자야. 하수인이든 단서든 찾지 못하면 수
도에 도착한 순간 심문이야."

"전에 없이 유창하네."

클라레스는 시체를 검사하는 노먼을 곁눈질하며 우아하게
의자에 앉아 홍차를 마시고 있었다.

"열차 납치라면 목적이 뭘 것 같아?"

"죽은 사람들은 발디움의 귀족이나 상인, 부자들이야. 정치
적, 금전적인 문제로 죽일 이유를 누군가가 가지고 있었어도 이
상하지 않아. 혹은 우리를 노렸거나, 무차별 테러거나, 아니면
화물차를 노렸거나."

"흐웅? 마지막은 적재물을 노린 건가."

"돈이 목적이라면 가능성이 없진 않지. 다만 그렇다면 문제
도 있어."

"호오."

"어떻게 회수하는가. 가령 화물을 확보하더라도, 이 열차는
어디로 가지?"

"수도의 역이지."

"맞아. 회수반이 저쪽 역에 있더라도, 수도의 역은 커서 관계 없는 사람도 있을 거야. 일단은 최신식 특급이라 주목도 받고 있는 열차인데, 심지어 승객 대부분이 죽었어. 거기서 안전하게 짐만 빼 가는 건 어려울 거야."

"그건 그래. 불가능하진 않지만 수고가 많이 들 것 같아. 그럼 누군가를 노린 암살?"

"글쎄?"

잠시 생각했다.

누군가를 죽이고 싶을 때 어떻게 하는가. 방법은 얼마든지 있다.

《언로우》가 아니어도 사람을 죽이는 건 간단하다.

하지만, 하고 노먼은 생각했다.

"누군가를 암살할 거면 독가스는 미묘해. 기적적으로 생환할 가능성도 있고."

어쨌든—.

"일단 기관부로 가자. 범인이 있다면 잡고, 없다면…… 그때 생각하겠어."

"걱정하지 마. 내가 어떻게든 할게."

요정은 미소 지으며 지팡이를 딱 찍었다.

"적당히 해 줘."

다음 차량으로 간다.

"아까 봤던 『변모태』가 뭐 하러 왔었는가 하면, 독가스에 죽었는지 확인하러 왔었을 거야. 시차가 있었던 건 가스가 확산되길 기다렸기 때문이려나. 이 경우에 문제는 그 뱀이 단독범이냐, 공범이 있느냐."

"선생님의 예상은?"

"공범이 있어."

왜냐하면—.

"명백하게 이 녀석들이 동료야."

식당차 다음의 화물차에 들어가 보니, 무장한 남자 다섯 명이 화물들 사이에서 죽어 있었다.

투박한 군용 나이프와 총으로 무장하고 있는 게 어떻게 봐도 승객은 아니었다.

"오오오! 노먼 선생님이 말한 대로 아까 그 뱀의 공범이라면 이건 어떻게 된 걸까?! 설마 우리 말고도 누군가가?!"

"손이 빠르구나, 클라레스."

누가 했는지는 생각할 것도 없었다.

"……좀 더 반응을 보고 싶었는데, 선생님."

요정은 귀엽게 뺨을 부풀렸다.

"깜짝 놀란다든가, 이왕이면 살려 뒀으면 했다든가, 그런 거 없어?"

"뭐, 살려 뒀으면 좋았을 거라는 마음이 없지는 않지만."

살짝 불만을 꺼냈다.

"유감이네. 나는 보디가드라서 노먼 선생님의 안전이 최우선이야."

유감이라고 말하면서도 노먼의 불만에 그녀는 만족한 것 같았다.

"자, 어때? 선생님. 군의관의 기술을 최대한 활용한 검시로 저들의 신원과 성격, 목적, 오늘 아침 먹은 것까지 맞혀 줘."

"그건 군의관의 스킬이 아니야. 론즈데 씨라면 오늘 아침 먹은 것뿐만 아니라 평소 식생활까지 추리할 수 있을 것 같지만."

대충 어깨를 으쓱이고서 엉성하게 늘어놓은 시체를 다시금 내려다보았다.

검시하기 위함은 아니었다.

화물에 앉은 클라레스가 범인이니 그건 어찌 되든 좋았다.

"……흠."

고개를 한 번 끄덕였다.

"다만 나도 알 수 있는 건 있어."

"흐응. 뭔데?"

"이 사람들은 고용된 불량배나 뭐 그런 거야."

그들의 상의 주머니에 일용직 증권이 있었다.

일이 끝나면 받고 교환소 등에서 현금과 바꿀 수 있는 것이었다. 글자는 작지만 주소도 찍혀 있었다. 그 외에도 잔돈, 싸구려

술이 담긴 병, 베팅 티켓 등등.

"손이 많이 거칠고, 건설이나 공장 노동자인가. 뒷골목에서 부르면 모이는 조무래기 악당이야."

"흐응."

그녀는 작게 고개를 갸웃했다.

"건설에서 열차 납치인가. 무직은 반대로 광범위하구나. 공부가 돼."

"……무직은 딱히 상관없잖아."

"안심해, 노먼 선생님. 난 무직이어도 신경 안 써."

"……아무튼 하수인이 있다는 건 고용주가 있다는 거야. 이들은 화물 회수 담당이려나? 그런 것치고 차림이 가벼운 게 묘하지만. 저마다 개별로 들고 갈 생각이었나……?"

"고급 열차에서 이런 차림의 불량배가 나오면 좀 부자연스러울 것 같은데."

"나도 그렇게 생각해. 역에서 대체 어쩔 셈이었는지…… 응?"

"선생님?"

노먼이 뭔가를 알아차린 모습으로 주머니에서 회중시계를 꺼냈다. 추가로 특급 열차의 운행 안내표와 함께 확인하고 혀를 찼다.

그리고 코트에서 작은 책을 꺼냈다. 그 표정은 드물게도 험악했다.

"그 책은?"

"지리서야."

"흐응. 변함없이 그 코트는 뭐든 나오는구나. 그래서?"

"이 열차, 수도에 안 도착해."

"엥?"

청록색과 연분홍색 눈이 아주 살짝 가늘어졌다.

"아까 그 진동. 본래 지나야 할 선로에서 바뀌면서 일어났던 거야. 지금은 쓰이지 않는 선로로."

지리서를 클라레스에게도 보여 줬다.

펼치고 있는 건 지금 노먼과 클라레스가 있을 터인 지역이었다.

가슴 주머니에서 꺼낸 펜으로 지도에 선을 그었다.

살짝 굽었지만 기본적으로는 직선이었다.

"이게 본래 선로. 열차 안내도에 간단하게 실려 있던 길이야. 그리고…… 아마 이쯤에서 폐선로로 바뀌었어."

"왜 안 쓰이는데?"

"폐기된 광맥이 이 끝에 있는 모양이야. 열차를 납치해서 어쩌려나 싶었지만, 이렇게 된 거였어. 본래 노선에서 벗어나 폐역에서 짐을 내리면 돼. 통째로 받을 수 있으니까. 이 시체들이 짐을 옮길 준비를 안 한 것도 그래서야."

"대담하네. 열차가 안 오면 소동이 벌어지지 않나?"

"그렇더라도 돈 될 만한 걸 회수할 시간은 충분해."

지리서를 덮고 무거운 한숨을 쉬었다.

"……곤란하게 됐네. 생각보다 큰일이야."

《언로우》의 열차 납치인 것보다?"

"반반이려나. 그것도 큰일이지만, 내가 생각했던 것보다 더 확실하게 준비했어……."

좋지 않다. 노먼은 초조함을 자각했다.

"……후우우우."

모자에 손을 얹고 사고를 정리했다.

열차 납치. 살해당한 도시의 권력자. 뱀《언로우》. 조무래기 불량배. 상황을 고려하면 기관부에는 주범이나 그에 준하는 자가 있을 가능성이 크다. 다른 차량에도 하수인이 있을지도 모른다.

"……노선이 바뀌었다면 수도에서 경찰에게 둘러싸일 걱정은 없어졌어. 폐역에서 기다리고 있는 습격자들에게 둘러싸일 가능성은 있지만."

"그거라면 문제없지 않아? 내가 있는걸."

"……그건 부정하지 않겠지만."

평범한 인간이 저지른 범죄라면 문제없었을지도 모른다.

하지만 《언로우》가 일으킨 사건이다.

그걸 처리하는 게 자신의 일이니 방치하면 노먼 자신의 평판이 나빠진다.

평판은 중요하다.

득점을, 평가를 얻어야만 하는 이유가 있으니까.

그건 누나만 알고 있지만…….

"……좋아, 클라레스."

"응?"

"부탁인데, 주범처럼 보이는 사람이 있으면 살려 두면 안 될까?"

"싫은데."

키득키득, 요정은 웃고 있었다.

지팡이로 시체를 함부로 찌르며, 즐겁게.

"아까도 말했지만, 난 노먼 선생님의 보디가드고 안전이 최우선이야. 즉, 선생님을 위험하게 만드는 건 모조리 죽인다는 강한 결의로 다져져 있어."

귀엽게 웃으며 무서운 말을 했다. 그 대답은 예상했지만, 어쩌면 좋을까.

"하지만, 그래. 선생님에게는 선생님의 사정이 있는 것도 맞지."

그녀는 가느다란 손가락을 턱에 올렸고―.

"내기할까? 노먼 선생님."

다섯 손가락으로 스틱을 빙글빙글 돌리고서 우아하게 치맛자락을 잡아 인사했다.

"말했다시피 나는 위험한 가능성이 있으면 인간이든 《언로우》든 죽이고 싶어. 노먼 선생님의 안전 확보를 넘어서는 이유가 없으니까."

하지만―.

"노먼 선생님의 사정도 이해해. 그러니까 기관부에 있을 범인의 동기가 시시하다면 죽일게. 이런 짓을 할 만한 이유가 있다면 살려 두고. 어때?"

"그거 내기가 되나? 그 시시함의 기준은 어떻게 정하는데?"

"그건 둘이서 상담하자."

"……결국 그거, 네가 범인이 되지 않도록 설득해야 할 것 같은데."

"키득키득…… 아니지."

요정은 다시 웃고서 극적으로 고개를 저었다.

시체가 널려 있는 곳에서 이루어지는 그 동작은 전혀 어울리지 않았고, 부적절했고, 불성실했다.

이 수호자는 지키고 싶은 것을 지키지만 지켜야 할 보물을 그저 지키고만 있지는 않았다.

주위를, 누군가를 일그러뜨리는 괴물.

"범인 역할은 다른 누군가고. 나는 나쁜 짓을 꾸미는 바보를 엉망진창으로 만드는 괴물 역할의 괴물이야."

자.

"나는 노먼 선생님을 위해 모조리 죽이겠어. 더할 나위 없이 진지하게. 그러니까 선생님. 더할 나위 없이 진지하게 나를 막아 봐."

●

"역시 왔나."

도착한 기관실은 생각보다 넓었다.

열차의 진동과 바람 소리가 이전보다 컸고 상시 바닥이 흔들렸다.

안쪽에는 연료를 넣는 기관부와 운전석이 있고, 그 앞의 몇 미터쯤 되는 공간은 몸을 맞대면 어떻게든 나란히 설 수 있을 만한 폭밖에 안 됐다.

중요한 건 두 사람의 정면— 운전석을 옆으로 돌려 앉은 남자였다.

앉아 있다는 점을 가미해도 작았다. 빈말로도 외모가 반듯하다고는 할 수 없었고, 좀 더 말을 가리지 않는다면 추하기까지 했다.

옷차림은 그냥저냥. 특별히 깔끔하지도 지저분하지도 않았다.

어디에나 흔히 있을 듯한 노동자풍의 남자.

입에 문 파이프 담배가 유일한 개성이었다. 하지만 그건 겉모습의 기호일 뿐이었다.

첫눈에 노먼은 이해했다.

《언로우》다.

폭력이 일상인 인간 특유의 거친 분위기.

모든 것에 체념한 듯한 어두운 눈을 하고 있지만, 그 안쪽에서 무딘 빛이 번뜩이고 있었다.

그는 기관실에 나타난 노먼과 클라레스를 보고 놀라지 않았다.

오히려 납득한 모습조차 보였다.

이렇게 되리라고 생각했던 것이 이렇게 됐다…… 그런 무심한 끄덕임.

"……음?"

"……클라레스?"

아직 팔짱을 끼고 있던 그녀는 약간 놀란 모습을 보였다.

그녀치고는 보기 드문 표정이었다.

"……아~ 누구신지? 이 열차 납치의 주범은 당신인가요? 목적은?"

"노커 크롬웰. 맞아. 너희를 죽이는 것, 혹은 권유가 목적이야."

"예?"

"음……."

몇 초간 노먼은 굳었고, 그건 클라레스도 마찬가지였다.

열차 납치의 주범인 것은 예상대로였다.

하지만 목적이 노먼과 클라레스를 죽이는 것. 혹은 권유라고?

화물이나 요인 암살이 아니었단 말인가.

"얘기를 나누지, 헤이미쉬. 시간은 있으니까 말이야. 이 열차는 수도로 안 가고 있어."

"……도중에 노선을 바꿨지?"

"역시 대단하군. 알기 쉽게 가르쳐 주지, 노먼 헤이미쉬. 나는 예전에 거기 있는 요정과 똑같은 입장이었던 자야."

"그렇군."

노먼은 고개를 끄덕였다. 그 한마디로 이해했다.

"넌『카르테시우스』의《언로우》였나."

"맞아."

●

노커는 파이프 담배를 고쳐 물었다.

"나는 발디움에서『카르테시우스』에게 버려졌어."

울적한 연기가 토해졌다. 말에 감정은 없었다.

그저 사실만을 간결하게. 뭔가를 느낄 마음은 이미 마모되어
버린 것처럼⋯⋯.

노먼이 모르는 얼굴이니, 1년 반 이상 전에 버려졌을 것이다.

"살해당할 뻔했지만 죽지 않았지. 그래서 이렇게 활동하고
있어."

"무슨 활동을?"

"《언로우》의 인권 운동."

"예?"

"《언로우》의 존재를 공표하고 확실한 인권을 얻는 것. 그게
내 목표야."

"⋯⋯."

언로우의…… 인권 운동?

노먼은 놀라서 입을 쩍 벌렸고 클라레스조차 미소가 굳어 있었다.

"너희가 이 열차에 탄다고 들었어."

"누구에게?"

"열차 납치와 화물 회수는 덤이야. 요정이여, 알고 있나? 너는 『카르테시우스』 안에서도 가장 유용하고 위험한 괴물 중 한 명이야."

"선생님? 무시당하고 있어."

《언로우》의 인권 해방. 그래, 바보같이 들리겠지. 하지만 《언로우》의 취급은 열악해. 에어리스텝, 넌 발디움의 여학교에 다니고 있다고 하더군. 네 동료도 사후 보고만 한다면 자유롭게 외출할 수 있다고."

"이야~ 그건 선생님의 사랑이 있기에……."

"그럴 수 있는 건 너희뿐이야. 거주지는 지정되고, 외출의 자유 같은 건 거의 없었어."

"……"

살짝 클라레스가 흔들렸다.

짚이는 부분은 있을 것이다.

실제로 이전까지는 그녀도 그랬다.

"그 완화에 관해서는 헤이미쉬, 네가 한몫 거들었다는 것도 알고 있어. 훌륭해."

"……고맙습니다?"

갑자기 칭찬받아도 뭐라 말할 수 없는 기분이었다.

"하지만 아직 부족해. 수도의 『쌍둥이』가《언로우》대응용 무기와 병기를 개발 중이야. 이대로 있으면 우리는 이용 가치조차 빼앗기게 돼."

그렇기에, 하고 남자는 조용히 열의를 담았다.

"해방이 필요해. 우리《언로우》에게는. 투쟁할 힘은 있어. 여기에 자금과 시간과 일손만 더 있다면."

"불가능하진 않다고?"

"물론이지. 헤이미쉬. 네가 있다면 발디움의 네 사람도 따라오겠지. 그러면 조금은 더 현실성이 생길 거야."

"……그렇구나. 심각하게 생각하고 있는 거네."

어처구니가 없었다.

《언로우》의 인권 운동 같은 걸 진심으로 일으키려 하고 있었다.

세상이《언로우》를 알게 된다면 어떻게 될까. 그나마 제일 나은 전개가 중세 마녀사냥 시대의 재래이지 않을까.

"……흐음."

내용은 너무 파격적이지만 노커의 말투와 분위기에는 장난기가 전혀 없었다.

이 남자는 진심으로 말하고 있었고 그럴 생각이었다.

무섭도록 우직하게 금맥을 향해 곡괭이를 휘두르는 광부 같았다.

있을지 없을지도 알 수 없지만 찾을 때까지 나아간다.

"그렇군."

알아낸 게 있었다.

주위를 바꾸려고, 주위의 방식을 일그러뜨리려고 하는 정신.

"넌『왜곡태』인가."

"맞아."

『왜곡태』는 다른《언로우》와 명확히 다른 특성을 지닌다.

이능과 정신성이 타인을, 주위를 대상으로 한다는 점이다. 명확히 자신 이외의 무언가를 일그러뜨린다. 이능이 물질에 영향을 주기도 하고 본인이 타인에게 영향을 주기도 한다.

모두를, 주위를, 상식을 일그러뜨리는 자.

『왜곡태』가 일으키는 사건은 규모가 커지기 십상이다.

클라레스도 그랬다.

"이해가 빠르군, 헤이미쉬. 그럼 그대로 대답해 줘. 나는《언로우》가 사는 미래를 위해 세상을 일그러뜨릴 거야. 돕지 않겠나? 너도 그걸 바라고 있을 테지."

"흠."

군말 없이 필요한 말만 하는 방식은 그럭저럭 호감이 갔다.

하지만 그것만으로 결단할 만큼 노먼은 무사태평하지 않았다.

"물어보고 싶은 게 있는데."

"뭐지? 가능한 한 대답하지."

"승객을 죽일 이유가 있었어?"

많은 사람이 살해당했다. 죄가 있었는지는 모른다.

하지만 그렇게 휘말려서 죽을 이유는 없었을 터다.

"없어."

노커는 짧게 답했다.

쇠망치로 강철을 두드리듯 무심하게…….

"방해돼서 죽였어. 이만한 수의 민간인을 처리하는 건 버거워. 그래서 죽였어."

"그런가."

노면은 고개를 끄덕였다.

"클라레스, 내기는 내가 진 걸로 하자."

"음? 그래도 돼?"

"응, 이제 됐어."

그답지 않게 오싹하리만큼 말은 차갑고 공허했다.

죽이지 않고 무력화한 뒤 『카르테시우스』에 데려가서 방금 그 연설을 시킨다면 나중이 더 편하긴 할 것이다.

하지만, 그 이상으로—.

"이 녀석은 여기서 죽여 두자."

범인의 동기에 관한 내기였지만 노커의 이야기를 듣고 나니 죽이는 걸 막을 이유가 없어져 버렸다. 방해된다는 이유로 사람을 죽이는 괴물을 살려 둬서는 안 된다.

"이런 시시한 녀석일 줄은 몰랐어."

"흠. 실로 보기 드문 노먼 선생님의 일면을 보게 된 건 기쁘지만······."

요정이 한 발짝 앞으로 나갔다.

가벼운 움직임이었다. 심하게 흔들리는 장소라는 생각이 안 들었다.

신비로운 분위기를 유지한 채 스틱으로 바닥을 찍었다.

딱, 소리가 울렸다.

"―《스프리건핸드》."

"《취추광부(脆鎚鑛夫)》."

그리고 아무 일도 일어나지 않았다.

"클라레스?"

"으음~ 역시 안 되나. 동격이야."

"너희가 올 줄 알고 있었다고 했잖아."

노커는 일어났다.

역시 키가 작았다. 클라레스보다도······.

"결렬을 전제하고 있었어. 장애물이 된다면 배제해야 해. 그리고 에어리스텝. 너의 이능은 내 이능으로 상쇄할 수 있어. 그래서 나는 너희를 기다리고 있었던 거야."

"그런 것 같네. 기관부에 들어오기 전부터 힘을 사용했지만 의미 없었고."

"아까 드물게도 네가 놀랐던 건 그래서인가······."

『왜곡태』는 물질의 성질을 일그러뜨려 간섭하는 이능을 가졌다.

그렇다면.

클라레스의 이능으로 일그러뜨린 것을 노커가 더욱 일그러뜨린다면—

요정의 마법은 지워져 버린다.

"내 힘도 쓸 수 없게 되지만, 서로 소거시킨다면. 요정도 평범한 인간이야."

그가 꺼낸 것은 투박한 단검이었다.

"제안을 받아들이지 않겠다면 다른 승객들처럼 죽여 주마. 방해되니까."

노커 크롬웰의 움직임은 심플했다.

몇 미터의 거리를 좁혀 흉기를 휘두른다.

그저 그것뿐인 움직임의 극한을 담은 것.

몸놀림을 보건대 이능만을 의지하지는 않았다. 이능을 무기 삼아 수련하여 응용을 가능케 했다.

그런 《언로우》가 왜 버려졌을까.

유용했을 텐데. 중용되었을 텐데.

그런데 버려졌다. 가치 없는 돌멩이처럼. 거기에 얼마나 많은 이야기가 있었을까.

아니, 지금은 그것보다도…….

"클라레스, 내가 할까?"

"거기서 보고 있어, 선생님."

"응."

노먼은 주머니에 손을 찔러 넣고 선 채 움직이지 않았다.

어떻게 될지는, 곧장 현실이 움직인다.

"죽어라, 요정."

저주 같은 한마디.

처음으로 감정을 엿보았다.

"키득."

키잉, 날카로운 소리가 났다.

"……."

노커의 두 눈이 크게 뜨였다.

말할 것도 없이 그것은 날붙이가 살을 가르는 소리는 아니
었다.

두꺼운 단검이 벽에 박힌 소리였다.

"이능을 쓰지 못한다면 평범한 인간과 다를 바 없다……라."

능력을 써서 막은 것은 아니었다.

그녀가 사용한 것은 에메랄드그린색 지팡이였다.

그 L자형 손잡이를 노커의 단검을 쥔 손에 걸어서 받아넘
겼다.

군더더기 없는 빠른 움직임이었기에 남자의 칼은 그대로 벽
에 박혔다.

"나 참, 아주 우습게 봤네. 난 선생님의 보디가드인데 말이야.
……이능을 못 쓴다고 해서 지키지 못할 리가 없잖아?"

요정은 작게 웃었고 지팡이가 번뜩였다.

막대의 정중앙을 잡은 손가락을 튕겨 회전시키고. 튀어 오른 지팡이 끝이 정확하게 노커의 팔꿈치를 쳤다.

"윽……?!"

관절에 타격을 받은 남자가 곤혹과 격통에 주춤하며 단검을 놓고 후퇴했다.

"어허, 날 죽이겠다며?"

"윽…….'

덜컥, 움직임이 멈췄다.

몸을 돌리며 지팡이를 돌린 클라레스가 손잡이를 노커의 목에 걸었기 때문이다.

"물론 그렇게 두지 않을 거지만."

멈춘 남자의 명치에 주먹이 박혔다.

자세를 낮춰서 날린 훌륭한 일격이었다.

"쿨럭?! ……억?!"

거기서 멈추지 않았다. 목에 건 손잡이를 풀어 그대로 후려 쳤다.

관자놀이를 강타하여 몸이 벽에 격돌했다.

"윽 네, 년……!"

순식간에 펼쳐진 연격에 이번에야말로 노커는 몇 걸음 후퇴했다.

그래도 원래부터 좁은 공간이었다. 금방 좁힐 수 있는 거리에 있었다. 새 단검을 품에서 꺼내며 말했다.

"어디서 이런 체술을……. 자료에 이런 정보는……!"

"대체 언제 적 얘기를 하는 거야? 매일 성장한다고. 인간이든 《언로우》든 말이야."

"……건방진 것."

"빈축을 사는 건 특기야.《언로우》니까."

좁은 통로지만, 작은 남자와 소녀다. 단검을 휘두르는 건 문제없으나 지팡이는 만족스럽게 휘두를 수 없었다.

그래서 클라레스는 막대의 중심을 잡고 회전시키며 휘둘렀다.

칼날과 스틱이 연속으로 교차했다.

남자의 움직임은 군대식 격투술을 기반으로 한 암살술이었다.

가장 짧고 빠르게 상대의 호흡과 의식의 틈을 타는 살해 기술. 이에 반해 클라레스는 상대의 공격을 받아넘겨 제압하는 방식이었다. 남자의 찌르기를 스틱으로 쳐 내고, 그 흐름을 타 지팡이 끝을 찔러 넣었다. 상대가 피하면 회전시켜 상대방의 몸에 손잡이를 걸어 제어했다.

그녀의 움직임은 마치 춤추는 것 같았다.

봄에 부는 바람은 따뜻하지만 잡을 수는 없다.

바람은 원하는 곳으로 분다.

신비로운 소녀.

어디에 있든, 어떤 풍경에도 어울리지 않는다.

그러나 이렇게 말하는 건 소녀에게 실례일지도 모르지만…….

지팡이를 들고 좁은 통로에서 자유자재로 춤추는 모습은 무서우리만큼 잘 어울렸다.

요정들이 날아다니는, 인간이 들어갈 수 없는 요정향(妖精鄕).

"윽……."

"키득키득."

공방이 펼쳐진 것은 불과 몇십 초. 얼굴을 찡그린 것은 남자 쪽이었다.

이 자리의 흐름을 요정이 쥐고 있었기 때문이다.

"대체 어디서 그런 기술을."

그것은 공포였을지도 모른다.

평범한 여학생이 킬러에 견줄 만한 전투술을 가지고 있으니까.

이능을 봉인하여 이길 수 있을 줄 알았던 어린애에게 애먹고 있었다.

혹시, 혹시 아직도 뭔가 숨기고 있지는 않을까?

과한 생각이라고 일축할지도 모른다.

"우후후."

하지만 요정의 미소가 그걸 허락하지 않았다.

어느 때든, 누군가가 자신을 죽이려고 하는데도 변함없는 미소. 그녀는 줄곧 변함없다. 겁먹지 않는다. 무서워하지 않는다. 변하고, 겁먹고, 무서워하는 것은 상대방이다.

알 수 없는 것은 무서우니까.

"……!"

남자가 뛰었다.

무리하게 뒤로 뛰어 물러났다.

기관부에 등을 부딪치든 말든 아랑곳없이 든 것은 단검이 아니라.

"이건 어떠냐……!"

소매에서 나온 것은 작은 권총이었다.

옷소매에 숨길 수 있는 암살용 단발총. 작지만, 사람을 죽이기엔 충분한 흉기.

방아쇠는 즉시 당겨졌다.

"……."

노먼은 그래도 움직이지 않고 서 있었다.

어떻게 될지 알고 있었으니까.

걱정은 했지만.

"흡……."

처음으로 클라레스가 날카로운 숨을 내쉬었다.

지팡이를 세로로 들어 자루의 중심에 착탄. 몸체 전체에 균열이 가며 작렬했다.

그리고 남자는 두 가지를 보았다.

"……?!"

부서진 칼집에서 나타난 백은색 세검. 지팡이 안에 내장되어 있던 것.

그리고 요정의 등에 나타난 기하학 모양의 날개였다.

"클라레스!"

노먼이 당황하여 외쳤지만 요정은 상관하지 않고 앞으로 나갔다.

순식간이었다. 모범적인 화살 같은 찌르기가 노커의 심장에 박혔다.

—백은이 번뜩이는 바람의 _{에어리스텝} 행진.

"쿨럭……."

노커가 핏덩이를 토했고.

"……《드베르크노크》!"

"《스프리건핸드》."

아무 일도 일어나지 않았다.

"……제기랄."

"아쉽게 됐네. 네가 내 능력을 봉인할 수 있다면, 그 반대도 되는 거지."

《스프리건핸드》.

공기를 개체로서 자유자재로 조종하는 힘이다.

그녀는 공기를 자기 의지로 원하는 형태로 조종할 수 있었다.

무서운 점은 눈에 보이지 않는다는 것이다.

게다가 원래는 시야 범위에 있는 공기를 조종할 뿐이었던 이 능이 훈련으로 왜곡 범위를 넓혀서, 자신을 중심으로 수십 미터, 시야를 벗어나도 원격으로 개체화하여 조종할 수 있고, 공기 성분이나 기압까지 조절할 수 있었다.

보물을 지키는 스프리건. 그렇기에 『요정의 손』.

노커의 《드베르크노크》는 반대로 단단한 것을 부드럽게 만드는 이능이었을 것이다.

하지만 노커에게 중요한 건 단순한 능력의 성질이 아니었다.

"그렇게, 된 건가."

"응?"

"방금 그, 빛의 날개⋯⋯. 너희가 특별한 건, 그것이⋯⋯!"

등에 있었던 날개는 이제 사라진 상태였다. 그러나 노커의 눈에는 그것이 새겨져 있었다.

"그 힘이 있으면⋯⋯ 더 많은 것을 왜곡시킬 수 있는데⋯⋯!"

"⋯⋯!"

"자신의 왜곡을 강요하지 마. 내가 왜곡시키고 싶은 것과 네가 왜곡시키고 싶은 건 달라."

너와 나는 다르니까.

그런 말을 들어도 모른다.

"그것도 모르니까 버려진 거 아니야?"

"⋯⋯!"

남자가 뭔가를 외치려고 했다.

"이제 됐어."

하지만 그보다 빨리 요정은 가슴에서 세검을 뽑았다.

가슴에서 피가 넘쳐흐르고 목에서 둔탁한 소리와 함께 피가 토해지며 남자에게서 생명이 흘러나왔다.

그걸로 끝이었다.

많은 생명을 일그러뜨린 괴물의 죽음으로, 표적이 된 두 사람은 살아남았다.

"……후우. 곤란하네. 칼집 부숴 버렸어, 선생님."

쓴웃음을 지으며 클라레스는 검을 휘둘러 피를 털었다.

"뭐, 어쩔 수 없지. 다음에 사러 갈까. ……아아, 그리고."

"응?"

"솜씨 좋았어. 역시 대단하네."

"우후후."

칭찬을 듣고 그녀는 웃었다.

가면 같은 미소가 아니었다.

평소와는 다른 순수한 기쁨.

"간단한 얘기야, 선생님"
Elementary   My Master

봄바람처럼 따뜻하게 미소 지었다.

"가르쳐 준 선생님이 유능했거든."

●

"이야~ 즐거운 여행이었어."

열차 납치로부터 이틀 후 수도에서 보고를 마치고 돌아오는 열차 안에서 클라레스는 평소처럼 미소 지었다.

주범을 쓰러뜨린 건 좋지만 그 후가 큰일이었다.

언제나 뒤처리가 큰일이다.

열차를 폐광에서 원래 방향으로 돌려 수도 노드놀로 향했다. 그날 밤 수도에 도착하긴 했지만 그 후 사정 청취와 설명이 밤 늦게까지 계속되었고, 딱 몇 시간만 자고서 원래 목적인 노먼의 볼일을 끝내고 클라레스와 관광 데이트를 한 뒤 숨 돌릴 새도 없이 다음 날 수도를 출발했다.

생각보다 짧게 구속된 게 위화감이 들긴 하지만 불행 중 다행이라고 생각해 두자.

반년마다 노먼은 노드놀에 가고 있지만 그래도 좋아할 수가 없었다.

집에도 얼굴을 내비치지 않았다.

결국 노먼이 있을 곳은 성벽에 둘러싸인 바람이 불지 않는 그 도시니까.

"즐겁다고 하기는 어려웠는데."

그렇게 회상하며 노먼은 펠트 모자의 챙을 살짝 만졌다.

"특히 너와 동격이 있었던 건 놀라웠어."

"나는 선생님과의 내기가 흐지부지 마무리된 게 아쉬운데."

말하고 나서 문득 그녀는 무언가를 떠올린 듯 턱을 살짝 들었다.

"그럼 보너스 퀴즈. 실은 딱 한 번 이능을 썼었어. 언제였는지 알아?"

"총알을 튕겼을 때잖아."

즉답이었다.

"이능 없이 지팡이로 탄환을 막은 건 놀라웠지만, 거기서 앞으로 나가면 부서진 지팡이 파편과 튕긴 총알이 어떻게 될지 알 수 없으니까. 그 한순간만 방해되는 걸 밀어내고 찔렀어. 아니야?"

"완벽해. 역시 선생님이야."

"그거야말로 간단한 얘기지."

"키득키득."

요정이 손으로 돌리고 있는 것은 수도에서 조달한 신품이었다.

"……하지만 클라레스. 그렇다고 해도 무모했어. 그때……."

머릿속에 떠오른 것은 녹색으로 빛나는 날개.

"알고 있어. 하지만 한순간이었잖아? 그건 너그럽게 봐줘."

"정말이지…… 부탁할게."

한숨을 쉬고 덧붙였다.

"이것 참…… 힘든 원정이었어."

열차 납치를 겪고, 이기적인 사상의 혁명가와 얽히고 쓸데없는 보고서를 쓰게 된 것을 노먼은 즐겁다고 여길 수 없었다.

"선생님은 어떻게 생각해?"

"응?"

"언로우의 인권 운동. 그 사람의 행동은 논외였지만, 그것 자체라면."

"흠."

질문을 받았기에 생각했다.

"언로우에게 인권을 주자는 건 나쁘지 않아. 오히려 좋아. 그것뿐이었다면 협력했을지도 몰라."

"흐응. 그건 아까운 짓을 했네. 선생님이 같은 편이 됐다면 잘 풀렸을 텐데."

"그렇지도 않아."

쓴웃음을 짓고서—.

"어떻게 해도 잘 안 풀려."

단언했다.

당연한 섭리인 것처럼……

"대부분의 사람은 평범한 인간이야. 세상은 극소수의 사람을 위해 움직이지 않아."

"마이너리티보다 머조리티라는 거구나."

"유감스럽게도 말이지."

적어도 지금의 세상은 그렇다.

"존재를 공표하는 건 의심을 낳을 뿐이니, 존재는 숨기는 게 나아. 이웃이 이상한 힘을 가졌는지 일일이 생각하는 일상은 큰일이야."

그래서 노커 크롬웰의 목적은 너무나도 허황된 이상론이었다.

《언로우》 개인이 만들어 내는 사건을 넘어선 커다란 혼돈만 낳을 것이다.

그도 그것을 이해하고 있었을 터다. 이해하고서 행동했다.

그 결과가 노먼과 클라레스만 남은 텅 빈 특급이었다.

"그 마음을 이해 못 하는 건 아니지만."

이해 못 하는 건 아니지만 동의는 할 수 없다.

"우후후."

"……왜 웃어?"

"아니. 선생님이 그렇게 감정적인 말을 하다니 별일이다 싶어서."

"……그럴 때도 있어."

크흠, 헛기침.

확실히 그답지 않았다.

"그보다 돌아가면 또 누나한테 보고해야 하잖아. 벌써부터 귀찮아."

"그건 순순히 「힘들겠네」라고 말해 둘게. 하지만…… 있잖아, 선생님."

요정은 얇게 입술을 휘었다.

두 가지 색의 눈동자가 똑바로 노먼을 보았다.

"……"

그 순간, 노먼의 세계에서 소리가 사라졌다.

세계에는 그저 요정만이 아름답게 미소 짓고 있었다.

이 세상 존재 같지 않은 신비롭고 황홀한 미소.

"정말 힘들다면 이대로 도망쳐서 발디움에 안 돌아가도 되지 않아?"

요정의 말이 감미롭게 흘러 들어왔다.

"그 도시가 힘든 건 맞아. 그렇다면 어딘가에서 나랑 단둘이 사는 거야. 난 그래도 상관없어. 선생님이 그러자고 하면, 지금의 생활을 버리는 데 아무런 망설임도 없어."

내용은 무시하고 그 고운 음색에 무조건 긍정하고 싶어지는 충동이 들었다.

클라레스 에어리스텝은 그런 존재였다.

《언로우》라서가 아니라 그녀 자신이 요정이었다.

다른 세계로 사람을 유혹하는 장난꾸러기.

『왜곡태』《언로우》로서의 그녀는 그걸 빼고 봐도 마성이 있었다.

달콤한 유혹. 받아들인다면 그녀가 온갖 재난으로부터 지켜줄 것이다.

《언로우》로서 클라레스 이상의 전투력을 가진 괴물은 흔치 않다.

그걸 노먼은 잘 알고 있었다.

그래서 그는 대답했다.

"사양할게."

●

그렇게 답할 것을 클라레스 에어리스텝은 알고 있었다.

『왜곡태』는 이능과는 별개로 주위에 간섭하고 싶어 하는 괴물이다.

자신을 둘러싼 환경과 사회를 자기 입맛대로 왜곡하고 싶어 한다.

1년 반 전의 클라레스도 그랬다.

발디움의 여학교에 다니는 학생이었던 그녀는《언로우》가 되어 그 정신성을 발휘했다.

그 결과, 학생 교사 관계없이 전부 장악했다.

그녀가 하는 말은 뭐든 듣는 꼭두각시로 만들었다.

인간을 키우는 곳은 여왕에게 무릎 꿇는 요정향이 되어 버렸다.

어쩌면 그건 타고난 그녀의 마성을 그저 처음으로 능숙하게 사용했던 걸지도 모른다.

고작 한 학교지만 발디움 내의 귀족과 거상의 자녀들이 많이 다니는 곳이었다.

할 수 있는 일은 헤아릴 수 없었다.

그럼 어떻게 할까. 무엇을 일그러뜨릴까, 생각하기 시작했을 무렵에 노면과 만났다.

결과부터 말하자면, 그때 이후로 클라레스 에어리스텝은 주위를 왜곡시키는 걸 그만뒀다.

정확히 말하자면『뭔가를 일그러뜨리고 싶다』라는『왜곡태』고유의 갈망을 오직 노면 헤이미쉬에게만 보이기로 했다.

타인을 일그러뜨리는 것은 존재 방식을 바꿔 버리는 것이다.

올바름을 바라는 사람을 악덕을 바라는 사람으로 만들거나, 누군가의 슬픔에 공감하는 사람을 누군가의 슬픔에 기뻐하는 사람으로 만들거나, 평범한 인간을 괴물로 바꿔 버리거나.

《언로우》 넷의 목줄을 쥐고 있는 그를, 딱 한 명의 목줄만 쥐고 있게 하는 등.

노먼 헤이미쉬라는 남자는 너무 완고하다고 클라레스는 생각했다.

1년 반 전에 만났을 때부터 이 청년은 줄곧 변함없었다.

클라레스 에어리스텝이라는 요정과 마음을 나누면서도······ 루화와 마견, 보석과 함께하면서도 그는 줄곧 변함이 없다.

클라레스를 손이 많이 가는 학생으로 보았다. 심지어 호신술까지 가르쳐 줬다.

노먼에게는 양보할 수 없는 것이 있고, 우선순위가 있고, 그것을 클라레스는 바꿀 수 없다.

자신을 첫째로 삼아 주면 재미있겠지만······.

변하지 않았으면 좋겠다고도 생각한다.

만약 자신이 살짝 유혹했다고 변해 버린다면 그에게 관심을 가지진 않았을 것이다.

요정은 금방 망가지는 장난감에 관심이 없다.

장난감은 영원히 가지고 놀고 싶으니까.

클라레스는 맨 처음 습격이 일어난 시점에 《언로우》가 일으킨 사건임을 알아차렸다.

그녀의 이능의 유효 범위는 수십 미터. 즉, 열차 전체를 처음부터 완전히 장악하고 있었다.

각 열차의 모습도, 기관부에서 작은 남자가 기다리고 있었던 것도…….

전부 알면서 모르는 척하고, 도중에 노먼에게 게임을 권한 것은 그가 어떤 판단과 선택을 내릴지 보고 싶었기 때문이다.

물론 그를 힘껏 지켰던 건 사실이지만…….

무슨 일이 있어도 클라레스는 노먼을 상처 입히는 것을 용납하지 않는다.

뒤틀린 애정. 일그러진 정애. 왜곡된 모정(慕情).

잘못됐다는 자각은 있다.

노커 크롬웰이 틀렸던 것이 그 부분이다.

《언로우》의 인권이 이러쿵저러쿵하는 건 딱히 어찌 되든 좋다.

마음대로 하면 된다.

그래도 《언로우》는 자신이 옳다고 생각해선 안 된다.

자기가 편해지자고 주위 사람을 멋대로 주무르다니.

그런 게 좋을 리가 없다.

수호자의 보물에 손대면 어떻게 되는지는, 자기 책임이다.

—《스프리건핸드》는 보물을 지킨다.

"키득키득."

자신이 보물이라고 정한 눈앞의 청년을 찬찬히 핥듯이 보았다.

어떤 시선을 보내든 그는 변함없다. 대충 어깨를 으쓱일 뿐.

"그럼 오늘은 아무 말도 안 하기로 할까."

"응. 네가 제안하면 나도 곤란해."

"음? 그건 틀렸어, 선생님."

슥, 지팡이가 움직였다. 가벼운 움직임으로 노먼의 가슴 중심을 눌렀다.

"으음."

그것만으로도 노먼은 움직일 수 없게 되었다.

완벽하게 몸의 정중선을 잡혔으니까. 이것도 노먼에게 배운 것이다.

제압한 채 클라레스는 일어나 노먼의 무릎 위에 걸터앉았다.

몸을 바싹 붙였다.

지근거리. 서로의 숨이 닿고 시선이 얽혔다.

요정이 웃었다.

"나는 밖으로 소리가 안 들리게 할 수 있어."

속삭이는 목소리는 녹아내릴 듯 달콤하게.

이능을 사용하여 직접 고막에 전달했다.

이것이 꽤 쾌락이 되는 것 같았다.

뇌수가 짜릿해진다나 뭐라나.

"마침 이 개인실의 문은 유리가 안 달려 있으니, 밖에서는 아무것도 안 보일 거야."

"……요컨대?"

"발디움까지 몇 시간 걸리려나. 뭘 하든, 아무도 모른다는 거지."

노먼이 작게 침을 삼켰다.

그 반응은 순수하게 기뻤다.

존재를 일그러뜨릴 수 없더라도, 그것과 이것은 별개의 얘기다.

"자, 선생님, 선택해."

등에서 뻗어 나온 희미한 녹색을 띤 공기의 비틀림으로 그를 놓치지 않겠다는 듯 감싸며 요정은 웃었다.

평소와 같은 웃음에, 평소 이상의 사랑과 정욕을 담아.

요정 수호자는 자신의 보물을 듬뿍 예뻐하는 것이다.

"선생님의 선택이 무엇보다 나를 즐겁게 하니까."

인터벌 4

"실제로《에어리스텝》은 대단해. 나도 많은《언로우》를 연구했지만, 그중에서도 독보적이야."

"어이쿠, 의견이 일치하네. 전적으로 그래. 클라레스는 대단해. 선생님이라고 불리는 게 부끄러울 정도야."

두 소년은 함께 고개를 주억거렸다.

"근데 그건 고삐를 쥐고 있다고 할 수 있나?"

"그 분방함이 클라레스의 매력이지."

"흠. 뭐, 네 주접은 이제 흘려 넘기겠지만, 한 가지 의문이 있어."

"돌아오는 열차에서 있었던 일은 사생활이야."

"그 부분은 어찌 되든 좋아. 듣고 싶은 건 노커에 관해서야. 그 남자는 우수한《언로우》였어. 주로『카르테시우스』에 방해되는 요인의 암살을 맡았었는데……."

짐은 작위적으로 고개를 갸웃했다.

"이능이 봉인되면 신체적으로는 인간과 다름없을 터인《에어리스텝》이 프로 암살자와 백병전을 벌이고 이길 수 있나?"

"그만큼 클라레스가 강했다는 거지."

"무리가 있지 않아?"

무겁고 집요한 시선은 납득할 수 없다고 말하고 있었다.

"이를테면 말이야, 정말로 노커는 마지막에 아무 말도 안

했어?"

"아무 말도 안 남겼어. 얘기했잖아? 심장을 찔려서 즉사했어."

"흐응~ 그래? 그렇구나."

"……."

"이능이 기능했다면 나도 그걸로 납득했겠지만. 서로 상쇄된 상태에서 《에어리스텝》이 이겼다는 게 아무래도 의문이야. 뭔가 특별한 일이 일어났던 거 아닐까?"

"유감스럽게도. 현실이란 건 때로 진부해. 아무 일도 없었어. 이걸로 끝이야."

"음…… 그럴까."

몇 번 고개를 끄덕이고서 말했다.

"어쨌든지 간에. 힘든 여행이었네, 노먼 군."

"그 힘든 여행 후에 이런 일을 겪고 있다만?"

"어쩔 수 없어. 수도에서 너도 상황 설명을 요구받았지만, 나중에 수도의 『카르테시우스』 본부에서 얘기를 나눈 결과, 어떤 의혹이 생겨났으니까."

그것은—.

"노커 크롬웰. 그자가 너와 한패였던 것 아니냐는 의혹."

"……뭐?"

"이상한 얘기는 아니잖아? 네가 《언로우》에게 얼마나 정성을 쏟는지는 유명하다고."

"……내가 했던 얘기, 안 듣고 있었어?"

"들었지만. 네 얘기가 어디까지 진실이냐는 문제가 있지."

"……하아."

탄식과 함께 노면의 몸에서 힘이 빠졌다.

그렇게 말하면 다 소용없는 거였다.

이 심문이 완전히 의미를 잃어버린다.

"본부에서는 《광부》와 네가 열차 납치를 꾀했으나 관계가 결렬됐다고 보고 있어. 그 열차에는 발디움의 『카르테시우스』와 연이 깊은 귀족과 유력자도 많이 탑승해 있었어. 노릴 이유로는 충분하지. 인권 운동도, 네가 한다고 하면 이상하진 않아."

왜냐하면…….

"네가 말했잖아. 너의 네 사람은 괴물이 아니라 인간이라고."

그런고로, 하고 짐은 크게 팔을 벌렸다.

"네 얘기는 끝났지만 본론은 지금부터야."

I Tell You, Monster.

종막
발디움 히어로
The Balldium Hero

"그렇게 됐으니 노먼 군. 다시금 너의 죄상을 나열해 보자. 치안 동란. 기물 손괴. 그리고 『카르테시우스』에 대한 배반 행위 의혹. 네가 왜 이런 일을 겪게 됐는지 이해했어?"

"아니, 전혀. 특히나 마지막 건 말도 안 되는 트집이야."

"그럴까? 네가 정기적으로 수도에 가는 것도 배반 준비였던 거 아니야?"

"그건 그저 누나의 대리로 본부에 보고하러 가는 거라는 걸 너도 알잖아."

"하지만 말이지. 『카르테시우스』는 너를 의심하고 있어. 그래서 내가 심문 같은 걸 하고 있는 거야. 「아닙니다」라는 말에 「그렇군요」라면서 끝낼 수는 없다고. 네가 얘기해 준 네 가지 사건은 각각 독립되어 있지만, 그렇기에 너의 감점은 중복돼. 처분받는 건 피할 수 없다고 봐야지."

그리고서 짐은 과장되게 한숨을 쉬었다.

"거참, 나도 친구로서 마음이 아파. 다른 사람에게 심문을 맡긴다면 묻지도 따지지도 않고 유죄 판정을 받을 것 같았기에 내가 이렇게 심문관으로 나선 거야."

"……얘기는 맨 처음으로 돌아가는데, 이대로 가면 나는 어떻게 된다고 했지?"

"처형이지. 에이전트가 남아돌진 않지만, 마지막 건 명확한 반역 행위야. 『카르테시우스』도 그런 인간을 가볍게 처분할 순 없어."

"네가 개입하면?"

"우후."

웃음의 질이 바뀌었다. 이제껏 가면처럼 쓰고 있던 미소가 더 깊게, 짙게…….

이것이 본론이었다.

"거래하자, 노먼 군."

말은 노래하듯이 이어졌다.

"너에게 제시하는 이점은 단순하고 명쾌해. 처형 회피. 게다가 내 쪽에서 손을 써서 이번 일로 생긴 부채도 전부 없애 줄게."

그 대신, 하고 말을 이었다.

"《언로우》의 군사 이용을 도와줬으면 해."

●

"……군사 이용?"

"그래. 이유는 물어볼 필요도 없잖아?"

노먼의 얼굴에 표정은 없었다.

아무것도 느끼지 않는다기보다는 어떤 감정을 억누르고 있는 무표정이었다.

짐은 웃고 있었다.

히죽히죽 입꼬리를 올리고서 이 상황이 더할 나위 없이 즐겁다는 듯…….

"2년 전 전선에서 우리나라는 대패했고, 막대한 보상금과 맞바꿔 휴전 중이야. 하지만 그것도 결국은 일시적인 거지. 앞으로 언제 전쟁이 재개할지 몰라. 그때 어떻게 할 것인가?"

다양한 이능을 가진《언로우》. 그들은 각자의 정신에 부합하는 사건을 일으킨다.

하지만 그것을 전쟁에 이용한다면?

"나는《언로우》라는 괴물이 역겹고 싫지만, 이용 가치는 인정해. 육성에 비용은 들지만 병기로서의 성과는 훌륭해."

"……그래서?"

"스카우트야, 노먼 군.《언로우》의 고삐를 쥐는 수완이 뛰어난 너를 나는 누구보다도 높이 평가하고 있어. 내가 결성할《언로우》특수 부대를 너에게 맡기고 싶을 정도로."

"……."

"전장에서 적을 죽일지. 아니면 적국에 잠입하는 스파이가 될지는 이능에 달렸지. 스파이가 점점 강력히 요구되는 시대야. 물론 대우와 급료는 보장해."

"……."

"한 번은 너도 나라에 목숨을 바쳤잖아. 나라를 위해 총을 드는 것과 같아. 어때? 노먼 군. 대답을 들려줘."

노먼은 어깨를 으쓱이지 않았다. 꼼짝도 하지 않고, 표정도 바꾸지 않고—

그저 한 가지를 물었다.

"그 네 사람은?"

"물론, 너의 펫이야. 앞으로는 너의 병기가 되는 거지."

"그런가. 이제 됐어."

●

순식간이었다.

알아차린 순간, 짐의 눈앞에 노먼이 있었다.

소리도 기척도 없이 유유히 책상에 올라와 있었다. 눈을 떼지 않았을 텐데. 밧줄로 사지를 묶어 뒀을 텐데. 조금 전까지 짐이 들고 있었던 서류는 짓밟혔으나—.

나열되어 있던 네 사람의 사진은 밟지 않았다.

"억?!"

일어나려다가 실패했다.

노먼이 짐의 오른쪽 무릎을 발로 차 움직임을 막았기 때문이다.

고꾸라지며 앞으로 나온 머리를 팔꿈치로 타격하고. 책상에서 내려서며 옆구리에 짐의 머리를 끼웠다.

"잠깐 기달—."

"거절하겠어."

우두둑, 둔탁한 소리가 났다. 노먼이 짐의 목뼈를 부순 소리였다. 팔에서 힘을 빼자 조금 전까지 히죽거렸던 소년의 시체가 굴러떨어졌다. 그러든 말든 개의치 않고―.

"……역시 지쳤어. 그보다 여기 어디야?"

피로가 드러나는 발걸음으로 걸어가 안쪽 책상에 양손을 짚었다.

"네 명을 말리러 가고, 그다음에 누나를 해방할까? 뒤처리는 내팽개치고…… 아니, 다 같이 도망칠까. 여차할 때를 위한 연줄은 만들어 뒀지만……."

중얼거리다가 갑자기 휙 돌아보았다.

뒤에서 두 가지 이변이 발생해 있었다.

왼편에 있던 문이 반쯤 열려 있고―.

그리고 조금 전에 노먼이 만든 시체가 어디에도 없었다.

"허어……, 오?"

시선이 위를 향했다. 더 정확히 말하자면 반응한 것은 귀였다.

캉캉, 명쾌한 발소리가 머리 위에서 들렸다.

"……그렇군?"

고개를 한 번 끄덕이고서 책상 위에 있는 물건을 회수하기 시작했다.

복장을 정돈하고 개인 물건과 접이식 스틱 등을 코트 안쪽에 넣었다. 총은 탄환이 장전되어 있음을 확인했다. 마지막으로 펠트 모자를 머리에 썼다.

"어휴…… 취향 참 괴상한 남자야."

한숨의 이유는 다가간 창밖에 있었다.

눈 아래 펼쳐진 밤의 발디움. 이것을 일망할 수 있는 높은 장소는 하나뿐이다.

"⋯⋯발디움 타워인가."

●

휘잉, 강한 바람이 불었다.

발디움 타워의 최상층.

상징으로서 큰 종이 설치된 대종각이 있었다.

석조 종각은 그런대로 넓었고 돌기둥이 네 귀퉁이를 받치고 있었다. 벽은 원래부터 만들어지지 않아서 성벽으로 둘러싸인 도시가 한눈에 보였고 바람이 강하게 불었다.

그 중앙, 대종의 바로 아래에서 짐 아담워스가 노먼 헤이미쉬를 기다리고 있었다.

목뼈를 부러뜨렸을 텐데. 그는 당연하게 서 있었고 살아 있었나.

"이 도시는 기묘하다고 생각하지 않아?"

그런 말로 그는 얘기를 꺼냈다.

"저 성벽은 언제부터 있었는지 기록이 남아 있지 않아. 다만 원래는 설립 당초의 『카르테시우스』를 지원하는 귀족으로부터 시작됐다는 모양이야. 부자가 이주하고 그에 고용된 사람이 모이면서, 어느새 조금씩 발전하여 도시가 됐어."

"그래서?"

"예전의 발디움은 그랬지만, 결국 지금은 알다시피 괴물의 소굴이 됐어. 일주일에 한 번은 《언로우》가 일으킨 사건이 발생하고, 너는 도시를 뛰어다니지."

최초의 목적과는 다른 결과. 이 도시는 확실히 이상하다.

"이 도시는 《언로우》의 실험장이라고 나는 생각하고 있어. 『카르테시우스』 본부에서도 조사했는데 확실하진 않았지만."

"그렇다면…… 너도 《언로우》인가?"

있을 수 없는 일이라고 노먼은 생각했다.

비정상적인 재생 능력.

그런 이능을 가진 《언로우》가 있어도 전혀 이상하진 않다.

문제는 짐이, 『카르테시우스』에서 그런대로 지위가 있는 그가 그렇다는 점이었다.

"그럴 리가. 날 괴물과 똑같이 취급하면 곤란해."

"그럼 뭔데."

"내 연구의 전문 분야는 《언로우》의 위계인데, 위계를 올리려면 꾸준히 훈련하거나 심신에 큰 부하가 필요해. 후자를 강제하면 간편하지만, 피험체의 수는 한도가 있지."

"……그렇게 된 건가. 역겹군."

"맞아. 이건 《언로우》를 강제로 살리기 위한 인위적인 불사화 수술이야."

"바보 같아. 그런 게 가능하고 군사적으로 쓰고 싶다면 그걸

양산하면 되잖아."

"아쉽게도 성공률이 낮거든.《언로우》는 물론이고 보통 사람에게도 잘 적용이 안 돼. 현재로서 성공한 예는 나뿐이야."

"실패했으면 좋았을 것을."

노먼은 메스꺼움을 삼키면서 세차게 부는 바람에 날아가지 않도록 모자를 눌렀다.

오래 듣고 싶은 얘기는 아니었다.

하지만 짐은 이야기를 멈추지 않았다.

"자, 그럼. 경악스러운 진실을 밝혔지만. 상황은 아무것도 달라지지 않았어. 가뜩이나 첩보원 실종으로 일손이 부족한데. 너를 붙잡을 때, 아까 같은 킬러의 움직임으로 내 사병 스무 명을 몰살한 것도 뭐, 좋아. 그냥 넘어갈게."

"구속한다는 사람들이 그렇게 살의를 드러내면 나도 어쩔 수 없잖아."

"하하하. 아무튼, 너의 혐의에 탈주와 살인이 추가됐는데?"

"……그거, 네가 모든 일의 흑막이지?"

●

노먼은 머릿속의 스위치를 전부 전환했다.

소중한 네 사람과 함께 행동할 때 노먼은 자신의 사고와 능력과 행동을 전환했다.

건성으로 힘을 빼는 게 아니라, 순수하게 그녀들이 그 능력을 충분히 발휘하는 게 압도적으로 신속히 사건이 해결되니까. 그리고 무엇보다도 그녀들의 바람에 응하기 위해.

"……호오, 그 근거는?"

"열차 납치, 그건 너무 잘 준비되어 있었어."

"선로를 바꾼 거 말이야?"

짐은 동요하지 않았다.

오히려 노먼에게 뭔가를 기대하듯 웃고 있었다.

"아니. 그 전에. 노커 크롬웰의 수하들은 어떻게 화물차에 숨어들었지? 승객과 함께 들어왔다면 나도 미리 눈치챘을 거야."

"그렇다면…… 흠. 승객이 승차한 후에 탔거나, 승객보다 먼저 숨어 있었겠지."

"맞아. 그렇다면 실행범 말고도 준비가 필요해."

"그건?"

"메리 월우드는 운송 회사의 사장이었어."

　맨 처음 사건에서 살해당한 여자. 그녀는 남편을 잃고 그 수완으로 운송 회사를 맡은 실력 있는 사장이었다.

　하지만 그녀는 죽었다.

　그리고 성벽 도시인 발디움에서 운송 회사가 하는 일은 중요하다.

"그런 메리가 죽으면 회사는 움직이지 않게 돼. 아니면 틈이 생기든가."

말하면서 노먼은 지금까지 본 것들을 머릿속에서 펼쳤다.

그건 흡사 지도였다.

자택, 거실 풍경. 가구는 그대로 배치되어 있고, 놓여 있는 자질구레한 물건들이 정보다.

먼저 집어 든 것은 열차 모형. 바닥에 떨어져 있는 여성용 잠옷을 보고, 다음으로 의식을 보낸 것은—.

"재클린 할리가 죽인 브론토 바이런은 귀족 간의 골동품 바이어였어."

피투성이 붕대였다.

"재클린이 일으킨 사건으로 브론토가 죽고, 불법 매춘소가 드러나면서 귀족들은 경찰에게 조사받고, 압력도 받았어. 결과적으로 그들은 움직임을 제한받게 됐어."

붕대를 잡아당겨 도달한 곳은 지저분한 상자에 담긴 지저분한 금화다.

찢는 자가 바로잡고자 했던 욕망. 찢는 자를 낳은 지옥.

"이야기가 비약하네."

"이 시점에서는 그렇지."

하지만 기억의 방을 걸으며 눈에 담은 것을 보면 이야기는 달라진다.

필지 뮬이 훔치려고 했던 커다란 다이아 반지.

그것은 여성용 잠옷 위에 굴러다니고 있었다.

"괴도 사건. 그 일로 박물관은 완파됐고 기능은 정지됐어. 그렇게 되면 문제는 무사한 전시품을 어떻게 하느냐. 부서진 박물관에 그대로 둘 수는 없어."

"부자가 사거나, 도시 내의 다른 장소, 혹은 다른 도시의 박물관으로 이송하거나."

"맞아. 하지만 귀족들은 매춘소 사건 때문에 움직임이 제한된 상태였어. 특히 골동품을 갖고 싶어 하는 자들은 살해당한 브론토 바이런 때문에 큰 거래를 하고 싶지 않았을 거야. 게다가 그 다이아는 원래부터 사연 있는 물건이었고, 그 사연에 박물관 완파도 추가됐어. 이 도시에서 거래처를 찾기는 어려워."

금화가 든 상자가 방에서 사라졌다.

"그럼 도시 밖의 박물관으로 이동하자는 흐름이 되겠지. 그렇다면 누가? 물건을 옮긴다면 운송 회사야."

"그게 월우드의 회사였다고. 확인은 했어?"

"했어. 특급에 있던 시체 중에 박물관 관장이 있었어. 운송 목록에 그 다이아도 있었고, 월우드 상회가 발행한 서류도 있었어."

발견한 곳은 식당 차량이다. 시체 중에는 귀족과 고가품을 다루는 상인이 있었다.

그중에 미술품 수송을 확인하기 위해 탄 발디움 박물관의 관장도 있었다.

"흠. 하지만 왜 굳이 사장이 죽은 위험한 회사에 운송을 맡겼지?"

"……여기서 이야기가 처음으로 돌아가."

"아아, 그렇군."

짐이 납득한 듯 고개를 끄덕였다.

노먼은 움직이지 않고 그저 숨을 내쉬었다.

"너, 메리 씨와 친했다고 아까 말했지."

그리고 열차 납치가 일어났다.

네 사건은 별개의 사건이었다. 하지만 틀렸다.

그것은 모여서 하나가 된다.

"네 사건은 전부 연결되어 있었어."

"그게 내 범행이었다는 거야?"

"그래."

고개를 끄덕이며 양손의 다섯 손가락을 맞댔다.

진짜 중요한 건 이다음부터다.

"노커 크롬웰은 이렇게 말했어. 『너희가 이 열차에 탄다는 정보를 알고 있었다』라고. 그래, 그래서 열차를 납치했겠지. 하지만 냉정히 생각해 보면 이상해. 노커는 『카르테시우스』로부터 버려졌어. 정확한 날짜는 알 수 없지만 그래도 나는 수도에 정기적으로 가고, 클라레스의 동행이 결정된 건 최근이야."

노커 크롬웰은 노먼 헤이미쉬의 동행자가 클라레스 에어리스텝이기에 열차 납치를 실행했는데.

『카르테시우스』로부터 버려졌을 터인 혁명가가 어떻게 그런 것을 알았을까.

"혹은, 메리 월우드는 어떻게 알프레드 커티스의 변화를 눈치챘을까? 정말로 장래에 관해 얘기를 나누려던 거였을까? 그럴지도 모르지. 하지만 막 각성한 《언로우》는 자신의 변화를 전력으로 숨길 터. 그런데…… 누군가가 가르쳐 준 게 아닐까?"

그렇게 조금 의문을 품게 되면—

"그렇게 되면 모든 것이 연결돼."

누군가가, 메리에게 고자질한 것 아닐까.

누군가가, 재클린에게 바이런 씨를 죽이면 어떻게 될지 얘기한 것 아닐까.

누군가가, 박물관 관장을 부추긴 것 아닐까.

누군가가, 노커에게 노먼의 일정을 가르쳐 준 것 아닐까.

"누군가가, 뒤에서 조종했어."

억지에 가까운 나열은 아주 가느다란 실이다.

의심에 의심을 거듭해야 겨우 보이는 것. 그 실이 있다고 가정한다면. 건드린 자를 옭아매고, 실끼리 얽히며, 이 도시에 깔려 있다. 누군가의 의도가 자아내는 악의.

눈에 보이지 않는, 보여도 눈치채지 못할 만한 가늘디가는…… 거미줄.

"그 누군가가…… 너야."

●

"훌륭한 추리야. 마치 명탐정 같네."

하지만—.

"「누가」「어떻게」 같은 건 어찌 되든 좋다고 말한 사람은 너잖아? 네가 말해야 할 건 그게 아니야.「어째서」지."

"알 바 아니야. 관심 없어. 보고서 쓸 것도 아닌데."

"바로 그거야, 노먼 군! 너의! 그런 부분!"

이제껏 줄곧 가면처럼 쓰고 있던 미소가 사라졌다. 우는 아이 같은 얼굴로 외친 말은…….

"너! 나한테 너무 무관심하지 않아?!"

"…………뭐?"

"너랑 난 친구잖아?! 그런데 넌 항상 그 괴물들 얘기만 해! 아까 그 심문을 말하는 게 아니야! 능력을 어떻게 안정시킬지, 어떻게 응용할 수 있을지! 가끔 내 연구실에 찾아와 궁금한 것만 물어보고서 돌아가잖아! 네가 돌아간 후 혼자 상심하는 내 마음을 생각해 달라고!"

"……잠깐만 기다려. 그게 네 이유야? 그저 관심받고 싶어서 이런 일을 벌였어?"

"아니, 물론 실리적인 의미도 있어."

일변하여 이성을 되찾았지만 그 빠른 전환은 섬뜩했다.

"까놓고 말해서 내가 알고 싶은 건 《카테고리Ⅲ》의 너머야. 노먼 군이라면 그걸 알고 있을 거라고 생각했는데, 말했다시피 넌 너무 차갑지. 그래서 이런저런 방법으로 널 위험하게 만들면 뭔가 알 수 있을 거라고 생각한 거야."

"이 녀석……. 나한테 듣고 싶다고 했지만, 내가 사건 중에 죽으면 어쩌려고?"

"그건 널 믿었어. 결과가 좋진 않았지만. 너는 안 가르쳐 주고, 네 건의 전투를 부하에게 감시시켜도『루화』와『마견』은 성과 없음.『보석』쪽은 박물관 붕괴에 휘말려 사망. 심지어『요정』은『광부』일파를 깡그리 죽였어."

"피해자 행세하지 마."

"응, 뭐, 좋아. 하지만 네가 차가운 건 좋지 않아!"

"대체 뭐야? 그 정서. 웃기려는 거야?"

"훗…… 네가 웃어 준다면 애쓴 보람이 있네……."

"……."

"어이쿠, 싸늘한 시선. 오싹오싹해!"

몸을 배배 꼬는 모습을 보니 생리적인 혐오감만 들었다.

하지만 그것이 짐의 어째서였다.

노먼의 관심을 받고 싶었으니까.

노먼에게서 알아내고 싶은 게 있었으니까.

이해할 수 없었다. 하고 싶지도 않았다.

"그렇게 된 거야! 모든 내막은 밝혀졌어! 나의 벗. 나의 탐정. 너를 함정에 빠뜨렸지만, 너도 나를 한 번 죽였으니 동등하다고 하자! 함께 괴물을 연구하고 지배하지 않을래?!"

"……웃기지 마."

이 지경이 됐는데. 한쪽은 상대를 함정에 몰아넣고, 한쪽은 상대를 가차 없이 죽였는데 아직도 서로 대화하고 손잡을 수 있다고 생각하고 있었다. 더할 나위 없이 이기적으로…….

사람의 마음을 가지고 놀고, 속이고, 독선적으로 자기 마음대로 한다.

"괴물…… 괴물이라고? 누가 괴물이란 거야."

끼기긱, 소리가 났다. 마음이 삐걱거리는 소리였다.

눈앞의 현실. 옆에 있는 누군가. 보이지 않아도 만지지 않아도 마찰되어 생겨나는 알력.

"아아…… 그래서, 그런 점 때문이야."

저도 모르게 혀를 찼다. 이거다. 이거였다.

이걸 용납할 수 없어서 노면은 이 도시에 있었다.

"넌 그녀들을 괴물이라고 부르지. 하지만 말이야. 기분 나쁘네. 거울을 봐."

《언로우》라는 괴물 낙인을 찍고. 병기로서, 도구로서. 자기들 사정내로 욕망대로 제멋대로 이용하고서. 사람으로서의 권리를 인정하지 않고 이능만을 보고 있었다.

"괴물은 어느 쪽이지?"

자신의 의지로 범죄를 저질렀다면, 제멋대로 이능을 사용했다면 어쩔 수 없다. 그건 벌을 받아야 한다. 하지만 그렇지 않다면? 이능에 의한 사고였거나, 폭주했더라도 일선을 넘지 않았다면?

여러 생각과 여러 능력을 가진 자가 있다. 그 차이가 조금 큰가 많이 큰가의 문제다.

분명 그건 엄청난 차이가 아닐 거다.

죄를 저지르지 않고 옳은 일을, 모두와 다르지만 모두를 위해 뭔가를 하거나, 모두에게 폐를 끼치지 않게 조심하며 살 수 있을 터다.

"괴물이라서 나쁜 게 아니야. 괴물로 나쁜 짓을 하는 누군가가 있을 뿐이지. ······너처럼."

"이상한 말을 하네, 노먼 군. 너도 그 네 명을 이용하고 있잖아?"

"그래 맞아. 그 말대로야."

자신도 남들이 보기엔 짐과 크게 다르지 않을 것이다.

자신의 사정에 따라 그 네 명을 우선하여 타인을 궁지에 몰고, 죽이고, 거부하고 있다.

"그래도, 그런 나에게, 나 같은 괴물에게 그녀들은 사랑을 줬어."

각자의 말로, 괴물인 노먼에게 고백을.

『네, 이 음색이 저를 따뜻하게 해 줘요.』

『어느 쪽 모습이든 상관없지만, 부디 있는 그대로의 저를 봐 주세요.』

『네가 그렇게 말해 주는 한, 나는 계속 탐정으로 있겠어.』

『선생님의 선택이 무엇보다 나를 즐겁게 하니까.』

텅 비었던 세계에 색을 칠해 줬다.

그렇기에 그녀들의 마음이 무시당하도록 허락하는 건 용납할 수 없었다.

용납할 수 없다면…… 모든 것을 걸고 해낼 뿐이다.

"그러니 나는 널 죽이겠어. 죽지 않는다면 포기할 때까지 죽이겠어. 포기하지 않는다면 죽을 때까지 죽이겠어."

"좋은데! 그것도 좋지! 그럼 그러자! 지금의 나를 죽일 수 있을지 추리해 봐. 실증해서 보여 줘! 네가 탐정이고 내가 악역이야!"

"뭐든 좋아. 어떤 호칭을 붙이든, 결국 우리를 나타내는 말은 하나야."

그것은—.

"같은 굴의 오소리. 오소리끼리 서로를 잡아먹을 뿐이야. 괴물답게 말이지."

●

탐정의 차가운 눈은 날카롭게 악역을 응시했다. 품에서 꺼낸 접이식 스틱을 가볍게 한 번 휘둘러 전개. 막대의 중간쯤을 잡고 자연체로. 악역은 활짝 웃고 있었다. 눈을 형형히 빛내며 양주먹을 눈앞에 들고 있었다.

피아의 거리는 몇 미터. 빛은 네 귀퉁이의 돌기둥에 있는 전등과 달빛.

"자, 즐기자, 노먼 군!"

악역이 가볍게 움직여 앞으로 나왔다. 하지만 그것은 인간의 신체 능력이 아니었다. 피아의 거리가 눈 깜짝할 사이에 좁혀지고 날카로운 라이트 스트레이트 펀치가 날아들었다. 틀이 잡힌, 교본대로의 완벽한 움직임이었다.

"오오?!"

콰직, 소리가 났다. 목재가 부러진 듯한 그 소리는 악역의 오른쪽 팔꿈치가 부러진 소리였다.

자신에게 육박하는 오른쪽 주먹을, 무슨 기술을 썼는지 탐정은 스틱을 쥔 왼팔로 처리했다. 악역이 팔을 완전히 뻗기 전에 지팡이를 대서 관절을 고정하고 가속을 이용하는 형태로 한쪽 팔을 꺾은 것이다.

"두 번째야."

그리고 탐정은 거기서 멈추지 않았다. 악역의 오른팔에 얽은 왼팔, 그 손목을 틀어 스틱의 끝을 움직였다. 노리는 것은 악당의 목이었다. 지팡이의 막대 부분으로 퍽 후려쳤다.

필연적으로 지팡이 끝이 튀면서 악역의 목과 격돌했다.

"억!"

둔탁한 소리가 악역의 입에서 흘러나왔다. 말을 이루지 못하는 목소리. 정면에서 때려 박은 지팡이는 목을 으스러뜨리고 그 안쪽의 목뼈를 분쇄했다. 동백꽃이 떨어지듯 목이 부자연스러운 방향으로 툭 부러졌다.

순간적인 카운터에 의한 즉사였다.

그러나 즉사했을 터인 부러진 목과 연결된 얼굴의 일그러진 웃음은 짙어졌다.

"하아…… 역시 대—"

대단해, 라고 말하려고 했지만, 이어지지 않았다. 이미 탐정은 움직이고 있었다.

왼발을 휘둘러 악역의 오른쪽 무릎을 부술 듯이 걷어찼다. 신체 능력이나 육체 강도와는 별개로 인체 구조상 악역의 무릎이 무너졌다. 그러면서 흔들리게 된 악역의 머리를 왼손으로 움켜잡고—

"흡!"

날카로운 호흡과 함께 그대로 안면을 돌바닥에 박았다.

콰직, 두개골이 부서지는 소리가 났다.

"……"

힘껏 내리찍은 기세를 몰아 돌바닥에서 한 바퀴 구르고 일어나 돌아보았다.

붉은 생명이 머리에서 흘러나와 돌바닥을 더럽히고 있었다. 이마가 부서진 데다가 뇌도 손상되었을 터다.

인체의 급소, 구조. 어디를 어떻게 하면 효율적으로 사람을 망가뜨릴 수 있는지.

예전에 군의관이었던 탐정은 잘 알고 있었다.

사람을 살리기 위한 기술과 지식을 살인에 쓰고 있으니 몹쓸

종막 발디움 히어로 307

이야기이지만…….

"이로써 세 번."

목이 부러지고 안면이 뭉개진 시체를 응시했고.

"노노노, 노머머먼 구우운!!"

탐정의 이름을 외치며 악역이 벌떡 일어났다. 목은 이미 수복되었고 안면의 상처도 수복되고 있었다. 말하는 게 약간 이상했고 걸음도 잠깐 비틀거렸지만 그것도 금세 정상으로 돌아왔다.

"……기분 나쁘네."

직시해 보니 역재생하듯 상처가 아물고 있었다.

흐른 피는 그대로지만 살이 상처를 채우는 모습은 처참한 광경이었다.

"그런 소리 하지 마, 노먼 군! 너도 똑같은 일을 할 수 있잖아!"

떠들썩하게 웃으며 악역은 포옹하려는 듯 탐정에게 다가왔다.

이번에는 레프트 훅이 밤공기를 가르며 탐정의 얼굴로. 탐정은 그저 다리를 굽히고 머리를 숙여서 피했다. 훅이 얼굴을 살짝 스치면서 귀가 조금 찢어져 피가 날렸다. 악역에게 바싹 다가가 오른쪽 어깨를 앞으로 밀며 그대로 팔꿈치로 찍었다.

"으헉……!"

팔꿈치는 정확하게 심장 위치에 꽂혔다.

악역의 기세를 이용했기에 깊이 찍혀서 갈비뼈가 부서졌다.

악역이 오른팔로 반격하기 전에, 지팡이의 손잡이를 악역의 오른쪽 발뒤꿈치에 걸었다. 손잡이를 당기며 발뒤꿈치를 차자 악역의 몸이 뒤로 나자빠졌다.

"……네 번째."

쓰러지는 연미복의 멱살을 잡아 멈추고 스틱을 왼쪽 눈에 박았다.

탁한 물소리와 함께 안구가 터졌고, 스틱을 뽑자 천천히 쓰러졌다.

"방금 건 좀 더럽네."

스틱을 돌바닥에 대충 문질러 닦았다. 다만 시선은 악역에게서 떼지 않고.

"……너무한 말을 하네, 노먼 군."

"……지겹다."

탄식하면서, 몸을 일으키는 악역을 주시했다.

정확히는 상처 부위를……. 터진 왼쪽 눈은 역시 역재생을 일으키며 수복되었다.

급소를 찌르고, 목을 부수고, 뇌를 다치게 하고, 안구도 터뜨렸는데 모든 상처가 나았다.

치유되는 상처를 주시하고 그 모습을 불쾌하게 여기며 눈에 새기는데.

"……?!"

옆구리에 작열감이 들었다. 격통에 저도 모르게 주저앉았다. 오른쪽 옆구리에서 피가 흘러서 반사적으로 압박했다.

"하하하, 나도 일단 준비는 했지."

악역의 손에 작은 총이 있었다. 소매 안에 넣을 수 있는 소형 단발식이었다.

악역의 상처를 주시하느라 반응이 늦어져 버렸다.

"하지만…… 심장을 노렸는데 말이야."

"윽…… 총구와, 시선과…… 팔의 각도를 보면 사선은 계산할 수 있어. 조금…… 과하게 정신이 팔려서, 완전히 피하지 못했을 뿐."

"후후후…… 대단한 말을 간단히 하네."

감탄하고 상처를 고치면서도 약간 비틀거리는 것은 피를 너무 많이 흘렸기 때문일까.

그래도 악역은 웃고 있었다.

"이것 참 훌륭한 체술이야. 불사신이 되었어도 그냥 죽지 않을 뿐이라는 걸 실감했어. 이 일이 끝난 다음에 기술을 다시 강화해야겠어. 그 상처는 치료하지 않으면 위험할 것 같은데, 이만 끝낼까?"

"어찌 되든 좋아, 그런 건."

노먼은 내썹듯이 말하며 일어섰다. 몸은 비틀거렸지만, 그럼에도…….

"노먼 군! 너무 무리하지 마. 나는 널 죽이고 싶진 않아!"

"알 바 아냐."

다가온 짐이 손을 뻗는다면 만질 수 있는 거리가 되었을 때.

그는 순간적으로 튀어 나갔다. 육식 동물 같은 움직임이었다.

자신의 손상을 무시하고 그의 뒤로 돌아들어서—.

"……?!"

자신까지 꽂히도록 세검을 짐의 가슴에 박았다. 전개식 스틱에 내장되어 있던 칼이었다.

"무슨…… 짓을 하는 거야, 노먼 군! 너에게 안기는 건 나쁘지 않지만, 검을 박다니! 나는 그렇다 쳐도 너는……!"

"급소는 피했어. ……뭐, 네가 이상하게 움직이면 틀어져서 큰 혈관에 닿을 것 같지만."

그걸 듣고 짐은 움직임을 멈췄다. 짐은 죽지 않아도 노먼은 그걸로 죽어 버릴 테니까. 그는 어디를 다치면 위험하고 안 위험한지 숙지하고 있었다.

"그리고…… 딱히 의미 없는 것도 아니야."

한 걸음, 노먼이 앞으로 나갔다. 오금을 눌러서 짐도 똑같이 움직였다.

"너는 확실히 거의 불사신인 것 같지만, 거의야. 출혈은 돌아오지 않아. 육체 구조는 인간인 채야."

한 걸음, 앞으로.

"그리고 수복에도 한계가 있지 않아? 맨 처음 상처와 마지막 상처를 비교하면 확연하게 마지막 상처가 치유되는 데 시간이 걸렸어."

노먼이 총알을 맞은 이유가 그거였다. 터진 안구를 주시하며 시간을 재고 있었다.

한 걸음, 앞으로.

"정말로 완전한 불사신이라면 그렇게 차이 나는 건 이상해. 즉, 너의 재생에도 한도가 있어. 거기에 쓰이는 자원은 모르겠지만, 그걸 알았으면 충분해."

"너는 거기까지 생각해서—."

한 걸음, 앞으로.

명탐정의 정의는 다양하겠지만, 사소한 사실을 놓치지 않고 진실을 도출하는 것이 명탐정이라면. 노먼 헤이미쉬는 틀림없이 명탐정이라 할 만하다.

또 한 걸음, 그리고 또 한 걸음 앞으로.

"노먼 군, 너 설마!"

"그 설마야."

그리고 또 한 걸음 앞으로.

그러자 이제 대종각의 끄트머리였다.

한 걸음 더 앞으로 가면 타워에서 땅으로 곤두박질친다.

떨어지면, 당연히 죽는다. 발밑에는 멀리 보이는 거리와는 대조적인 칠흑색 어둠만이 펼쳐져 있었다.

"역시 이 높이에서 떨어지면 너도 죽지 않을까?"

"하지만 그러면! 너도 죽어! 나와 동반 자살할 셈이야?! 그건 그것대로 재미있지만!"

재미있는 거냐. 이쯤 되자 노먼도 쓴웃음을 지었다.

여기까지 왔는데도 노먼이 죽으니까 움직이지 않는 이 남자는 정말로 성격이 확실했다.

"왜 그렇게까지 해?"

"이러지 않으면 넌 안 멈추잖아."

"넌 그걸로 괜찮겠어? 네가 사랑하는 사람들은?"

질문을 받자 환상이 보였다.

시즈쿠가, 엘틸이, 론즈데가, 클라레스가……

출혈로 인한 환각일까. 그녀들은 그만두라고 외쳤다.

그리고 다시 물었다. 머리 한편에서 자기 자신도 물어보았다.

—어째서 이런 일을 하는가?

"……하."

작게 노먼은 웃었다.

짐 아담워스를 향해서가 아니라.

환상일 뿐인 그녀들에게—

혹은, 자신에게—

"간단한 얘기야, 사랑하는 사람들아."
Elementary   My Dears

그 순간, 바람이 불었다. 한 발짝 내디딜 필요도 없었다.

도시를 지키려고 하는 영웅의 등을 밀었다.

노먼 헤이미쉬와 짐 아담워스는 허공으로 내던져졌다.

눈 아래 펼쳐진 암흑은 마치 용소 같았다.

밤에 우뚝 선 탑은 흡사 커다란 폭포 같았다.

탐정과 악역은 함께 용소를 향해 추락했다.

●

　강풍 때문에 두 사람의 몸은 떨어져 나갔고 선혈이 날렸다.

　생명이 허공에 흩날리는 가운데 노먼은 기시감을 느꼈다.

　시즈쿠의 환시였다.

　어딘가 높은 곳에서 떨어지는 광경. 그때 봤던 게 이거였던 거다. 환시대로라면 땅에서 그녀가 아무것도 못 하며 올려다보고 있을지도 모른다.

　하지만 노먼은 믿고 있었다.

　자신이 확실하게 죽는 상황에서 그 자리에 있는 게 시즈쿠 혼자가 아니리라는 것을······.

　그리고 흩날리는 피가 공중에 떨어져 튕기는 모습을 보았다.

　다음 순간, 목소리를 들었다. 바람에 실려 전달된 목소리를······.

　"정말이지, 날 안 데려가서 그런 거야, 선생님."

　목소리와 함께 노먼은 판자 같은 것에 격돌했다. 아니, 격돌이라고 말할 정도는 아니었다.

　그것은 극도로 얇은 공기 벽이었다.

　하나만으로는 간단히 깨져 버릴 만한 강도의 것이 몇십, 몇백 장씩 노먼의 낙하 방향에 전개되어 있었다. 판이 약해서 몸에 대미지는 없지만 몇 겹씩 겹쳐 있기에 낙하 속도가 점점 떨어졌다.

　소중한 것을 감싸듯이, 공기의 존재 방식을 왜곡시켜 나가는 것이다.

—《스프리건핸드》는 보물을 지킨다.

물론 그걸로 해결되지는 않았다.

노먼의 몸을 배려하여 약하게 만들어진 공벽으로는 가속을 없앨 수 없었다.

"조수의 뒤처리는 내 일이지만, 한도가 있잖아."

그래서 보석은 공중에서 탐정을 잡았다. 탑의 중간쯤에서 갈색 여자가 노먼을 안았다.

어떻게 했는가. 그렇게 묻는 것은 언제나 간단하다.

범상치 않은 신체 능력으로 타워의 외벽을 뛰어오른 것이다.

그대로 몸을 회전시켜서 원심력으로 다시 외벽으로 다가갔고—.

"흡!"

강도를 높인 손을 박았다. 손목까지 박힌 손으로 외벽을 깎으며 두 사람이 낙하했다.

지금 노먼의 몸 상태에 강제로 낙하를 멈추면 부하가 너무 크다. 이미 그는 외벽에 매달릴 때의 충격으로 의식이 희미했다. 그래서 손목을 브레이크로 쓰며 미끄러져 내려갔다.

일탈한 신체 능력과 신체 기능. 그것이 그를 구할 최선이라고 추리했으니까.

—《앤빌셀메이든》은 진실을 가리킨다.

"못 받으면 죽일 거야!"

그녀는 지상 몇 미터의 높이에서 노먼을 가능한 한 상냥하게 던졌다.

그래도 여전히 생명의 위험은 끝나지 않았다. 지상은 별다른 불빛 없이 어둠에 휩싸여 있었다. 몇십 미터가 몇 미터로 바뀐 것 가지고는 지옥은 끝나지 않는다.

"멍!"

그래서 칠흑색 마견이 달렸다.

커다란 몸을 공중에 내던져 옆구리 쪽으로 노먼의 몸을 받았다. 아름다운 광택을 지닌 매끄러운 털로. 착지는 생각하지 않고 배를 사용해 주인을 받았다. 그대로 마견이 돌바닥에 떨어졌다.

모든 충격을 받고 노먼에게는 침대에 뛰어든 정도의 감촉만을 줬다.

지옥이었을 터인 대지에 마견이 있었다. 사람에서 변모했어도 변함없는 충의를 불태우며.

—《블랙독》은 지옥에서 빛난다.

"노먼 님!"

곧장 마견은 사람 모습을 얻어 그를 부축해 일으켰다. 가슴의 찔린 상처도 옆구리의 총상도 치명상은 피했으나 출혈이 심해서 이대로는 오래 버틸 수 없었다. 그녀가 끌어안고, 탐정이 손목을 문지르며 달려오고, 요정이 옆에 웅크려 앉아 구급 키트를 펼쳐도 반응은 없었다.

"이렇게 죽는 건 허락 못 해요, 노먼 군."

그렇기에 루화가 그의 가슴에 손을 얹었다. 긴 백발을 드러내고서 섬섬옥수에 아무것도 끼지 않은 채……

뭐든 접촉하길 꺼리는 소녀는 세상에서 유일하게 만지고 싶어 하는 남자를 위해 이능을 사용했다.

"노먼 군."

시즈쿠 티어드롭은 자신의 평안인 사람을 불렀다.

"노먼 님."

엘틸 시리우스플레임은 자신을 두려워하지 않는 사람을 불렀다.

"노먼."

론즈데 인핸스다이아는 자신에게 올바름을 주는 사람을 불렀다.

"노먼 선생님."

클라레스 에어리스텝은 자신을 심심하게 하지 않는 사람을 불렀다.

"……아."

그리고 그에게서 목소리가 흘러나왔다.

공명이었다.

시즈쿠의 이능을 네 명을 경유해 증폭시킨 마음을 노먼에게 쏟았다.

이전에는 닿지 않았지만 지금이라면 닿는다.

사랑하는 사람에게 전하고 싶은 것은 간단한 것이니까.

—《에코하울링》은 마음을 흔든다.

"……하아아아."

노먼의 눈에 빛이 깃들었고 그는 자신을 둘러싼 네 사람을 보았다.

시즈쿠는 익숙하지 않은 방식으로 이능을 쓴 탓에 땀을 폭포수처럼 흘리고 있었다. 엘틸은 매달리듯 노먼을 끌어안고 있었다. 론즈데는 엷게 웃고 있었지만 떨리는 손에 들린 담배에 불은 붙어 있지 않았다. 클라레스는 웃지 않고 그저 필사적인 표정으로 치료하고 있었다.

노먼은 뭔가 재치 있는 말을 하려고 했다.

"……방금 거, 뭔가 되게 좋았어. 또 해 줬으면 좋겠어."

툭 치고, 할퀴고, 차고, 상처를 세게 누른 걸 보면 역시 좋지 않았던 모양이다.

●

"노오오오오오먼 구우우우우우운!!!"

어두웠던 하늘이 조금씩 밝아 오며 아침을 맞이하려는 가운데 울리는 외침이 있었다.

다섯 명이 시선을 보낸 곳에 만신창이라는 말도 부족한 모습의 짐이 있었다.

온몸은 피투성이였고 여기저기 부러진 뼈가 살을 뚫고 나와 있었다. 팔과 다리는 이상한 방향으로 꺾였고 걸음도 불안정했다.

"나는 봤어! 방금 그것들을! 그게 바로 내가 추구했던 거야! 하하하! 역시! 역시 네가 열쇠였던 거구나, 노먼 군! 최고야!"

그런데도 그의 눈은 형형히 빛나며 희색에 물들어 있었다.

"······우와. 나타났어요. 저 사람 원래 저랬던가요?"

"생리적으로 받아들일 수 없는 분이었는데······ 상당히 변했네요."

"예전부터 꽤 기분 나빴지만, 더 심하네."

"상황적으로 이딴 게 흑막이려나? 이것 참, 뭐랄까······ 선생님?"

드물게도 의견이 일치하여 네 사람이 질색하고 있는데, 짐과 비슷하게 비틀거리며 일어난 노먼이 한 발짝 앞으로 나갔다.

"······짐, 넌 정말 끈질기구나."

"미안해, 노먼 군! 너와 함께 죽는 것도 재미있을 것 같았지만, 그럴 수도 없게 됐어! 바야흐로 지금! 너를 구한 이 네 사람, 그 모습! 그건 뭐야?!"

짐의 몸은 이전과 비교하면 느린 속도로 수복되고 있었다.

"몸의 발광! 그것들이 가진 이능과는 전혀 다른 성질이야! 가르쳐 줘. 그건 대체?!"

"······하아."

나온 한숨은 길었고 체념이 담겨 있었다.

"······『임계 증례』. 나는 그렇게 부르고 있어."

"『임계 증례』! 그건 뭐지?! 대체 어떤 강화야?!"

"틀렸어, 짐. 강해지는 게 아니야. 오히려 정반대야."

그것은──.

"말하자면 이건 그냥 안전밸브야. 이능의 발동 정도를, 몸을 통해 시각화시켰을 뿐이야. 할 수 있는 일이 늘어난 게 아니야.

이능이 안정됐다고 해도 아직 모르는 게 많고, 폭주할 위험이 없지는 않으니까."

"……그럼 그 발광은."

"아까 그건 『안정 상태』…… 즉, 그 정도라면 문제없는 부하라는 거야. 폭주 직전의 『심화 상태』가 되면 더 화려하고 아름다워져. 정말로 그저 그것뿐인 안표야."

네 사람이 싸울 때 노먼이 옆이나 뒤에 그저 서 있는 것은 그래서였다.

전투 중에 그녀들의 부담을 확인하고 문제가 있으면 바로 막을 수 있도록.

언제나 그는 그녀들을 바라보고 있다.

《언로우》의 이능은 감정과 직결되어 있어서, 이능을 쓰지 않아도 기분이 고조되면 살짝 빛나기도 하지만. 뭐, 부작용이라고 할 정도도 아니지."

"……아니, 무슨 소릴 하는 거야? 노먼 군. 강화가 아니라고? 아니, 아니야, 틀렸어! 능력의 안정화와 발동률의 시각화! 관리하기 쉬워져!"

흥분은 최고조. 마침내 알게 된 경지에 짐은 소리쳤고 감정이 폭발했다.

"대체 그런 걸 어떻게 한 거야?!"

"딱히 어려운 얘기는 아닌데. 요컨대 이능의 응용과 같아."

이에 노먼은 비틀거리며 숨을 골랐다.

"길게 얘기할 마음은 없지만, 상대를 배려하며 다가서면 돼. 시즈쿠는 복장 때문에 머리카락을 변화시키게 됐어. 가늘고 매끄럽고 예쁜 머리지. 처음에는 한 다발씩 둘이서 움켜쥐고 거기에 의식을 집중했는데, 덕분에 꽤 득을 봤어. 줄곧 시즈쿠의 손과 머리를 만질 수 있었으니까. 마주 앉기도 하고, 무릎이나 등에 앉기도 하고, 처음에 부끄러워했던 것도 귀여웠고, 조금씩 거리감이 없어진 것도 기뻤어. 고양이 같아서. 시즈쿠는 그런 부분이 귀여워. 밖에서는 좀 떨어진 거리에 있지만, 단둘이 있을 때는 찰싹 달라붙거든. 이제는 서로 찰싹 붙어서 각자 다른 일도 할 수 있게 됐어. 문득 그걸 깨달았을 때 감동했다니까. 뭐, 넌 평생 못 보겠지만. 애초에 나 말고 다른 남자한테 보여 줄 생각도 없고, 보면 죽일 수밖에 없지만……. 엘은 처음부터 변신의 여파로 눈 색이 바뀌었으니까 그걸 빛나게 하는 건 간단했지만, 문제는 개 상태일 때였어. 알기 쉽게 털이 불꽃처럼 타오르게 만들려고 전신을 빗기는 것부터 시작했지. 개일 때 엘의 털은 푹신푹신해서 그대로 잠든 적도 몇 번 있었어. 그랬더니 엘도 같이 잠들어 버려서, 일어났더니 변신이 풀려 알몸인 엘에게 안겨 있었던 적도 있는데 그건 굉장했지. 눈을 떴더니 떡하니 훌륭한 게 있어서……. 하지만 엘의 매력은 역시 그 상냥함과 헌신이야. 하나부터 열까지 날 위해 이바지해 줘. 솔직히 엘을 좀 함부로 대하는 건 마음이 아파. 하지만 그걸 살짝 기뻐하는 부분도 있어서 곤란해. 평생 엘에게 시중받으며 게으르게 살고 싶어. 론즈데 씨의 몸에 떠오르는 선은 문신 같지만, 처음에는 혈관을 빛나게 했었어. 하지만 그거 좀 징그럽고, 론즈데 씨는 예쁘고 멋있었으면 해서, 피부에 잉크로 선을 그리고 그걸 빛나게 한 거지. 난제였던 건 론즈데 씨의 몸에 손으로 그린 거라서 눈에도 손에도 독이었다는 거야. 그리는 중에도 자꾸 장난치고. 필요한 일이라서 전력으로 이성을 유지했지만 그렇게 장난칠 때 멋있어서 곤란해. 그보다 론즈데 씨는 뭘 하든 멋있어. 본인도 비슷한 말을 했는데, 이 세상의 보석을 전부 모아도 론즈데 씨의 가치에는 한참 못 미쳐. 어라? 이 말 아까도 했었던가? 상관없나. 몇 번을 말하든 좋은 말이니까. 늘 매료되는 걸 막을 수가 없어. 클라레스의 발현 자체는 아주 간단했어. 내가 뭔가 할 필요도 없이 해내 버렸으니까. 이런 부분은 역시 천재다 싶어서 대단해. 날개 디자인을 같이 생각했던 게 즐거웠어. 클라레스는 멋쟁이니까. 그에 어울리는 게 아니면 참을 수 없잖아? 클라레스다우면서 요정다운 것을⋯⋯. 그러는 동안에도 클라레스는 나를 놀렸는데, 자백하자면 그렇게 놀림당하는 건 조금 즐거워. 어쩔 수 없어. 내 반응을 즐기며 웃을 때의 클라레스가 가장 귀여우니까. 넌 모르겠지만, 클라레스는 항상 똑같이 웃고 있는 것 같아도 실은 전혀 달라. 목소리 톤이라든가 미소의 각도 같은 게. 그걸 읽고 있기만 해도 시간이 순식간에 지나가니까 진짜 마성의 아이라고 할 수밖에 없어. 어때? 간단한 얘기지. 상대를 제대로 생각해 준다면 누구나 할 수 있는 일이야."

"⋯⋯⋯⋯⋯⋯."

4인분의 침묵이 내려앉았다.

시즈쿠는 저격총을 떨어뜨릴 뻔했고, 엘틸의 목에서는 괴상한 소리가 흘러나왔고, 론즈데는 담배를 떨어뜨렸고, 클라레스조차 평소의 미소를 무너뜨리고서 입을 크게 벌리고 있었다.

노먼이 자신들을 아낀다는 것을 네 사람은 알고 있었다.

그래도 평상시의 그는 방금 같은 노골적인 말로 감정을 표현하지 않았고, 내용적으로도 욕망 범벅인 말을 직접 꺼내는 일이 없었다.

"내 《에코하울링》 때문에⋯⋯?"

짚이는 것이 있었던 시즈쿠가 말했다.

아까 노먼을 살리기 위해 《에코하울링》을 사용했는데 그것에는 평소와 다른 특이점이 있었다.

애초에 시즈쿠의 이능은 그에게 효과가 없었고 타인을 경유한 잔향을 또 다른 타인에게 보내는 방식으로 쓴 것도 처음이었다.

그 결과, 말이 흘러넘쳐 멈추지 않은 노먼이 있는 걸까.

알 수 없다.

아무것도 알 수 없지만⋯⋯.

그의 말은—.

그가 하고 있던 생각은—.

"⋯⋯즉, 이렇게 말할 수 있는 건가? 노먼 군."

노도와 같은 감정 폭로에 짐은 살짝 말을 고르며 입을 열었다.

"그 『임계 증례』에 필요한 건 《언로우》에 대한 이해와 공존이라고?"

"그래, 맞아. 줄곧 그렇게 말했잖아. 괴물이 아니라 인간으로서 대하면 되는 거야. 알 수 없어도, 알지 못하는 채로 사랑하면 돼."

"……그런, 가."

말을 들은 그는 고개를 끄덕이고, 흔들리고, 떨었다.

"하, 하하, 하하하! 그런가! 그랬던 건가! 마침내 이해됐어! 마침내 널 확실하게 알게 됐어, 노먼 군! 확실히 난 줄곧 틀렸던 것 같아!"

짐 아담워스가 추구했던 것. 지금 있는 위계를 넘어선 경지에 도달하는 길.

멀리 성벽 너머에서 얼굴을 내밀려고 하는 태양이 그를 비추었다.

"사랑! 사랑이라니! 그런 것이, 그런 애매한 것이 열쇠였을 줄이야! 노먼 군, 가르쳐 줘서 고마워! 아아, 하지만 곤란한데. 이건 재현하기 어려워! 나는 《언로우》를 사랑한다는 변태 짓을 할 수 없어. ……아니, 그런가, 그래! 좋은 생각이 났어!"

피투성이 소년은 활짝 웃었다.

"네가 나를 사랑해 줘! 나도 너라면 사랑할 수 있어! 나를 높은 경지로 이끌어 줘!"

그리고 아침 해를 배경으로 네 개의 빛이 폭발했다.

시즈쿠 티어드롭의 긴 머리는 짙은 파란색으로 빛났고ー.

엘틸 시리우스플레임의 역안에는 노란 불꽃이 깃들었고ー.

론즈데 인핸스다이아의 전신에 선명한 붉은 선이 퍼져 나갔고ー.

클라레스 에어리스텝의 등에 초록빛으로 반짝이는 기하학 모양의 날개가 달렸다.

『임계 증례』ー『심화 상태』.

이능이 폭주하기 일보 직전인 모습은, 원래 같으면 그렇게 된 것만으로도 노먼에게 제지당했을 터다.

하지만 노먼의 말과 짐의 헛소리를 들은 그녀들은 아무도 막을 수 없었다.

루화의 탄환이 짐의 한쪽 발을 날렸고, 노란 화염을 두른 마견이 몸통을 깨물어 부수고서 공중으로 던져 버린 것을 보석이 발차기로 추락시켰고, 땅에 떨어진 직후에 요정의 검이 목을 쳤다.

툭, 노먼의 발밑으로 방금 잘린 목이 굴러왔다.

"노먼 군! 봤어?!"

목만 남았는데도 한계까지 눈을 크게 뜨고서 변함없이 환희에 찬 표정을 짓고 있었다.

"네가 옳았어! 조금 전의 저것들이야말로 내가 줄곧 추구했던《카테고리Ⅲ》의 너머……!"

"그래그래, 축하해. 근데 미안하지만."

말하며 품에서 꺼낸 것은, 권총이었다.

"『임계 증례』를 알게 된 이상, 확실하게 죽여야겠어."

노먼의 뒤에서 뻗어 나오는 아침 햇살은 그의 몸에 막혀 그림자와 함께 짐의 목에 드리워졌다.

"딱 하나 고백해 둘게. 네가 나를 심문할 때, 정보원이 조사 중에 실종되거나 죽는다며 푸념했었지?"

"……너, 설마."

"맞아. 내가 없앴어."

노먼 헤이미쉬는 『카르테시우스』에 대한 배반을 간단히 말했다.

"안전밸브라고 말하긴 했지만, 너 같은 족속이 『임계 증례』에 주목할 건 알고 있었어. 그러니 미안하지만."

"그래서 나도 죽이겠다고? 좋아! 죽여 줘! 나도 목만 남은 상태로 죽을지 관심이 있어! 하지만 노먼 군! 이랬는데도 내가 안 죽는다면! 그건 이제 운명이라고 할 수밖에 없어! 반드시 다시 돌아오겠어! 함께 높은 경지로 가자!"

"나는 아무 데도 안 가도 돼."

일순 네 명에게 시선을 줬다.

"내가 지키고 싶은 건 여기 있어."

고하듯이 격철을 젖혔고.

"……내 마음이, 그렇게 정했어."

방아쇠를 당겼다.

에필로그

창문이 없는 집무실에서 노먼은 두 여자와 마주 보고 있었다.

스피아 헤이미쉬.

노먼과 같은 머리 색과 눈 색을 지녔고 안경을 쓴 그녀는『카르테시우스』발디움 지부장이었다.

그 뒤에는 검은 정장을 입은 흑발 여성, 아이리스 노턴. 주로 도시의《언로우》정보를 조사하고 수집하는 정보관으로 스피아의 비서도 겸하고 있었다.

"흠. 그럼 몸 상태는 어떤가요?"

"몸 상태는 어떠냐고? 어려운 질문이네. 난문이야. 가슴에는 찔린 상처, 옆구리에는 총상, 왼팔은 금이 갔고, 오른쪽 귀는 찢어졌어. 타워 꼭대기에서 떨어진 게 2주 전이야. 지팡이 없이는 걷기 어려워. 그런 몸 상태로 병원에서 쫓겨나 불려 온 거야. 이야, 진짜 상태 엄청 좋아."

"그럼 문제없네요."

천연덕스럽게 미소 짓는 누나에게 노먼은 침묵이라는 무의미한 항의를 할 뿐이었다.

전혀 의미가 없더라도…….

"각설하고, 못난 내 동생. 두 가지 요건 때문에 불렀어요."

"뭔데. 그 변태 배우에 관해서는 이미 보고했잖아. 누나가 아니라 아이리스한테 했지만. 누나는 문병을 한 번도 안 왔고, 아이리스도 문병이라기보다는 사정 청취였지만. 그보다 먼저 묻고 싶은데, 짐은 어떻게 됐어? 제대로 죽었어?"

"네, 처리했어요. 구체적으로는 듣지 않는 게 좋을 거예요."

"아~ 예이예이. 듣기 싫고, 떠올리기도 싫어."

"짐 아담워스는 죽었고,《언로우》의 군사 이용은 일단 정지, 적어도 당분간은 문제없을 거예요. 물론 이 도시에서 징병되는 일도 없을 거고요."

"안 그러면 그렇게까지 한 의미가 없어."

"네. 그 부분은 저의 일이지만, 당신과 관련 있는 게 한 가지 있어요."

그렇게 말하고 스피아는 책상에서 작은 상자를 꺼내 상판에 놓았다.

"받으세요."

"……고마워."

아픈 몸으로 받으러 가 의자에 다시 앉은 뒤 상자를 열었다.

안에 있던 것은 배지였다.

지팡이와 모자, 그것을 둘러싼 파랑, 빨강, 노랑, 초록. 그리고 모자의 챙 부분에 글자가 있었다.

『Elementary』.

"……이게 뭐야."

"대외적인 일을 갖고 싶다고 늘 말했었잖아요? 이번 일의 성과로 준비했어요. 탐정 사무소 『엘리멘트리』. 이런저런 서류는 이미 당신의 하숙집에 보냈어요. 그곳을 그대로 사무소로 사용하세요."

"……얼마나 유행을 추종하는 거야."

"아뇨, 4원소예요."

"뭐? 아…… 그렇구나. 뭔가 좀."

"잘됐네요. 그녀들을 위해 필사적으로 사건을 해결하고 『카르테시우스』에 점수를 번 보람이 있었잖아요."

빈정거리며 웃는 누나에게 반응하지 않고 물었다.

"두 번째 안건은?"

"다음 일이에요."

"……아아, 그래. 알았어. 이제 막 퇴원했지만 힘내겠습니다."

"네. 그럼 용건은 끝이에요."

한숨을 쉬고 노먼은 일어났다.

지팡이에 체중을 실으며 문을 열었다.

"……헤이미쉬."

스피아가 아니라, 이제껏 입을 다물고 있던 아이리스의 목소리였다.

"그 탐정 사무소가, 네가 바라던 것인가?"

차가운 얼음 칼날 같은 말이었다.

"……뭐, 내가 생각했던 건 아니지만. 나쁘진 않잖아."

"그런가."

그녀의 눈은 노먼을 똑바로 꿰뚫었다.

"너는 변하지 않는군."

●

"어디 앉을래?"

"그럼 이쪽에."

"좋지."

노먼 헤이미쉬의 하숙집 거실에서.

방에 두 개밖에 없는 소파에 클라레스와 론즈데가 제 집인 양 앉았다.

"엘틸, 차 끓여 줘. 브랜디 넣어서."

"좋네. 난 로열 밀크티로."

"저는 당신들의 하녀가 아닌데요."

엘틸은 빗자루로 방을 쓸며 대답했다.

노먼이 입원해 있는 동안에도 정기적으로 찾아와 청소는 했지만 다시금 하고 있었다.

"마실 거면 직접 끓이세요."

"어쩔래? 클라레스."

"어차피 노먼 선생님이 돌아오면 끓여 줄 테니까 기다리자."

"그건 그렇지. 좋은 판단이야."

클라레스는 놓여 있던 책을 멋대로 읽기 시작했고, 론즈데는 담배를 피우기 시작했다.

"정말이지······."

그런 두 사람을 보고 엘틸은 저도 모르게 한숨을 쉬었다.

말한다고 들을 사람들이 아니니 어쩔 수 없었다.

"협조성이라곤 조금도 없네요."

빈정거리며 웃는 시즈쿠는 방구석에서 작업 중이었다.

"너한테 그런 말을 듣는 건 좀 억울한데, 시즈쿠. 상당히 흉흉한 걸 펼쳐 놓고 있잖아."

"클라레스 씨만 노먼 군에게 호신술을 배우고 있는 게 아니니까요."

"키득키득, 흉흉한 호신술이야."

미소 짓는 클라레스의 시선 끝에는 시즈쿠가 맨손으로 들고서 정비 중인 라이플이 있었다.

진회색 부품을 정비용 기름으로 닦는 그녀는 다른 일에는 나 몰라라 했다.

"너도 이쪽에 오는 게 어때? 명색이나마 우리는 선후배 사이잖아."

"저는 이미 퇴학했지만 말이죠, 선배."

"뭐 어때, 시즈쿠. 너도 이쪽으로 와. 사이좋게 지내자고."

"······됐네요, 탐정님. 사이좋게 지낼 필요가 있나요?"

"좋은 질문이야. 필요 있지. 향후를 생각하면."

"탐정 사무소, 라고 했죠. 노먼 님이 나만의 사업체를 가진 대표가 되는 건 멋진 일이에요."

"엘리멘트리, 웃기지만 말이야."

이미 네 사람 모두 탐정 사무소 설립에 관해서는 스피아에게 들었고, 그렇기에 노먼의 퇴원에 맞춰 모인 것이었다.

그게 아니라면 모이지 않는다.

다과회를 열면 죽고 죽이는 싸움이 벌어질 듯한 네 사람이었다. 방해되니까, 재미있을 것 같으니까, 그런 이유로 별안간 싸움으로 발전해도 이상하지 않았다.

근본적으로, 그녀들이 지금껏 서로 불가침이었던 것은 노먼이 네 사람을 지키려 한다는 것을 알고 있기 때문이었다.

"……사무소 같은 게 필요해요?"

부품을 다 닦고 익숙한 손놀림으로 조립하며 시즈쿠는 중얼거렸다.

"1년 반 동안 저마다 각자 잘해 왔잖아요."

혼잣말처럼 흘리긴 했지만 지금은 혼잣말을 주워 대답하는 자가 있었다.

"필요한지 불필요한지 따지자면 불필요하겠지만."

평소처럼 미소 지은 요정이, 꽃이 흘린 눈물을 주웠다.

"이번에는 우리 네 명이 선생님을 살렸어. 자그마한 기적이지. 하지만 그건 우리 같은 존재를 줄곧 보듬어 준 선생님이 일으킨 기적이야. 그럼 그 기적을 좀 더 선생님에게 보여 주고 싶지 않아? 선생님은 분명 기뻐할 거야. 우리가 함께 차 마시고 있는 걸 보면."

"……."

시즈쿠의 손이 일순 멈췄다.

론즈데는 즐겁게 담배를 피웠고 엘틸도 클라레스의 말에 귀를 기울였다.

"너는 넷이 함께 있는 걸 못 참겠어?"

"……그 정도는 아니지만. ……뭐, 딱히 어느 쪽이든 상관없어요."

"그럼 모여도 되는 거네."

철컥, 경쾌한 소리가 났다. 시즈쿠가 조립한 리볼버를 돌린 소리였다. 정비를 마친 시즈쿠는 곧장 대답하지 않았다. 손을 수건으로 닦은 뒤 총신만 다시 분해하여, 옆에 놓여 있던 바이올린 케이스에 조심스레 넣었다.

"……노먼 군이 기뻐한다면, 좋아요."

시즈쿠는 마지못해 말하면서도 떠나지 않았다.

총을 넣은 것과는 별개의 케이스에서 바이올린을 꺼내 손가락으로 대충 소리를 내기 시작했다.

"말솜씨가 좋네."

"고마워. 탐정님은 어떻게 생각해?"

"글쎄. 엘틸은 어때?"

"노먼 님이 기뻐한다면 상관없어요."

즉답이었다. 모은 먼지를 쓰레받기에 담아 쓰레기통에 버리는 그녀는 당연한 말을 했다는 듯 망설임이 없었다. 충견답게 주인의 행복을 바랄 뿐. 그것이 그녀의 행복이니까.

"역시 충견이네. 뭐, 나도 대체로 같은 의견이야. 탐정 사무소도 나쁘지 않고."

"키득키득, 주체성 없는 네 명이네."

"하, 엘리멘트리니까."

"……?"

론즈데의 말에 클라레스가 살짝 눈썹을 찌푸렸다.

시즈쿠와 엘틸도 무슨 말이냐는 얼굴로 론즈데에게 시선을 모았다.

론즈데는 그 시선을 받으며 웃었다.

"4원소론이란 거야. 네 가지 원소가 세계를 구성한다는 이론. 우리답잖아?"

탐정답게 진실을 고한다고 할 만큼 강한 말은 아니었다.

쓴웃음이 섞인, 사소한 기도를 자아내는 듯한 말이었다.

흙, 물, 불, 공기. 네 가지 원소. 하나의 세계.

시즈쿠 티어드롭.

엘틸 시리우스플레임.

론즈데 인핸스다이아.

클라레스 에어리스텝.

네 명이 모여— 한 명의 세계가 된다.

노먼 헤이미쉬라는 세계가.

"Elementary."

그러니 이 네 사람이 모일 수 있는 사무소는.

이곳이라면…….

방구석에서 떨지 않아도 된다. 자신의 모습을 감추지 않아도 된다. 해야 할 일을 망설이지 않아도 된다. 지루해하지 않아도 된다.

그가 꿈꾸었던 것이고, 약속했던 장소이며, 그가 일으킨 기적이었다.

그랬으면 좋겠다고 네 사람은 똑같은 생각을 했다.

●

하숙집에 돌아온 노먼은 현관문의 손잡이를 잡았다.

"…….".

문은 잠겨 있지 않았다. 잠시 생각하고서 무심히 열었다.

"어이, 다녀왔어."

문을 열자 보인 거실에는 예상했던 대로 네 사람이 있었다.

돌이켜 보면 발디움 타워 사건 때 엄청난 말을 했던 것 같지만 뭐, 상관없을 것이다.

자신이 생각하기에도 자신답지 않았으나 거짓말은 안 했다.

"어서 오세요."

시즈쿠는 방구석 바닥에 책상다리로 앉아 있었다. 옆에는 바이올린 케이스가 두 개. 후드를 쓰고 있지만 장갑은 벗고 있었다. 바이올린을 손가락으로 튕기며 입가는 살짝 미소 짓고 있었다.

"다녀오셨어요? 차를 끓였어요."

엘틸은 마침 거실로 나온 참이었다. 양손에는 티 세트가 5인분.

"늦었네. 또 그 음흉한 여자한테서 귀찮은 일이라도 받은 거겠지. 즐거운 사건이면 좋겠는데."

론즈데는 방에 두 개밖에 없는 소파에 떡하니 앉아 옆에 있는 작은 테이블에 발을 올리고 있었다.

즐겁게 담배를 피우고 있었다.

"흠, 즐거운 일은 나도 대환영이야. 어서 와, 노먼 선생님."

클라레스는 론즈데의 맞은편 소파에 예의 바르게 앉아 있었다.

평소와 다름없는 미소. 하지만 그것이 작위적인 미소가 아니라는 것은 보면 알 수 있었다.

"……그래."

분명 이것 또한 노먼 헤이미쉬의 「어째서」다.

그녀들이 배척당하는 걸 용납할 수 없는 것과 마찬가지로.

그녀들이 있을 장소를 얻었으면 했다.

언젠가 그런 약속을 그녀들과 했었다.

좀 더 말하자면, 네 사람이 모여서 차를 마시는 광경을 볼 수 있기를 바랐다.

허황된 꿈이라고 생각했던 광경이 눈앞에 있었다.

자그마한 기적이었다.

이번 사건은 엄청나게 고생했지만―.

이 광경이 있고 앞으로도 볼 수 있다면―.

그건 분명 무엇보다도 얻기 힘든 것이리라.

고생한 보람이 있었다.

"그럼 바로 차를 마시면서 모두에게 할 얘기가 있어."

루화를―.

마견을―.

보석을―.

요정을―.

천천히 그는 둘러보았다.

소중한 네 사람을.

"시답잖은 이야기지만, 다음 사건이야."

성벽에 둘러싸인 도시.

바람이 불지 않는 도시에서.

인간과 괴물의 이야기는 계속되다.

작가 후기

　러브 코미디를 쓰자는 생각에 이 이야기를 쓰기 시작했을 때,
『코미디』는 일단 제쳐놓고 『러브』란 무엇일까, 진지하게 생각
했습니다. 생각하는 방식은 얼마든지 있겠지만, 이번 이야기에
서는 『이해할 수 없는 것을 이해하지 못한 채 사랑하는 것』이라
는 답을 냈습니다. 이해할 수 없는 것은 무섭고 거부하게 됩니
다. 그렇더라도 사랑하기에 노먼은 이 이야기의 주인공이 된 게
아닌가 싶습니다.

　……하고, 모처럼 후기를 읽어 주시니까 그럴싸한 말을 적어
봤지만 과연 어떨까요. 『코미디』 어디 갔지? 하는 느낌이 듭니
다. 뭐, 『러브』는 잔뜩 쓸 수 있었고, 제가 쓰고 싶은 것은 최대
한 때려 박은 것 같습니다.
　정식으로 인사드립니다. 처음 뵙겠습니다. 류노스케입니다.
앞으로도 오래오래 인연을 이어 나가고 싶습니다.

　그럼 이 자리를 빌려 많은 분께 감사를.
　엔터테인먼트가 넘쳐 나는 현대에 이 책을 구매해 주신 독자
님들. 사길 잘했다고, 다음 이야기를 읽고 싶다고 생각해 주셨
으면 좋겠습니다.

전격 대상에 관여하신 편집부, 심사 위원님들. 참가 자리를 마련해 주신 카쿠요무 관계자님들, 감사합니다. 책을 낸다는 꿈이 현실이 됐습니다.

오랫동안 인터넷에서부터 쫓아와 주신 독자님들. 앞으로도 잘 부탁드립니다.

편집자님, 이 책은 물론이고 아무것도 모르는 제게 여러 가지를 가르쳐 주셔서 감사합니다. 오타쿠로서 파장이 엄청 잘 맞아서 많은 도움을 받고 있습니다.

일러스트레이터 게소킹 선생님. 그려 주신 일러스트가 전부 멋져서 줄곧 바라보고 있습니다. 제 취향에 완전 딱 맞아서, 일러스트를 담당해 주셔서 정말 다행이라고 생각합니다. 앞으로도 오래오래 함께했으면 좋겠습니다.

그 밖에도 관여해 주신 모든 분께 감사드립니다.

독자에서 작가가 되어 가장 크게 느낀 것은 관계자가 많다는 것이었습니다.

마지막으로, 이 책은 노면과 히로인의 일대일 이야기였습니다. 만약 이다음이 있다면 히로인 간의 이야기나 노면과 히로인들 다섯 명의 이야기를 전해드리고 싶습니다.

그럼 또 어딘가에서 뵐 수 있기를 바랍니다.

괴물인 너에게 고한다,

초판 1쇄 발행   2025년 10월 23일

지은이   류노스케
일러스트   게소킹
옮긴이   송재희

책임편집   김기준
디자인   윤가영
책임마케팅   최혜령, 박지수, 도우리, 양지환
마케팅   콘텐츠 IP 사업본부
해외사업   한승빈, 박고은
경영지원   백선희, 권영환, 이기경, 최민선
제작   재영P&B

펴낸이   서현동
펴낸곳   ㈜오팬하우스
출판등록   2024년 5월 16일 제2024-000141호
주소   서울특별시 강남구 테헤란로 419, 11층 (삼성동, 강남파이낸스플라자)
이메일   olansnovel@naver.com

BAKEMONO NO KIMI NI TSUGU,
©ryunosuke 2024
Edited by 전격문고
First published in Japan in 2024 by KADOKAWA CORPORATION, Tokyo.
Korean translation rights arranged with KADOKAWA CORPORATION, Tokyo.

ISBN 979-11-94979-89-0 (04830)
ISBN 979-11-94979-88-3 (세트)

오팬스노벨은 ㈜오팬하우스의 출판 브랜드입니다.

플레이어 네임 유우키, 17세.
스스로 말하기 좀 그렇지만,
살인 게임 전문가입니다.

제18회 MF문고J 라이트노벨 신인상 《우수상》 수상작
TV 애니메이션 제작 확정!

사망 유희로 밥을 먹는다.

우카이 유시 지음 | 네코메타루 일러스트

조금 특별한 이웃의 위장과 심장을 사로잡는
식욕 자극 러브 코미디!

제19회 MF문고 신인상 ≪우수상≫ 수상작

내 배덕한 밥을 조르지 않고는 못 배기는, 옆집의 톱 아이돌님

오이카와 키신 지음 │ 히즈키 히구레 일러스트

"나를, 전부 네 마음대로 해도 돼."
유혹해 오는 사람은 첫사랑의 절친이었다.

한결같은 첫사랑과 저항할 수 없는 욕망, 그 사이에서 흔들리는 사랑 이야기 개막

좋아하는 애의 절친에게 은밀히 압박당하고 있다

츠치구루마 하지메 지음 | 오레아즈 일러스트

교사와 학생의
가깝고도 비밀스러운
청춘 러브 코미디!

너의 선생님이라도 히로인이 될 수 있을까?

하바 라쿠토 지음 | 시오 코우지 일러스트

후시미 츠카사 X 칸자키 히로

이번에는 수줍음 많은
쌍둥이의 여동생 러브코미디!

내 첫사랑은 너무 부끄러워서 아무한테도 말 못 해 1
후시미 츠카사 지음 | 칸자키 히로 일러스트

과연 사람인가, 악마인가.

지금부터 이야기하는 것은

잘못된 것투성이인 사랑 이야기.

괴물인 너에게 고한다, 1

류노스케 지음 | 게소킹 일러스트